将这本小说献给尘——那被困在九岁的孩子

郑宸 著

开明出版社

目录

序

当结局过于强大，事情的起因便无足轻重，甚至可以被结局所左右。我的生活中似乎存在的永远是事情的结局，而起因似乎从未出现。太多时候无须预言什么，所有人都将清晰地看到结局。这样“定义”成了我唯一能够争取的东西。

2008 年 5 月前，强大的结局让我清楚地看到了我将被如何定义。当时，我深信这定义难以拂逆，然而仅仅进入同年的 6 月，结局就给了我改写那定义的机会，我相信那是结局的怜悯，或是更大的惩罚。

我漫步属于我的墓园，西恩富戈斯墓园——我到过的最美的墓地。每个人的墓志铭都被规整的镌刻。天空那样蔚蓝，而这罕有的蔚蓝仅仅将在这本书里出现一次。走向自己的墓碑，满怀企盼，我经过了我认识的所有人的墓碑，微笑着将他们的墓志铭细细端详，最后来到了自己墓碑前。我长舒了一口气，终于，墓志铭被更改了——“死后还在长青春痘的男人”崭新地屹立在那里。我喜欢这个全新的定义，我得意地环顾四周，等待着其他人的掌声，而不远处，被剥落的曾经的墓志铭静静地躺在角落，上面深深的刻着——“永远活在九岁的孩子”。

南希的出场

“死了？”我忘记了措辞。

电话那边的看护愣了两秒。

“是的，她已经走了，差不多是一周前的事。”

“可以告诉我具体的时间吗？”

“……10月20日……”

“怎么死的？我是说……死因……”

“她离开得很平静，起初还以为是睡着了。”看护没有回答我的问题，只是继续说道：“对不起打搅你了，只是我们有义务告知她的亲友，我是说，在这里登记过的。”

“……有几个登记过？……”

“……只有你……”

两分钟后，我放下了电话。

我的南希，死了。

得知她的死讯后，我没有过分惊讶，预料到的结局。

死讯——那是来自她的结局的恐吓，对我侥幸逃离的不满，显然，来找我的不是南希，是她那孤苦无助的结局。我们曾经相依为命，用对方的存在对抗看似永远无法战胜的孤单，然而最终，我逃离了战场，她孤身倒下。我深知她永远不会怪责我的离弃与背叛，她甚至会为我感到欢喜，她的笑脸永远那般可爱。然而那不甘心消亡的结局会使出最后的一丝气力让我逃得无法心安理得。而一周来，那不断壮大的不满，聚集成空前的怨恨，穿过南希的棺木，穿过蜿蜒曲折的空灵公路，穿过阴郁深寒的海峡，穿过冰封高耸的黑色山脉，穿过沼泽满布的草原，穿过被灰色烟尘笼罩的城市……最终，电话响起，在2007年深秋的某夜——我完成学业回到北京后的第十四天。

打捞海龟的日子

我出生在一个很大的院子里，院子在故宫护城河的北面。墨绿色的生锈的铁门，有门房，过门房十几米左手边是前院，记得有棵枣树，有没有梨树？忘记了，印象中郁郁葱葱什么奇怪的植物都有。还有鸡窝，有狗窝，鸡窝里有母鸡，狗窝里有公狗，后来都被我骑死了。前院有一栋两层的满是爬墙虎的青灰小楼，有天台，不常开，从那里可以看见景山、故宫、角楼和灰色的明天。

院子里有个荒废的泳池，里面的水还在，而且在了很久，一滩黑色的死水，飘满了落叶，时有异味。记得我很怕那潭黑水，不敢接近。

海龟？是哪里来的？我至今也不知道。可能是谁送给长辈的，却不明白为何送两只活生生的海龟。

我只见过它们两次，一次是它们来时，一次是死时。

它们来时家人们有说有笑，争先目睹这稀罕物。他们敲打着海龟壳，它们却无法蜷缩，只是挣扎，于是更多大笑着的手去敲打它们，警卫员的手，锅炉房大大的手……而我只是站在角落静静地俯视着大盆中默然挣扎的海龟，仰视着嬉笑着的众人。终于他们决定把海龟放在落叶泳池里养着，于是我再也没有见到过它们。

我曾经小心地靠近黑水，蹲在那里，仔细在无数浮叶的缝隙中细细寻觅它们的踪迹，但是我只是看到了黑色，波光粼粼的黑色。

后来，我忘了，只记得在那个春天我骑死了鸡，骑死了狗。黄狗死时，眼中充满喜悦，鸡死时可能也是，但是它眼睛太小不易确认。

再后来发生的我忘记了，大家都忘记了，忘记了从前，忘记了后来，自然也忘记了泳池里的生物，它们和泳池一起被所有人遗弃了，直到那年夏天泳池散发的臭味比往年大很多，大家才记起它们。

1984 年盛夏的一天，曾参与迎接它们的所有人，兴高采烈地开始了打捞工程，他们用几根棍子、几张网捞了很久，依旧有说有笑，而我没去帮忙，只是坐在角落，看着。记得那天很热闹，像过年，家人走出了阴沉的房子，所有家人都在一起，所有人的脸上都洋溢着一样的笑……

两个小时后，雌龟获救了，它被放在了一个盛满清水的大瓦缸里。

半小时后，另一只被捞了上来，它离开水面的瞬间，一阵恶臭，所有人都捂住了鼻子，是那只雄龟，它腐烂了，除了龟壳已经没了形状，黄色的烂肉上沾满了落叶……堂姐吓得跑开了，我没有，依旧默默地看。

之后，我被一只手拉进了阴沉的房子，他们把它们怎么样了？我不知道。

1984 年秋天，更多的落叶覆盖在泳池的水面上，泳池看上去成为了院子里地面的一部分。有人在帮助我忘记，只是不知道他想让我忘记什么？他是什么？

1985 年，遗弃者填平了被遗弃的泳池，而在同一年，所有的遗弃者被遗弃了。

巨变

家庭突如其来的变故，让我远离了也许从未出现过的美好。所有人都搬走了，而我和父母搬到了很偏僻的郊区，至少当时那里算是郊区，有菜地，数不尽的破旧厂房，路旁杨柳，二十年后那里叫做 CBD 商圈。我们搬进那里唯一的一座楼房，肉色的它孤单挺立在一片灰黑色的泥沼中，那是一个陷入泥沼中的裸体男孩。数不尽的窗户是无数呻吟着的口，窗边随风飘起的衣，是那口中的舌，似在召唤着我，压迫感。也许全北京的穷人都住在这里。

实际上四十平方米的居住空间对于一个三口之家并不那么拥挤，尤其是在 80 年代，恐怕现在亦是如此。然而对于习惯了奔跑于自家院落中的男孩，它无疑是个丑陋的牢笼。

两个房间。父母为了让它们有家的味道铺上了地毯，一间是红色，暗红；一间是绿色，墨绿。它们是廉价的，但是对于今后的我，廉价而永恒。

家具。父母找朋友在某京郊家具厂用边角料拼凑的：三合板的柜子，三合板的写字台，三合板的床头柜，三合板的一切。价钱低得惊人，低得厂家懒得为他们上漆。于是乎，我们自己找来了别人家用剩下的油漆，凑合着自己为廉价的家具上漆。端详父母为家具上漆的背影，甜蜜是我唯一记得的，我只想记得的。

还记得当时三个人睡在一张旧床垫上，很温暖。

钥匙的印迹

能背下二十六个字母我就可以进小学了，母亲告诉我的。于是为了让自己可以和其他孩子一样有个书读，我无奈地开始背诵根本就不知道是什么东西的符号，记得背了很久。

谁知道大费周章的背下了二十六个字母后，却换来了一所很糟糕的小学。父母的解释是：那里离家很近，而且便宜。说别的我还可以抗争，而一谈到便宜，我立刻像士兵一样沉默与顺从，我可以说是心甘情愿地去那里读书的，就因为“便宜”，我无怨无悔。

入学的第一天是父亲带我去的，只此一次。

那是一段需要步行二十分钟的路程，绕过几间破平房，穿过一条阴暗狭长满是垃圾、粪便、腐烂树叶的小径。那小径宽不足三米，却很长，是工厂围墙之间的缝隙。抬头，遮天蔽日的树叶，被风带得左右摇摆，光线穿过叶，随风，飘落在垃圾、粪便、腐叶上的光点在不停变幻。父亲在前带路，我紧随其后，还有那些光点，似是一种神圣强大的指引，让我难以抗拒。

那小径如此熟悉，一切像极了十九年后在刚果金雨林所看到的、听到的、闻到的，一样潮湿，一样遍布腐叶，一样是遮天蔽日的植被。一墙之隔的工厂里间隔不到十秒就发出的巨响，如同一样可怖的枪声，而我，一样的颤抖。

我们在小径里走了很久，走出去的瞬间也并没有豁然开朗的感觉，只是感觉由压抑移师到另一处压抑。破烂的民房几近倒塌，密密麻麻的窗子，每个窗都填满了你能想到的所有的廉价日用品和无尽的牢骚、庸碌与盛怒。地是土地，黄土，连一块砖都没有。我们还在北京嘛？我想问。

当然我没有问，只因为那带路者的背影。如果你想了解一个人，留意他的背影，背影不会撒谎。我通过他的背，看到了平日里深深隐藏的愧疚。

处处阴暗，满眼都是私搭乱盖的民房，堆满了各种杂物的煤棚和露天小厨房，摆些旧灶台。

工作时间，人很少。爸爸送我来这趟也是费尽唇舌请了假的。而放眼望去，只见阴影中的几个老得不能再老的老人，他们在破军用马扎上，零星坐着，没有棋局，没有言语，愣愣的，朽木般，只有他们的眼睛会跟随每一个经过的人转动半圈。他们的眼睛是灰色的，没有黑白。

在最不易察觉的一个角落，蜷缩着一个乞丐，三十岁左右，他没有下肢，至少我看不到，骨瘦如柴，赤裸着上身，脏兮兮地堆在一架不到半尺高的小木车里。他的眼睛倒是黑白分明……

这是我和乞丐的初会。

继续走了没多远，父亲指着一处不知道是什么地方的地方说：那就是你的学校。

我愣住了。心中不满，言语归零，这就是当时的我，别无选择，唯有接受。尽管如此，心底的抗争还是存在的，只是瞬间，我下意识地在校门前后退了半步，仅半步，我用最短的时间意识到了自己的退却，止住了。父亲看到，轻轻拍拍我的肩膀，把我推进了校门。父亲说，别把钥匙弄丢了，离开了。我攥着脖子上的钥匙缓慢的走了进去，破旧的木门牌上白底黑字“体育场路小学”。

那和我第一次去到英国一样，前所未有的彷徨。孤单？不，孤单是需要一段较长的时间去印证的，而我在那两个相同的瞬间，没有意识，只有不知所措，感到自己再次被遗弃了，但不是被父母，而是被生活。那一刻，我将手里的钥匙攥得更紧，因为那是一把可以让我回家的钥匙。

那天我去晚了，新同学，新老师，都列队了，在并不宽敞的操场上举行升旗仪式。所谓操场就是周围无数间破民房的后墙圈起来的。同学无一例外的都是农民儿子的模样，当然还有农民的女儿，再多看两眼，人群中还出现了农民自己。他们看上去的岁数，有些让我想起了锅炉房的大大，他们皮肤多黝黑，脸上大多都有着农民特有的红晕。这农民红的问题实际上困扰了我很多年，甚至在我赴英后，才知道英国的农民脸上也会出现这种界定他们身份的特殊标志。

这时有个人发现了徘徊于校门前的我，随后是更多人，老师也注意到了，招手示意我进来排队，而我依旧迟疑，死命地攥着手里的钥匙。面对如此环境我想逃，逃回家，我有钥匙，记得来时的路，记得住在八层，不，也许是十层，问问开电梯的阿姨就可以了，她们是那么的无所不知，对，问她们。在脑海中，一套缜密的撤退计划出炉了，于是，我走进了他们，站在了一年级队伍的最后，我没有逃，我接受了，因为逃走前的最后一秒我想到了父亲。

那天，破喇叭里放的国歌走音了，别人笑了，我没有，只是呆呆地看着手心里钥匙留下的形状。

死在梦中的谁?

父亲——一个沉重的称谓，我的尤为如此。然而自从九岁那年伟大结局安排的那次特殊的际遇后，对男人的恐惧垄断了一切，我可以真切地感受到它在吞噬我对其他东西的恐惧，让曾经的种种恐惧无法在我的身体里达到原有的平衡。它壮大的进程快得超出我的想象，也许仅仅一夜之间，我便诧异地发现，自己不再惧怕黑暗，不再惧怕深深的水潭，不再惧怕乌鸦和肉虫。但是，我开始惧怕任何一个男人，恐惧令我想毁灭他们，哪怕是自己的父亲，这让人沮丧，对于我们两个。我开始恐惧一个陪伴我成长的人，而那恐惧令我们少有亲密，没了身体接触，也永远没有了父子之间的拥抱。结局窃喜地在我们之间筑起高墙，而我开始防范，防范一个睡在不远处的男人，我的父亲。

2001年初春的一天，在下午四点到次日凌晨一点三十分的睡梦中，我杀死了自己的父亲，残忍的手段。这是我不知多少次在梦中弑父。我爱他，却一次次的在梦中杀死他，痛苦与日俱增。

“你刚才一直在发抖，你知道吗?”躺在一旁的戮低声道。

我默不作声。

“噩梦吗?”

我点头。

“关于什么呢?”

沉默良久，“……我被杀死了……”那是我希望的。

一人

“我现在真的是一个人了。”这是无数个留学生在初到异国时的感叹，当然有一小部分是兴奋的，他们将此视为一种胜利，一种革命，一种让曾经的种种都滚蛋的心愿的达成。然而毕竟一个心愿的达成是瞬间的，之后无数的瞬间呢？这一小部分人也会渐渐沦为更多的那部分人，“我现在是一个人了”，对于我们更多的是一种悲叹。似绝望；似对曾经的告别，无论曾经光彩或阴郁；似大破、未大立之间那令人尴尬的一点，一面，一段混沌不知所措的时光，有人用几秒钟就度过了它，也许只是去了趟洗手间，就完成了由破到立的转折。然而更多的人，他们所花费的时间长得难以想象，那近乎痛苦的转折会渐渐被记忆孤立出来，游离在我们的生活之外。

中国人?

那一袭黑衣的女孩迎面走来，苍白，我快步迎向她，满心欢喜。

那是我到达英国的第二天，第一夜睡得很安稳，一觉把所有兴奋都睡没了，第二天醒来有些累了，有些空虚了。

这是一个叫做坎特伯雷的地方，位于英国南部，城市很小，人口稀少，风景好，也因为坎特伯雷大教堂而闻名。当然这个什么鬼教堂之前我是没听说过的，而至今我也没有兴趣进去一探究竟。

我是来学语言的，由于附中期间对文化课学习过于松懈，导致我的英语水平较一般高中毕业生还要低些，于是乎，语言学校的学习变得必不可少。

我住在了一个纯正的英国女人家里，而那女人当时也只有二十四岁，她对我的态度让我知道，我绝对不是她接待的第一个中国留学生。她也许是放荡的，我们见面的第一天，她就已经穿着浴衣楼上楼下地跑，胸露出大半个，那让我不好意思看她。她豪放地展示了我的房间，她的洗手间，她的厨房和我们的客厅。

那晚，我开始有些怀念还有些不开化的戮。

第二天清早，天微亮，她就被她称作“亲爱的”——一个浑身纹身，全身打孔的英国男人接走了，我记得那男人在我面前捏了她的屁股，同时和我道：你早……她临走前依旧豪放地告诉我：早餐在厨房！随即，飘然离去。

厨房餐桌上的早餐是丰盛的，面包切得很用心，能看出是认真做的香肠、培根、黄豆，和煎得那么规整的荷包蛋。刀叉摆放整齐……就在那片刻，我认识了英国人。

阴雨，和我想象的英国天气如此贴近。

细心地锁了门，转身的瞬间，余光里出现了一个中国女孩。她一身黑衣，皮肤雪白，从对面的房子锁门出来，我们的房子仅仅相隔一条小路，那一刻我莫名激动，前所未有地和一个陌生女人搭讪。我兴冲冲地贴过去，不由分说地介绍自己是她的新邻居，并且大肆感叹着没想到第一次来英国，如此鸟不生蛋的地方，第一个邻居居然是中国人。此时此刻，我发觉自己原来那么热爱中国。也许如此激动仅仅是为了抓住一点点和过去有关的东西，小巷中偶尔出现的中餐馆，一个中国字，或一个住在对面的中国女孩……我不想让自己的生活环境突变，只希望一点一点地来，那样显然更容易让自己接受。

我近乎疯癫地在她面前用中文唠叨着，在足足两分钟后，才知道她是日本人。

这是我接触过的第一个日本人。

记得，后来只是不好意思地匆匆问了她新学校的位置就离开了，熟识些后，知道了她希望去中央圣马丁学习服装设计。看来她的愿望是落空了，我在圣马丁的几年里没有再见到她，原来日本人的愿望也会落空的。

我想这也许是巧合，让我初到英国时接触的大多是女人，运气并不太差。

和初到英国相比，自从踏入小学校门那一刻我似乎便厄运缠身，窘境接连而至，甚至让我无暇去考虑“运气”的问题。

我走进了他们的队伍，排在了最后，很快老师把我拎到了第四排，那时候排队的次序由身高决定。我皮肤很白，最重要的是脸上没有那两轮红晕，后来这让我自卑不已，偷偷用母亲的腮红涂在脸颊两侧，结果被人误以为刚去参加了朗诵比赛。还有穿着，衣服都还是富裕的时候买的，所以明显有别于其他人，而我为此自豪的同时也深深自卑着。

开学头一周我一句话都没说过，应该是没有那个机会，没有人和我说话，甚至老师，无论上课提问或是其他。于是被动的孤立逐渐被主观的夸大，我，不再说话了，在学校。

我是怪人，这是其他同学的看法。自然，熟悉期过后，欺负来了。

欺负，大多是男同学的，他们会抢我的东西，铅笔、铅笔盒、橡皮、尺子、作业本、书包、帽子、外套……他们似乎需要我的一切，唯独不需要我。

那时候，有一个很有意思的游戏叫扔帽子。规则：任意一男同学抢了我的帽子，递给已经站成一个大圈的数名男同学中的一个，我在圈子正中，然后，他们将帽子扔来扔去，而我跟着帽子跑来跑去，跑来，跑去，跑来，跑去……有时这游戏会持续很久，有时我会感到累，但是每次先累的反倒是扔帽子的人，待到他们彻底累了，觉得无聊了，会随手把帽子扔到平房上，然后一哄而散，而我需要花很久的时间把它从房上弄下来。

其实，我没有太多的不满，我认了，反倒会觉得有些满足，终于，我还有点事情做了。

我，依旧一言不发，像哑巴。

欺负，是没有女同学的，相反，可能是因为外形还算可爱，反倒有些对我不坏，有时候别人抢走的东西她们会帮我要回来，我记得她们其中一个的名字，霞。

脸盘很大，却在我的印象里出奇的漂亮，下午坐在窗边自习的她，被光线朦胧的女人，像女神。后来，随着我的离开，这个女神无声无息地消失在了我的世界里。

转眼一年，我二年级了，依旧不怎么说话。面对他们无话可说？或是默默对抗？我不知道，我只知道自己不喜欢这里。

很快，我好欺负的消息被一些对低年级虎视眈眈的高年级学生知道了，一些在高年级抗争不利、也被欺负的龟儿子把矛头指向了我。

欺负升级了，而家里似乎更穷了。玩具？可乐？我放弃了那些念头，这是父亲常对我说的话：你就放弃这个念头吧！……

那时，进入了我连床都没有的第二个年头……

而1990年6月30日也无声无息地临近了。

1987年是值得被牢记的一年。住在景山的时候，我听说过双职工这个词，却对其内涵颇为不解，现在算明白得彻底，对于一个孩子，它的含义即：你很难见到父母了，尽管你们还住在一起，尽管房子那么小。类似于多重空间？幽灵的陪伴？幽灵是我，或是他们。

从此，放学后我倒真是如孤魂野鬼般在家附近游荡起来。我会自娱自乐，找隐秘处，挖些泥巴，捏了些当时自己也不知道是什么东西的东西。那些泥巴叫胶泥，是工地挖地基时才能找到的。因为挖的比较深，有黄色、黑色、红色，黄色最为稀松，处处可见，而红色、黑色品质较高，黏度强，也较难挖到。

挖泥巴是当时课后的上上之选，然而在忘乎所以的同时也要警惕那些高年级学生，就好像饮水时的瞪羚，时刻保持必要的警惕。

很快，这项娱乐随工程的完工结束了。失落，我再次回到了曾经的无所事事之中，似乎现在除了被欺负，我已别无选择，我恨这样。

9 月，大坑被填平的那天，楼下的一家超市悄无声息地在装修着。

也许我的孤僻注定让我得不到别的同学可以得到的欢乐时光，小学生活开始两年之后，我依旧沉默寡言，对同学的欺负逆来顺受。那是一种甘地式的抗争，我不想抗争，如若抗争，我必沦为他们，我这样想着。

一位叔叔，父亲的好友，在一家大型的日本旅行社做导游，常常往返于中日之间，时而带些小礼物给我，一支自动铅笔……银灰色的金属笔杆……很美……

父亲说："是个好东西，别弄丢了。"

母亲说："是个好东西，别弄丢了。"

我的错，我的错，我不应该带她去学校。在我从书包里掏出她的刹那，全班的红晕都在发光，贪婪的眼睛便可劫掠一切！那一刻，我意识到了危机，同时明白炫耀将是我人生中的一大祸患，我会为它倒大霉的，会为它死。我没用两笔就小心地收起了她，之后整整一天都心不在焉，对早晨的举动后悔不已，事实证明后悔是有必要的。

终于在放学后，她还是被不知道是第几拨来抢她的强盗抢走了，人太多了，以至于我不知道该找谁去讨要。第一个属于我的女人被抢走了，愤恨出现了。

任何人的童年都有好时光，就好像任何人的童年都有恶心事一样，比例问题，对我而言，虽然失衡严重，却也有值得惦念的开心事，例如：画画。

其实大多数孩子都有喜欢画画的阶段，无论长短，那是天性，对周遭一切本能的记录欲，它有别于学钢琴，或任何一种乐器，因为太多人条件有限，也有别于学一些什么奥数的鬼东西，因为那真的需要特殊体质的孩子才会生来热爱。画画，简单，信手拈来，你可以在上学路上的平房墙面上用碎砖头作画，但是会被些恶街坊追着打；也可以在家里的墙壁上信手涂鸦，但会被父母追着打。其实那很美好，任何乐趣都是有代价的，但是代价和乐趣应该被看做一个整体，若孤立来看，你会发现有太多的不值得掺杂其中，让我们失去了兴趣与坚持。

我爱上画画的原因有很多可能：

0. 姥姥的一句鼓励。那天她在洗衣服，我画了她，她说画得很好，尤其是额头上那无比概念的三道褶。

1. 买不起玩具，自己画。

2. 对当时生活的逃避。

然而上述三点依旧只能让我对画画的兴趣止步于信手涂鸦，而真正让我投身其中……还在等待一个机缘。

2007 年收拾老房子的时候，找出了很多童年的画作，很多关于狰狞的海龟……也有美丽的。

那条小径曾成为我很多噩梦的场景，还有那些落在小径上的光点，随小径一路延伸到黑暗中。在梦里，我告诉自己每一步都要踏在光点上，我坚信那是指引，莫名的坚信，我不愿，甚至是害怕走在光点外的黑暗腐叶上，上面有粪便，有死虫，尽管光点上偶尔也会有。那是我的选择，人人都有选择，而永不知对错的选择很可怕。

然而，有一个光点我是踩对了的。

1988 年的夏天，在姥姥家，那天亲戚到的不多，也许是天气过于炎热。正百无聊赖，表妹回来了，告诉我打算去报名某绘画班，问我是否愿意陪她同往。“最好别太远……”我唠叨着，表妹说很近，就在两条胡同外的实验中学里。想了想，去了，陪她去……就是这漫不经心的一次溜达，一次解闷，决定了我那以后二十年的事业。说来可笑，说来选择得多少唐突，然而一万个唐突的选择后，我从伦敦艺术学院研究生毕业了，专业是——画画。其实在我看来，任何一个选择都可以称之为唐突，因为我们都不可能知道结果如何，然而我们坚持了唐突的选择，一次次的调整，一次次的唐突，再调整，唐突便有了体系，有了构架，变得根深叶茂，到那时候我们管曾经的唐突叫：灵光一闪、上帝的指引、我英明的抉择……

加入那个绘画班是要考试的，对于当时的我有两项：色彩和没有色彩的考试。没有色彩的是画一把木椅，是写生，表妹画出了传说中的“透视”，大获好评。而我，把那把椅子画得非常非常的小，我不想画它那样小，却难以控制，那一刻我很着急，不明所以的把那次考试当真起来了，最后可能哭了。至于色彩考试，对于我基本上是之前考试的翻版。我用色彩画黑白，不是故意的，只是把什么颜色都加黑，最后那画很灰暗，有些恶心。尽管如此，在一周后依旧被知会通过了考试，那让我费解，后来无论别人如何夸赞，我私下的理解是：只要交了钱，人人都让进。

如此，每逢周末，我都由母亲陪伴去上那个绘画班，风雨无阻。第一次遇见长头发的男人，是我们的老师——冬，不，应该是第二次，第一次是常年待在小径出口的那个乞丐……

冬对我们的画没有要求，于是我的画一如既往的灰暗、恶心。如此，我总坐在角落，休息时，把自己的画藏起来，不让别人看到。我觉得受罪，有时候想离开，但是觉得母亲对我是有期待的，于是每每都会冲破关卡，继续把恶心的画完成。如此，我倒是养成了一个还不错的习惯——把任何一张自己的作品完成，无论恶心与否，哪怕之后撕掉。

语言学校

2001 年冬天，我开始在英国语言学校上课了。记得开课的头几天都在下雪。2 月。

一个沉默的王子，在校门口抽烟的时候认识的，天气湿冷，大家都缩成一团，用都不娴熟的英语聊上两句。

阿普度拉是阿联酋某酋长国国王的儿子。他长得不像个王子，至少不像中国人理解的王子，但是不得不说，大部分中国人脑海中所勾勒的王子形象都和怪物没什么两样。

除了他，我是我们班（语言学校）中岁数最大的，那时我年仅二十岁，大多中国留学生都很小，十五六的居多，数年后，出现了一个可以概括他们的词汇：小留。记得那时候，他们管我叫“大哥”。男孩女孩都这么叫我，我也有生以来第一次当了别人的“大哥”，这感觉很奇怪，就好像在我二十五岁那年，第一次有人喊我大叔一样。于是，大哥长、大哥短的，被叫了好一阵子，我却总听着不是滋味。

中国男孩有个不好的习气，或是说大部分男孩，他们不懂如何表现对朋友的忠诚，以及怎样表现才像个汉子，于是他们会通过一些勾肩搭背来展示自己如同成年人般的气魄。这对别人是奏效的，无比形式感地笼络了人心，然而对于我，它不但不奏效，更会让我厌恶。

“大哥！下课后去哪里？”一个中国男孩粗着嗓子说道，同时把胳膊搭在了我的肩膀上。我很想给他面子，非常不想把他的手从肩头抖开，然而我注定是做不到的，依旧是难以忍受，依旧是从头到脚每根汗毛的竖立。我不记得他叫什么，也许是个新来的，听说我叫“大哥”，却不知道我这个大哥只是个字面上的，特地来套套近乎？

我和从前一样一次次地拒绝着男人的示好。如此仅仅几周，大多数的男同学都与我渐行渐远，这是我所乐见的，更是我习惯的，我从来就不会和男人打交道，从来不会。幸好世界上还有女人存在。

确实是这样，男孩走了，女孩来了，她们对我的关怀不易察觉，当然是和男孩那种动手动脚的表面功夫相比。不易察觉对于我来说就是没有察觉，我一向在这种事情上表现得鲁钝，种种表明：我的世界是如此顽固地封闭着，一个阴沉的世界，仅仅偏执地允许被那条布满光点的小径穿过。

那段时间，过度对戮的思念，成为了被悄无声息播下的恶种。分隔越久，思念越被无休止地夸大在思想中，每天我的脑子里都被曾经的我们，甚至未来的我们填充。头，被挤压着，我要宣泄，于是我开始了一封长信，几万、几十万字。

语言课程我开始心不在焉，望向窗外，雪花落下，朦胧的雾气中时而看到她的形象，于是为了常与她相见，我不再离开那扇窗，午餐时我趴在窗边，放学后我趴在窗边，直到不得不离开。一些美好的、寄托思念的词句会不时涌现，我慌忙记录，只求能将其感动，于是，我疯了。

我放弃了语言课程，因为孤独，因为对戮的思念，我带着数十万字的长信站在了她的面前，而结果？……我不想要那结果。

在国内，我度过了情绪低落的几个月，在父母的催促下，再次返回了英国，换了城市，换了房东，认识了她——南希。

“孩子的家”

南希——我那当时就已经年过七十的忘年交，她孤身一人，无子无女。我住在她的房子里，每天说很多，她帮我提高了英语，我让她不孤独，或者让我们不再孤单，然而除此之外，似乎彼此还得到了更多的什么，但难以言明。我们愉快地度过了一年，在我即将离开前，她请我为她在网上找一家养老院，她说不希望自己死了没人知道，很简单的理由，也许是因为不高兴她才这样说的，我照做了。我给了她很多选择，而她选了南部深山里很小的一间养老院，只因为那里的名字——孩子的家。我送她去了那里，路曲折，难行。在老人院前台填写亲友联系方式的时候我犹豫了，迟迟没有下笔，我打算瞎写一个，随后我用最快的速度安顿了她，离开，头也不回。头也不回？这几时成为了我表示不舍时的态度？不知道，我只知道，我抛弃她了，那让我难过。我几时沦为抛弃别人的人了？我同样不知道。之后六年间我没有去过那里一次，但每逢节日，我都会往那里打个电话，但是……似乎也只是圣诞节。起初几年，我们都会在电话中寒暄很久，之后通话时间短了，听出电话那端变得有气无力……而这两年和我通话的变成了看护，也仅仅只能通过看护们了解一下身体每况愈下的她。

2007 年 9 月。

也许是即将离开英国，我想应该去看看她。于是，我再次找到了那里，深山中那依旧难觅踪影的养老院。远远的，我听到了歌声，想必是看护们为老人解闷而唱的。

很巧，二十米外就看见了她。她一个人静静端坐在被玻璃包裹的温室般的长廊里，我向她猛烈地挥手，她毫无反应，她可能看不清，我意识到。直到我几乎贴在了玻璃上冲她微笑，她神情依旧，我才察觉到她已如此苍老且木讷，想必她已经不认识我了。于是，我没有急着按门铃，只是静静站着，注视她。一分钟，她缓慢地站了起来，很慢。之后的一分钟，她走出了不到五米。而我，只是静静地看，没有思绪。

一个看护发现了她，小心翼翼地搀扶她走进了传来歌声的里屋，同时发现了站在窗外的我。片刻，看护为我开了门，微笑着问是否来找人，“只是路过，口渴，请问有水吗?”我说。

最后的拥抱

1988 年，某一个周六，那是一次身体检查，全班的同学除了零星的几个视力近视外都很健康，唯独我，被诊断出“脊柱严重侧弯”。这结果一经公布，立刻引起了同学们的嘲笑，有人甚至嘲讽地敲打着我的脊背……我忍住了怒火……我知道导致它的原因……

那是我没有床睡的第三年。起初家里是有一张床垫的，三个人睡在上面，后来我长高了，块头大了，睡不下了，于是睡到了亲戚施舍的又小又旧的沙发上，一睡就是三年。

记得检查身体的那天我是哭着回家的，在家门前，我擦干了泪水，站了很久，才推门进去。尽管如此，父亲还是看出了我的低落，问我怎么了，我挣扎了许久，终于：我想要一张床。

只有六个字，父亲点了头，面无表情地走开了。记得那晚，从门缝里看到，他在哭泣。而第二天，我就有了自己的床，尽管廉价，但它可以让我舒展地平躺。我没有说话，什么话也没说，只是感激地拥抱了父亲，记得抱得很紧，很久。

晚餐的时候，他说，被儿子抱着心里很舒服，以后想让我多抱一抱他，我答应了。

然而，那却成为了我们最后的一次拥抱。

乞丐的出场

大坑填平，在一旁，超市里的铁锤声与电钻声也消失了，装修完毕，被绿色的帆布层层包裹，如同等待被开启的礼物……我早早就听说了是间超市，这让我兴奋。超市在20世纪80年代是陌生词汇，记得早前，去过一次友谊宾馆的超市，印象中是中国人开给外国人的，在那里买东西用的是外汇券。所以，莫名的，觉得超市是个上档次的玩意，而没想到的是自己家楼下会开上一家。我期待礼物被打开，殊不知能得到什么。

几周后的早晨，上学路上，发现礼物被打开了，新风超市，是它的名字。

被人欺负的日子在延续，三年级是漫长的，一次次经过那条怪异的小径，却不知道绕路而行，斑驳光影，奇异的引力。每天，我穿越小径后，都见到下棋老人，静默老人，狂躁妇人，三八妇人，和那乞丐。乞丐会趁没有人的时候，艰难地挪动自己的小木车收拾着自己的角落和从那角落延伸出数十米范围的地方。他很认真，可能仅仅是吃力地拾起一张废纸，神情却专注。那也许是他的责任，街坊们是不会轻易允许一个可怜的乞丐怪人栖息在自己的房子附近的，捡干净所有垃圾便成了他驻扎在此的交换条件，不管那垃圾对乞丐有用或没用。而他换来的也仅仅是离这几栋板楼最远的那个角落，一个曾经的煤棚，现在已经倒塌过半，离小径出口仅仅几步之遥。出口对他并不重要，他也许从来没打算出去。

乞丐从不说话，也许他压根儿不会说话。在我的印象中，只记得他吃力地挪动自己的小车，在泥里，在土里，捡拾垃圾，从早到晚，扔在地上孩子们吃了一半的冰壶儿，被流动卖菜小贩扔到地上的烂菜叶，谁家发馊的剩饭，都是他的大餐。

街坊们不想让丑陋的他吓着自己的伟大的后代，于是规定他绝不能接近这个居民区里的任何一个孩子，稍有差池，换来的便是下棋老人的铁拳，静默老人的铁拳，狂躁妇人的利爪，和三八妇人在一旁对路人的怂恿。一次教训，换他几天不敢爬出自己的棚子。

几天后放学路上，他战战兢兢地从自己的家里爬了出来，肮脏的灰衫上血迹斑斑。他爬得很慢，一只手挪动着小车，另一只有些颤抖，是伤。他为什么还活着？这对于我来说是个疑问，对于他可能不是。

孩子，他尽可能的回避大多数附近的孩子，然而他并不避讳我，也许他知道我不属于这里的街坊，也许他嗅到了我们都是与众不同的，都在有意无意地抗争着什么，都被排挤得不得不退守在自己的世界里，不同在于，我可能还有能力反抗，而他没有。

尽管孩子们间接害了他，他却表现得并不记恨。钢丝上孩子的衣服落在地上，他会好心地把衣服重新挂在一些他力所能及够得到的地方，随后，怕别人会对他产生什么误会，慌忙离开。

三年来，他越发的瘦弱，甚至整个人比三年前小了一号，饥饿吧？你吃饱过吗？

我曾经想过给他带些方便面吃，那也是我很长一段时间的午餐，吃到呕吐，却依旧把它当宝，不舍得给人。尽管楼下就是超市了，然而那似乎和我们家、和我并没什么太直接的关系，我只是会去逛逛，看着开心。

很快，超市的门口开了烤羊肉串的小门脸，那让我眼馋，然而五毛钱一串的价格……是梦。吃过一次，是一个来访的叔叔请客。后来，那个叔叔骗了我家的钱，而十年后那个超市变成了麦当劳，烤羊肉串的门脸变成了麦当劳的外卖窗口。

烤羊肉串的是个老头，慈眉善目，那是现在对他的主观印象，他的脸，不知道为何，再也回忆不起来了……记忆给他的脸打了马赛克，只记得深蓝色的工作装，白色围裙，一看就知道是个工作骨干。为什么卖羊肉串？不知道，也许是发挥余热？我站在远远的自行车棚对他那里张望，有客人的时候，他会迅速地戴上一顶白色的帽子，工作帽，套上白色的套袖，干净利落地翻烤吱吱作响的羊肉，白烟缭绕中，他是个仙人。

我想吃，但是没钱。

别说是羊肉串，就是肉，已经很久没吃过了，所以每每经过羊肉串老人和他的羊肉，眼神都难掩的渴望。他或许注意得到，因为有时我的表情过分露骨，我会徘徊，哪怕只是去满足我的嗅觉，我会嫉妒每一个在那里吃得津津有味的食客，他们大嚼着羊肉，孜然，散落。

直到有一天，我在他的门脸前徘徊了不知多久，他终于开口了，叫住了我……在当时，那也许是我愿意的，然而若我知道代价，我是否仍愿意？那需要别人来告诉我。

“那个男孩儿，来来来……”他的声音……本应该记得。优雅？沙哑？奇怪，我的记忆将关于他的一切统统删除了，只留下了那故事令人费解的清晰。

我左顾右盼，不知道他是否在招呼自己，直到确定身边再无他人，我迟疑地凑了过去。我从不和陌生人打交道，从小的教育，西化，却实用，然而那一天，那一刻，什么东西推搡着我，也许是我对一串羊肉的欲望，或是之后整整二十年太过强大的积怨反过来左右了历史，深寒的结果促成了微薄的原因，让我向他迈出了一步。无比错误的一步，也许正确的一步，无比错误的一步，也许正确的一步……我迈向了他。

太多时候，结果决定原因，结果过分强大的时候，结果还没显现的时候。

仅仅五分钟，我确定：他，不是陌生人，他是个好人，是神。

只因为，他给了我一串羊肉，免费的，为我烤的。他依旧戴上了白色的帽子、套袖，那样近的距离，还是洁白的。他，动作优雅，更加优雅，因为这串是我的，我感激，久违的感激……他问我是否要些辣椒，我开心地说，不，多些孜然可以吗？像唱歌。我很有礼貌，尽量表现得像个心目中好孩子的样子，尽管我的红领巾不够舒展，尽管我的左臂上只有可怜的一道杠。我此时此刻变得像头争宠的牲畜，猪或马，我希望在我的印象中我能算得上是匹马，那会让我好受些。

我津津有味地品尝，我没有放过一粒孜然。他看着我，和蔼地笑，应该是的，他应该有皱纹的，应该很多，笑时应该更可敬……太多的应该，撕破不了重重马赛克包裹下的脸。只记得在我吃的时候，他没说一句话，吃完了，他问我还要吗？我腼腆地摇头，仅存的骨气，仅存的客气，还有，拿的越多，还的越多……我很小就明白了这个道理。如此，我害怕了，不知他会让我做什么，结果，我多心了，聊天，只是聊天。我喜欢这位老者的声音，大多时间声音平滑，他说他是个老教授，退休后没事情做，我开始崇拜他。崇拜，超过父亲。父亲？我似乎很久没见到他了。

“那你是个好学生喽？”在听完我的自我夸赞后，他的断言。

“算是，期中考试我考了双百……”自夸在延续，实际上这次期中考试班上有一半的人拿到了双百。

很显然，我希望给他留下好印象，为了羊肉串？可能并不那么简单。我开始相信，在如此困境有人可能会帮到我，这个人不会是老师，也不会是父母，也许就是眼前这个老人，他一次次的微笑在坚定着我的看法。

坐在他的身边，感到温暖。

下班时间，络绎不绝的食客，他开始忙碌，第一次对话结束。

那晚，日记里，我写到：我觉得，这个卖羊肉串的爷爷，是我的爷爷……也许这是个病句。

从此，孤单，没有朋友、见不到父母的孤单，恨意，被欺负后心中的恨意，失落，贫困带来的失落，都不再困扰我。放学后我有了去处，我不用独自在家空等父母，我有了一个老人，一个朋友，一个希望。

比希望实惠的东西，也轻易到手，每天一串免费的羊肉，免费的。

放学后，我在他那里写作业。狭小，阴暗，记忆中永远是微弱的白炽灯的光线，他的工作空间最多只有五平方米，而我尽量蜷缩在角落，希望不去打扰他的工作。草草对付完功课后，我会帮他清理回收的铁钎，羊肉串一串五毛，把铁钎退回来可以拿走两毛，所以我收拾起来是很带劲的，像点钱，别人的钱。

没有几天，我就开始在他的面前倾吐心事，他像神父，而我并非忏悔，而是控诉。在我看来我已经很久没有资格去忏悔了，该忏悔的是那些总欺负我的混蛋同学以及更加混蛋的学长，是那些只有本事欺负残废乞丐的恶街坊，和那条小径里蠕动的叫不出名字的让我恶心的昆虫。

“江今天又把我的作业本撕了，这已经是第四次了……”

“他为什么这么做?”

“之前他打了我，我跑掉的时候骂了他，我觉得是因为这个，除了这个想不出其他原因了。”

“那他为什么打你?”

“习惯，他最胖，最横，他没事就打我……”

“你还手吗?”

“不还……”

“好孩子!”

他因为我不和别人打架而夸奖了我，突然间这夸奖让我感觉自己之前的一系列忍辱偷生是如此的正确且富有意义。

“但是我还手也没用的，您想，我们刚三年级，他就已经一百二十斤了……”

如此，周而复始，写作业，和他聊天，耗到他下班，回家，时间从期中考试迈入了期末考试阶段。记得那时候，总是用这两次考试来标化时间的跨度，那对于我，是两次考验，能说得出的考验，别人，例如父母、亲友会稍加关心的考验；而出现在平日里的，连我自己也说不清楚的，别人没有察觉或也并不关心的考验，似乎更加猛烈，更加残酷，也更加深远。深远，我很难记得小学每一次考试的成绩，却牢记着，乞丐的死；却牢记着，喷涌着鲜血的头颅；却牢记着，一个卖羊肉串的老人和一座白色的楼……

我不知道他的名字，是从来就不知道，还是后来忘记了？不知道。“不要和坏孩子打架，那会让你也变成坏孩子，不要还手，跑掉就是了。”他时常告诫我的话，我把那当作准绳、信条、戒律……我喜欢他的称赞，当他说你是个好孩子时，我无比骄傲，因为从来就没有人说过，哪怕是父母，他们太忙了。

临近期末考试，我开始紧张。我的成绩一向不好，全班中下游，从前我并不介意，然而现在，我却忧心忡忡，我有了真正关心我的人，我害怕让他失望。

上学路上，我黯然穿过小径，没有了平日里它带给我的不安，我习惯性地向那个乞丐笑了笑，那是我的坚持，只是不知道有没有必要，他需不需要。乞丐看上去精神不错，神情专注地在研究一个被遗弃的饮料包装，没太理会我。

放学路上，看到他时，他正在缓缓拾起一件从铁丝上滑落的小孩衣服。街坊的铁丝，街坊孩子的衣服，他将自己的脏手在自己的脏衣服上反复擦拭了之后才拾起它，端详了一会儿衣服上拙劣的卡通图案，掸掉尘土。当然他是无法把它挂回原位的，于是他开始挑选放置衣服的地方，起初是旁边的一块光滑的石头，那里是静默老人的交椅，随后他迟缓地挪动着自己的小木车，把衣服轻轻放在了三米外那家街坊的露天灶台上，那灶台足足高他一头，如果他看得见那灶台有多脏，我想他是不会把衣服放上去的。

乞丐和街坊们，我永远站在前者那边，尽管是精神上的，殊不知，乞丐站在街坊那边，或者，希望站在街坊那边。

回头看他，他满意地离开了，大有功成身退的感觉。

他犯了个错误，但在我看来，他终于做了件正确的事情。印象里，那天阴天，远方，滚滚雷声，大雨将至。在外面晾着的衣服们，不知道你们会不会被主人及时收走；在外面玩耍的孩子们，不知道你们会不会及时回到家里。我没有，还没走出小径就被豆大的雨点砸了，我是个爱淋雨的孩子，我总会放慢脚步，追随落雨的节奏。此时的生命中，乐趣不多，自己创造，那是天降的幸运。幸运？还未知。父母还在上班，乞丐及时地爬回了温暖的家，关切地注视在大雨中抢收衣服的街坊们。在外面玩耍的孩子，将外套遮住脑袋，和我撞了个满怀，没顾得上多看我一眼，猫着腰从我身边跑过，这孩子平日里最爱找我麻烦，此时，我化身亿万雨滴中的一滴，让他避之不及。大雨孤立了所有人，但孤立不了一个早已被孤立的人。直到浑身湿透，我才走到了家的楼下，依旧没回家，去找了羊肉串老人。他见到我，表现出了意料之中的担心，执意让我去他的宿舍把湿衣服换一换，我说不用了，“今天，我想在你这里好好的复习功课，不能耽误了，要考试了。”

1990 年 6 月 30 日是原点

1990 年 6 月 30 日。

那天清晨，我记住了这个日子。日历，老式的日历，很厚，每张却薄如蝉翼。那天的日历是由我去撕的，平时是妈妈，我生日后的整整一个月，所以很容易被记住。

那天的日历上写着，宜：远行……

远行，那天真的是遥远的旅行，远到现在我也没办法回到原点。也许原点早已漂移了，在离我很远的正前方，或是不远的身后。

那天，乞丐死了。

放学路上，听到窃窃私语，不远处的街坊们。

“听说是被人打死的……”静默老人。

“那还真要谢谢那个把他打死的人，终于清净了，就是不知道是谁干的……”三八妇人。

“管他是谁干的，这人死得好，他妈的看着他我就来气……”狂躁妇人。

“昨天下雨前，他好像还想偷我孙女的衣服呢，后来正好下雨，赶上有人来收衣服他就跑了……”下棋老人。

听着，我的双腿有些发软，我知道结果了，那应该是真的，我能感到，却尚未看到。

直到在离小径出口不到几米的距离，我看到了他的小木车，被砸得粉碎。不远处，我看到了他的脚，一双满是泥土的畸形的脚，身子被几张破报纸盖住了，我想盖住他的人并非出于对死者的尊重，而是怕吓到自己的孩子。不知道为什么，他变得很小，很小，整个人陷入雨后的泥土里。他连死都没能得到街坊们的关注，他就被扔在那里，无人问津，似乎在等人清理，也许一会儿来到的是清理城市中死猫死狗的人。

我很伤心，我觉得唯一一个和自己同病相怜的人离开了，我不敢再多看他一眼。那一幕成为我多年来的噩梦，延续至今，一双畸形的脚，被血殷红的旧报纸。

我想跑开，我想跑回家，双腿却出奇地沉重，我呼吸变得急促，努力挪动渐渐不听使唤的脚，经过他，经过他，经过小径，经过小径。我想见到谁，不是父母，是楼下卖羊肉串的老人，我想见到他，越快越好。

小径里，阴暗的小径里，树影瞬间消失了，几个人影把我堵住，他们那么高大，无法逾越，我没有了紧张，只想离开，拼尽一切所能地离开。我向左，人影堵向左，我向右，人影堵向右，直到此时此刻我才看清楚他们是五年级的家伙。

“小子，别以为昨天下雨，老子就没看清撞我的人是你!”带头的黑影说道。

我的大脑无比混乱，没有对他的话产生任何反应，我要离开，这是我现在唯一能听见的。

“你往哪里跑？今天你死定了！”他劣质港产片看多了……

“让我走！”我大叫着，我不明白我为什么会大叫，我从来都是沉默的，从来都是……

黑影狂笑着，其他的也是，依旧把路堵得死死的。我的呼吸愈发急促，却没有任何办法。

“哎哟……你们看！这小子没系文明扣！”黑影说着，俯下身，猥亵地向我的裤裆里张望。侮辱，侮辱，侮辱，口哨声，坏笑声，我下意识地捂住自己下边，拉上了拉链，与此同时，不知道从哪里来的勇气，我用力地试图推开他，我想逃走，我不想打架，我是个陷入泥潭的好孩子。

“敢动手儿？”黑影咆哮着锁住了我的双臂，庞大的身体轻轻一带，把我狠狠摔倒在地。

也许他是职业摔跤手，也许他是个杀人狂，乞丐就是他杀的……无数个让我胆怯的念头洪水般冲击着近乎决堤的神经，趴在地上，很痛却意识不到。黑影，猫戏耗子一样，没着急进攻，用脚在我身上踩来踩去，并不用力。

让我走！

我哭喊着，换来的是他们残忍的笑声。有个大人经过，是个街坊，然而他并没有理睬，嘴上嘟囔着：等等，等等，先让我过去……

小径没有救我，恶心的虫子没有，腐烂的落叶没有，风干的粪便没有……

我站了起来，艰难的，随后，他以更加专业的摔跤姿势又将我放倒……我挣扎地站起来，再被摔倒。一次次的站起，不是因为想欣赏他的摔跤技术，不是为了证明自己的倔强与傲骨，我只想离开，我第一次，想离开，付诸行动，却如此艰难。

我要离开！

在一次趴在地上被戏弄的时候，我依稀看到了一米外的一块碎砖头，我的意识已经并不那般清晰了。

我要离开，但是我先要砸死他！

我伸了伸几乎僵硬的手臂，够不到它，于是，在每一次站起来、每一次被摔倒，我都试着去靠近那块砖头。不知道站起，被摔倒，再站起，再被摔倒……多少次后，我的手，无声无息地握住了它，紧紧地握住了它，它——一块砖头，不，是我的一个转折点，是我真正的希望。

他得意地继续戏弄着我，辱骂，嘲笑。也许如此欺侮一个比自己小的孩子，才会带来在同样阴暗环境里难得的满足和可以被轻易忽视的虚荣，他回到家，会骄傲地和自己的妹妹说，你哥哥今天教训了一个比自己块头大很多的中学生。但是，我要让他失望了，你没办法在我身上找到任何满足了，你快死了。

最后一次，我顽强，可以被称作顽强地站起来，在他粗壮的双臂不知道第多少次抓住我之前的瞬间，我用尽全部力气，将砖头砸向他的头颅。我用的是砖头的锋利处，我握住它的时候，用手指就知道哪里是最锋利的地方，而最锋利的地方是会说话的，它告诉我，它要喝血。它喝到了。黑影的头上出现了红色，喷涌着红色，惨叫的红色，日历上的红色，红色，飞溅到我的脸上，其他黑影的身上，那，让他们尖叫，他们散开了！有路了，我有路了。

黑影瘫软在地，没有了声息，咆哮与谩骂顷刻间沉寂在红色当中，无能的抽动，他的身体无谓地扭动着，带动枯叶发出微弱的摩擦声。我没有放下手里的砖头，我在犹豫是否兑现半分钟前的誓言，让他葬身于此的誓言。然而，勇气与怒火真是有趣的东西，它们在你不确定是否还需要它们的时候，就已经走掉了。仅仅几秒钟，我的大脑让我全身感到：我从英雄变成了懦夫，我的报应很快就要来了——仅仅几秒钟，我的强悍，慑人的强悍荡然无存，冷汗与碎砖头一同落在地上，我不知道是不是我让它们落下的，手心的红，是血？不是，冷汗混合了从砖头上脱落的砖红色粉末。我的眼睛直直地盯住我的手，凶手。

他会不会死掉？不要让别人看见，不能让别人看见，跑！

我在跑吗？我问自己，此时此刻，我好像是另一个人，我明明还站在那五年级混蛋的身旁，却已经跑在了回家的路上，耳边是：小子看车！长没长眼睛……

我在跑吗？我问自己，我明明还站在那个五年级男孩的身旁，为他擦拭血迹，扶他起来，却怎么已经跑到了自家的楼下？

站在楼下，恐惧抵消了亢奋，唯有不安与愧疚，尤其是面对他，一个对我循循善诱的老者。我的彷徨是如此轻易的被他察觉，他叫住了我。

“什么事？”

“没事……”我回答，不安地。没事？我刚刚见到一个人被杀了，也许，我刚刚也杀了个人。

没事……显然他也不相信，“过来坐坐。”他说道，语气低沉，似乎已经开始了神父般的开导。

此时，是我第一次不情愿地走向他，我心中有愧，我不再是好孩子了，我打了人，也许更糟。此时此刻，那个泥潭中赤裸的男孩开始融化了，他美丽的脚趾，美丽的脚踝……当他开始融化的时候，他才发现自己原来也是淤泥做成的。我再也没有脱离这一切肮脏阴暗的资格，我仅仅抵挡了三年，可怜的三年。而眼前这位亲爱的老人，亲爱的神父，亲爱的神啊，我有什么颜面再次地走近你？我迟疑着，凝固在离他摊位几米远的地方，此时天色已晚。

“过来吧，该走的都走了，我也快下班了。来，至少让我下班前弄清你怎么了。”

我缓慢地走向他，与此同时，我希望在他明白发生什么之前，自己能先弄明白。

“来，坐这里。”他拍了拍自己的大腿，雪白的围裙，雪白的，我会弄脏的，我不应该坐上去……“坐呀？”他坚持。我坐在他的腿上，此时强忍泪水，我是坚强的，即使我不再是一个好孩子，但我至少是坚强的。然而我没有将这坚强贯彻始终，我哭了，在他用雪白的套袖为我擦拭脸上的泥土与血迹的时候，哭了。我强忍哭声，压抑哭声导致身体剧烈抽搐，我趴在他的怀里哭了，他用左手轻轻拍打我的背，如此，放声大哭，他释放了我。

他没问我血迹的来源，反倒是我边抽噎边开始叙述今天所发生的一切。

“乞丐死了。”

“乞丐?”

“就是我曾经提到过的那个。”

“怎么死的?”

“可能是被人打死的。”

就在这对话的同时，他的左手，起初轻轻拍打我后背的左手，缓缓地，移到了我的大腿上……不易察觉，我也确实没有察觉，继续控诉着，或者是隐隐地忏悔着。

“我打架了。”终于，出口了，我凝视他，等待他的表情，反应。这是个很大的罪过，我准备好了，他的责备，甚至抛弃，那是罪有应得，我让他失望了，让神失望的孩子，被抛弃应该是最轻的责罚。然而，一切出乎我的意料，他没有责备，没有皱眉，甚至嘴角都没抽动半下……这让我迷惑了……

后面我平淡的、匆匆收场的描述，黯淡了之前的血光，我开始怀疑他是否在意这发生在我身上的一切，或者这平淡的收场是正式被抛弃的开始，他的无动于衷，我的不知所措。

彷徨间却没察觉，他的手在我大腿上轻轻抚摸着。

告解没有持续多久，就伴随着他的默然草草收场，我没有得到任何帮助，此时此刻我不比一小时前好受，我原本以为失望的人是他，没想到是我。

罪恶感，好笑的罪恶感。我惧怕你，我屈服于你，却同时企图用你换取关爱与开导。我错了。

我从他的腿上缓缓站起，拎起书包准备离开，而他再次叫住了我。“回来，回来，回来……”说着他扬起了召唤的手。

另一个老人的手

杰夫拍着我的肩膀，那是浅浅的鼓励，他的言语，我并没在意，在意的是他放在我肩上的手什么时候离开，我的神经紧张起来，比五分钟前他难以揣测的眼神更让我紧张。是否应该甩开他的手，礼貌？修养？这些成为能和那悲剧带给我的后遗症抗争的东西，平衡，我试图找到平衡，希望此时的不安与对他手的反感不那么容易被察觉。终于，我做到了，如此不值得一提的伟业，被一个无名的中国学生历尽两分钟的时间完成了。在他的手离开我肩膀的时候，我才真正听清他的话，尚且算是肯定。

那是大学一年级的开始，说实话，我不喜欢这里，不喜欢这里的老师同学，他们都……太英国了，我难以接受，于是我的第一次创作里，我把他们都骂了。他们浑然不知，不代表我高明，只能说我再一次运用自己的小聪明调节了自己，在我难以拂逆的大背景中，小小的，幼稚的自娱自乐了一次，这也是我为什么将画画坚持下来的原因。

几张长两米的宣纸，拼凑在一起，我用毛笔蘸着红色墨水，在上面用中文发泄着自己的种种不满，对大家的，对环境的，充斥着谩骂，之后，用乳胶将它们覆盖，晾干后，那些红字随乳胶覆盖的薄厚或隐或现。我瞎编了些意图，例如告诉他们，这是属于我自己的秘密，我展现出来，你们却看不懂，乳胶代表思想中的遗忘与鸿沟等等。狗屁般的解释，如此我得到了第一单元的最高分，当然，评分后，我迅即将它们销毁了，为了安全。

杰夫，我在英国的第一个专业课导师，六十岁左右，他一直活在20世纪70年代的美国梦里，尽管他从来没有到过那里。也许是他书桌上的梦露台历，柜子上大量的六七十年代美国的影集、电影书籍、画册，为他编织了那个看着有些好笑的梦想。他穿不知道从哪家不入流的二手店淘来的难看的机车靴，鸡腿牛仔裤，高腰，暗红色的格子衬衫塞在裤子里，大铁钯的骷髅牛头皮带……发型，猫王式的，只是换成了杂草般的白毛。无法想象，一个活跃在六七十年代英国艺术界的英国人如此向往六七十年代的美国，在我看来就如同一个刚果人向往刚果金的生活。这或许好笑，或许是大学一年级的我尚且对种种标定含糊不清。

那他妈是什么？是他的口头语，在给我们看画的时候，他会动不动就指着画上的某个部分这样发问，全无恶意，你可以感觉出来。他也会哼唱一些鬼都不知道是什么的歌曲，或是只是用哼哼唧唧的方式制造些声音，通常是他离开的时候，当他开始哼哼了，证明他要走了。还有，眨眼，他会对你眨眼，对我眨眼，任何一个人都有份，说到神秘处，离别时，任何一个戏剧性的转折处结尾处，他都会。这也许对别人无足轻重，甚至会有人认为这是导师对自己的某种示好，师徒间关系的密切，但对于我，并非这样，每次他对我眨动左眼，我都会冷汗直流。我反感，却无法让他知道。

除了这一点让我难以忍受外，大多数情况下他是个有趣的好人。他是孤独的，他没有婚姻、孩子，他没有太多的钱，但我总能在学校附近拥挤的步行街上第一个找出他，硕大的破旧行囊，糟糕的机车风格，牛仔风格，猫王风格，都和这所艺术学院的其他老师格格不入。那些老师，穿着讲究，一丝不苟，让他们显得那样的冰冷，不近人情。然而，当种种迹象表明我对一个男人产生好感时，那也是某种恐惧的开始，厌恶的开始，尽管这种好感仅仅停留在某种程度的欣赏或其他的一些再正常不过的日常关系上。

预期中的恐惧曼延着，单方向的，我开始对这位老先生，老杰夫有所躲闪，然而命运一再提醒我，躲避是一种罪行，即使你躲避的是痛苦，于是它小小地责罚了我。

我英语不好，美院附中毕业的，英语没几个好的，当然也有少数例外，过分有先见之明的学生，在艺术创作上没有什么灵性的学生，很遗憾我两者都不沾边。对于那时的我来说，英语是魔鬼的母语。记得附中班上有两个同学英语最好，后来，一个练了个不太正确的功法，休学了，另一个跳楼了，跳楼的那个在跳楼前一个月开始迷恋做刀，用铁片，用木头，记得还将一把他做的刀放在了我的课桌里，害我对他保持警惕很久，直到他自我了断。他是个好人，他们都是，只是在残忍的现实里坚持做好人的方式出现了问题。如此，牵强的，我大肆放任了我本应感到羞耻的英语水平，并虚度了一整段于事无补的语言学校课程，直到大学一年级，我依旧不上心。我一直自诩为天才创作者，绘画语言的强大可以弥补一切不足，这理论是否正确在当时尚且不得而知，然而对必要技能没下工夫，命运会在一些意想不到的地方找回来，加倍找回来。为此，我不得不和杰夫相处更久的时间，也许是别的同学的双倍，因为语言，通常一句话，我要重复多一遍他才明白，而他也是，也许次数更多，如此拉锯式的交流方式让彼此都吃不消。

还好，我之前提到的我的绘画语言还算强大，这样，他才没表现出过度的反感，当然，我也不知道或不关心什么表现说明他反感了。“天哪……”是他在我们交谈中时常蹦出的字眼。

如此，我必须花掉更多的时间在一个男人身上，而且是个上岁数的男人，这让我紧张，直到疲惫。每次单独见面如同一次艰巨的考验，我的精力往往集中在他的身体动作上，而不是言语，不是他的意见，对艺术的见地，于是我错过了很多与他真正交流的机会。他是那样值得让人尊重，他的嬉皮作风掩盖不了深厚学识带给他的特有风度，一个博古通今的嬉皮教授，完美。然而在我们一次次的谈话、交流中，我的意识，肮脏意识，破坏了一切，尽管这样的破坏不是第一次了，大多数情况下我并不在意，但是眼前这人，我在意。

一次最为让我后悔不已的谈话。

那天停电，加上英国一如既往的阴沉，让整个校区如同鬼域，各色MINI们早早的被学生们开回家了，留下空荡的停车场，空荡的学生餐厅和校舍。我的导师见面被安排在当天下午，所以不得不独自在停电的校舍内空等。我坐在了靠窗的位子，等待着再次和老杰夫独处，这让我足足紧张了半个月之久，而在这之前的三个晚上，我失眠了。

阴郁的天空起初是吸引人的，后来就看烦了，目光在窗外四处游移，于是看到了对面楼里的厨师，实际上是我们学校的厨师专业。隐隐看见了一个女孩子，一袭厨师白服，独自忙碌着，面粉在她的双手间飞扬着，应该是学做甜品的，思来想去只有甜品适合到英国学习，为什么来学这个？和我来学画画一样，是个谜，当然这个谜只是对于别人，妄加猜测的人，例如，我。很快，那里也只剩她一个人了，但她的全神贯注似乎没有察觉这些，她也许很胖，至少那愚蠢的厨师服让她显得如此。脸，看不太清楚，一切关于她的形象被黑暗与二十米以上的距离混淆了，“这算偷看女孩儿吗?”我自言自语着，傻笑着，几天没睡，让我此时的笑容如同某种神经质的狰狞，我想是这样。

听到杰夫特有的哼哼声，空灵的飘荡在走廊里，我深呼吸准备迎接挑战，同时祈求住在头顶这片乌云里的神仙，让我敬爱却厌恶的杰夫少些带有个人色彩的言行。

“你吃了吗?”他对我的问候，我教他的。

“没有。”我无精打采地回答到，那是刻意的，我不想表现出紧张引发的亢奋。

“为什么?”他习惯性地上扬着自己的白眉，他所表现的漫不经心是真实的，那是一种让人敬仰的漫不经心，和太多我接触或没接触过的人伪装出来的漫不经心有着本质不同，前者让我紧张，后者让我恶心。

“停电，没力气为了顿午餐去爬楼了……”记得这句话，我表达得并不清楚，他面露疑惑地点着头，我猜他是不明白的。

“我看了你这个单元的准备，和一开始你和我说的不一样，完全没达到我的预期，你可以更好的，你我都清楚这点。”他单刀直入，直奔主题。

确实，老杰夫，你说得对，但是只要把我一个学期十次的导师见面改成三次，我就会让所有人满意的，我就会是最出色的，我就会有更多时间，把更多心思放在搜集与创作上，而不是担心如何应付一次又一次的见面，一次次见面前的紧张、失眠，崩溃的边缘。当然我没有说出来，我选择了沉默，遵循某种必须遵守的愚蠢规则。或者规则并不愚蠢，而是一个愚蠢的人无法适应。“最近身体不舒服，精神十分不好。”这是我的回答，话一出口，我立即觉得还不如说出实情。

杰夫面部表情丰富，你永远猜不出他听到不同的话后会是什么反应，然而这次他毫无反应，似乎不满我的回答，或把谎话直接过滤掉了，如同没有听到，那是个技术活。

他静默着，我没等他催促，便一一陈列出我近期的作品，写生、摄影、创作和更多的草稿，在我看来足以让他瞠目结舌。我对自己的创作才华从来不曾质疑，那是我仅存的骄傲，除此以外是大多英国佬欠缺的功底，那也是我的优势，二者结合，在我看来足以应付英国任何一所艺术大学的全部课程，更遑论第一学期。

然而，一如既往的，没有叫好声，没有认同，甚至没有鼓励。太多的问题，让我反感；太多的建议，让我厌倦。他一再提醒我，不要过多运用中国的元素，不要过多依赖从前在中国学到的东西，这里是英国。

“既然你来了英国，就应该学习这里的东西，如果你还秉持你原有那套，那你还不如不来呢！”这是他的观点，他的语气并不严厉，抛弃了个人色彩的一个忠告，在我耳中却不舒服。

后来，也就是几年后，我终于意识到他的正确性。当看到更多留洋的艺术学生坚持自己的民族艺术取向的时候，我意识到了他们的被动与无能。难道一个中国艺术家只能靠不断表现富涵中国意味的东西，才能得到西方观众的认可吗？多么懦弱的表现！投机，在任何领域都可取，唯独这个领域不妥。然而，当时的自己年轻气盛，并没太仔细地去消化他的告诫。

走神。

为了和老杰夫刻意保持距离，我坐得离他很远，足有三米，这让我们看起来不像是探讨，而是聆讯或审问，然而我不介意，我介意的是他说到激动处会把手放在我的膝盖上。他的这个举动甚至会导致我全身痉挛，过去几个月发生过，只是那痉挛被我强行地克制着，不易察觉。

他如此高龄，却始终未婚，让我不得不认为他是个同性恋，也许更糟。这让我对他的警惕升级了，一些几近变态、龌龊的画面在头脑中闪回：他的裸体，下垂的皮囊，猥琐的动作，尘是个挣扎的男孩……俯身在布满黑色油泥的地板上……白楼。

也许他有恋童癖；也许他就是因为这个才变得孤僻，不入流；也许已经有男同学掉进他的陷阱了……短短几分钟我的思维过度迷乱地跳跃着，对他的尊重与一些让我难以忍受的变态的恶心的画面掺杂在一起，一同拨动着我的神经。

也许我的额头渗出了冷汗，我试图听清他所说的，哪怕是一个词，但是我听到的是所有尘能想到的猥琐的足以玷污世间一切美好的词句，尘现在如同想尽一切办法回到自己身体的出窍灵魂。最终，杰夫帮到了我，他拍了拍我的大腿，问道：还好吗？尘用巨大的叫声回应了他。尘大叫着，同时从椅子上弹开，瞬间就身在两米之外。他碰了我的腿！尘怒吼着，这个变态！他碰了我的腿！……不，不！他是想帮我，他在叫我……我内心挣扎着，而同时，尘的过激反应似乎也吓到了可怜的老杰夫，他瞬间愣在那里，他此时应该比我更不知所措。

几乎与此同时，电力恢复了，画室亮了起来，道道冷光。

糟糕的见面会，最糟糕的。我回神后，尴尬地站在那里，看到了窗外的甜点女孩，看到了杰夫手臂上的梦露，我草草地道歉，离开，而他，始终呆坐。

我失态了，也许比这更糟。我病了，我意识到，病态的坚持，我管它叫。我意识到尘完全没有离开那里，从未离开。白楼，伟大的白楼，你那样的辽阔，上万公里。更大，大到侵占世界，我的世界。

白楼，有十四层，被我家U字型的楼包裹在正中，通体洁白，和我们的楼反差强烈，是那种能在阴天反光的白，我生命中第一次见到一座纯白色的楼房。我一度以为那里是座圣殿，在自家的楼上，我曾经无数次的把它端详，它的每一个窗子，它的每一个阳台，然而，我从没有见到过它的入口，从没能找到过。尽管它在我的意识中是神圣的，但是我从未试图接近那里，因为它的神圣，因为它的洁白，让我感到不安，让我退却。

我快步走出画室，此时眼前走廊的景象竟然和白楼有几分相似，等电梯的时间比以往任何一次都要长，我的食指毫无意识地反复按动着电梯按钮，表现出了令人费解的躁动，身体前后晃动着，眼睛上翻，死死注视显示电梯到达楼层的数字，嘴里喃喃道："我操你妈的，我操，混蛋，婊子，混蛋……"一如既往，这些谩骂没有指向，没有去处，没有标签，没有人知道它们属于谁，我也不知道。

整整一分钟后，我获救了，电梯门迟疑地打开，结局又一次迟疑地救赎。

一路上，我幻想着一些极度变态的画面，每一个画面中，尘都是被害者，被捆绑，被凌辱，被肮脏的黑油涂抹赤裸的全身。

在之后的十二个小时中，我分别去了最昂贵的餐厅就餐，去买了很多东西，去了赌场，最终醉倒在了一家老年人钟情的酒吧。在那最后的时刻，心愿达成，我又一次短暂的忘却了白楼和它的伟大。

那夜，冰冷的小雨没能使我清醒，我独自，踉跄地，回到家，不知道摔倒了多少次。那晚，我成了有故事的醉汉。

三天后，我回到了学校，而在这三天中，我一直昏睡，一直怪梦。再次见到老杰夫，让我战战兢兢，让我十分尴尬，但是隐隐地感到，他面对我似乎更加提心吊胆、小心翼翼。我向他做了个郑重的道歉，诚恳的道歉被他更诚恳地接受，他连连安慰，连连鼓励，我记得那是他第一次鼓励我，这让我措手不及，此时，语言的障碍被恐怖的和谐气氛冲破了。

“其实你的水平是班上最好的，你不需要给自己那么大压力。”肯定的话语出现在了尴尬的场合，让我哭笑不得。

我无言以对，勉强回答道：“我觉得自己可以更好的，所以可能压力大了些。”更好？我心想，回答得能再可笑点吗？如果我是做面点的，这回答倒还算励志，想到面点，不由地想起了甜点女孩。

老杰夫突然神秘地说道：“我们正在商量一件事情，对你是好事，通过的话两周后告诉你。”

我频频点头，真诚地假笑。

什么事？他能带给我什么好消息吗？以后不碰我，算是他唯一能带来的好消息。

我一直觉得，这种中国式的心理辅导性谈话是多余的，在中国被我习惯，不代表在英国依旧会被习惯，有时反倒觉得更好笑。在中国和我有过这样谈话的人，大多是些带着小眼镜一脸食古不化样子的老师或长辈，而眼前的这位穿朋克皮衣、有梦露文身的老者呢？

其实，我明白他老得足以洞察一切，足以洞察发生在我身上的不像我所说的那么简单，而他的选择，低调的处理方式让我欢喜。老人的优势在于他们懒得在不必要的时候给别人找麻烦，而且他们知道什么是不必要的时候。

那次谈话中，我觉得，他的这件皮衣真的很不错。

梦露照片

“你喜欢这张？先生。”穿着极度严谨的印度策展人迎了上来。

我没有急着回答，目光没有移开那幅摄影。

良久，“是的，如果我买了它，我是说，如果……那么你们会把他送到我的住处吗？我不想拿着它去搭地铁……”

“当然，第二天送到。”

“送到别的城市也第二天到吗?”

“呃……我可以给你问一下。”

“算了，开玩笑的，送到65 Green Park……”

去年，即2003年8月间的某天，闲庭信步于Old Bond Street，无意中在街角的一间画廊看到了Milton H. Greene的个人摄影展。内容，梦露，自然全部是梦露。画廊很小，两个不到二十平方米的展厅，稀稀拉拉的排放着大幅黑白作品，而那些作品大多是我不曾见到过的，可能也是因为对这位摄影师和他的拍摄对象从来就没有过度关注过。走马观花，唯独角落里一幅照片吸引了我，不同于Milton常见的呆板人像，黑白画面里，蓦然回首的梦露伫立在无数身着黑色正装男人的背影中。似曾相识，太多人效仿过这张，Herb Ritts有吗?或是几个月前的《i-D》封面?回忆不起，然而见到原作还是第一次，他会喜欢的，我想。尽管，1000多英镑的价格对于一张再版照片实属不菲，然而有人值得我去买下它，去馈赠，去感激。

“顺便问一句，先生……你是喜欢Milton还是梦露?”

我微笑地摇了摇头，“都不喜欢……”

同学

在随后的一周里，杰夫在所有人面前坚持着他的严厉，几乎没有一个同学的第三单元成绩超过七十分。七十分，毛骨悚然的成绩，足以导致同学们的热情迅速转化成愤怒，对老杰夫的不满情绪在全班蔓延着。而我，作为一个自我孤立的个体，似乎对正蔓延着的情绪毫无察觉。

我记得我那第三单元的成绩，七十分。

一次叫《死动物与艺术》的讲座上，一位很早前在这里获得博士学位的前辈在滔滔怪论着，亢奋的演讲犹如某位黑白色的独裁者。

“有人用死兔子做装置，你们认为对吗?”大喊口号般的提问。

“还有马!”

“还有鲨鱼!”

“牛！……你们认为对吗?”

台下鸦雀无声。

“当然不对！死亡和艺术根本无关，有人说死亡是艺术的一部分，那是狗屎，因为……”又一个十分钟的怪异陈述，有的怪异引人入胜，然而他的怪异显然不属于那个范畴。台下的同学开始走神，各忙各的。

我照例坐在最后一排，我英语不好，坐在前面，很有可能出丑，强烈的预感。而后来我知道了这位正在台上出丑的博士是达米·赫斯特几个没有出人头地的同学之一。

正百无聊赖之际，身边的人低声叫了我一声，“兄弟……”第一次有人这样叫我。我注意到了身边还有一个人，起初我还以为是一堆衣服，一件硕大的帽衫几乎将他的脸全部遮住，实际上我能看到的只有他的一张打了唇环的嘴，我想起他是那个骑独轮车上学的家伙。长期以来我一直不愿意承认一个事实，就是学艺术的学生确实都比较奇怪，外形上的，心理上的，或者二者兼备。就算事实如此，我也从来不希望让自己置身他们当中，但是就和小学的时候一样，越抗争，越深陷。

“嘿，兄弟，你看看，我给自己设计的独轮车图案，你觉得怎么样?”于是，我客气地表现出了兴趣，把头凑了过去，不出意料，骷髅，永远的主题，永远的图案。我觉得无聊，但是看到了他一双单纯且充满期待的大眼睛，我说了假话。他开心地笑着，继续描绘他的骷髅。

台上的博士继续道：“达米·赫斯特大家知道吧？你们不觉得他的东西实际上就是某种意义上的欺世盗名吗？他们这样的不配当艺术家，你们相信我，很快他们这种小偷的作品就会一文不值的……”

一文不值？不会吧。五年后，他做的骷髅头价值数千万英镑。在我看来，有些东西世界各地倒还真是相通的，例如，无聊的骷髅，无聊的嫉妒，无名之火。

“嘿，兄弟……”那人又再叫我。

“我们几个有个录像，新的，你看看好吗？给点意见!”他说着，从双肩背里掏出一台足有牛津字典厚的笔记本电脑，之后用了整整五分钟开机。

在五分钟里，前排的同学在传递着一张纸，拿到纸的人端详几秒，随后签上自己的名字，想必是出勤表，便没太在意。

博士声嘶力竭地批判着“切马人”。

天阴了。

五分钟时间到了，电脑打开了，随后，他的拙劣录像吸引了我。我看到了他们几个在城市间飞跃的画面，从一处楼顶跳到另一处，潇洒的翻腾、落地，如受惊的野猪般奔跑，同时配以蹩脚的迷幻金属作为背景，确实让人眼花缭乱，看得出，请我提意见是假，炫耀是真。看完后，我抬起头，他一副得意的神情在等待着我，此时，我注意到了他眼角的疤痕，额头上的疤痕……我不知道说什么，觉得他如此的单纯，为这么一段垃圾，冒着生命危险，头破血流，这份执著倒真是我欠缺的，为这个我肯定了他。这肯定，换来了他少一颗门牙的狂喜。

我喜欢他的蓝色眼睛，无邪。

不消多久，那张纸由这碧眼男孩传到了我的手里，接过纸后我恍然大悟，这不是什么出勤表，而是弹劾老杰夫的联名书，之上一一罗列着杰夫的罪状，例如令人难以接受的言谈举止，例如过分苛刻，例如大家屡创新低的成绩。除了罪状，便是大家的签名，看得出，每个字母都写得咬牙切齿。

“让杰夫这老杂毛滚蛋!”碧眼男孩对我说道。他没有像先前那样压低自己的声音，这样后几排的同学都清楚地听见了他的怒吼声，紧接着他们转过身，对他投来了赞许的目光，同时为他的宣言在课上就零星鼓起了掌。

笔，悬在半空，表现出了犹豫。而碧眼男孩似乎在为我打气，怂恿道：“估计他脑子里全是狗屎，刚才那段录像你也看了，有多好你也知道，而我得到了多少分？三十五分（四十分及格）！你知道他怎么评价，他用了‘蹩脚’这个词，操他妈的‘蹩脚’！他说图像和背景音乐结合生硬，操他妈的‘生硬’！他说那段摇滚选用得太没水准，操他妈的‘没水准’！”

排比，我管这个叫排比。而他继续骂道：“你瞧他说话的样子，估计鸡巴被狗吃了。”注视此时的碧眼男孩，在我脑海中十五分钟前的他瞬间被埋葬了，被狗屎埋葬了。再看他的双眼，似乎也没有了刚才的湛蓝……

一个害怕站错队的孩子又要去站队了。讽刺性的残忍。站在多数人那边，站在正确的那边，或者站在自己这边。

结果，他们失败了。杰夫没有走，他们没有能力让他走，而全体同学以惊人的速度收敛了先前的不满，为新的单元投入原有的热情，仿佛之前的那次叛乱从未发生过，这就是英国人。

几天后的人体写生课上。

我喜欢这门课，不是因为可以看见很多不同的屁股，而是这门课的内容是我所擅长的，比其他英国同学擅长。

在第一次休息的时候，我的身后就已经有不少人围观了，这让我兴奋，却熟练地表现出不以为然。

“画得最好的那个出来！”一个声音从门口传来，是杰夫。

画得最好的？我迟疑着，一个中国人面对赞扬时表现出的特有的迟疑。是我吗？是我吗？直到几个同学不约而同地将目光移到我的身上，直到身边的同学拉拉我的袖子，我才意识到这个只属于我的殊荣，只属于我的称号。我不关心接下来会发生的事情，我只沉浸在眼前。

喜悦中，我突然想到了爸妈，你们听到了吗？

同学们好奇地往门口张望着，杰夫示意我和他走，离开画室的路上，杰夫说：“还记得两周前我和你说了什么吗？”

“什么？”我在兴奋地装傻。

“好事。”他肯定地说。

说着我们来到了他的办公室，他简单地清理了摆在办公桌上的破烂儿，“把它填了。”边说边放在桌上一张表格，并解释道：“你现在是助教了，所有写生课程的，包括室外的、人体的等等。”

我诧异地望着他，心想：助教？是什么？

“助教是什么？”难得，我问了自己想问的问题。

“天哪……”又是天哪。

“你不知道助教是什么？好吧，就是一份简单的工作，我不在的时候，行使一下我的权利。比如帮其他同学看看画和写评语什么的，当然只是写生。”他解释道。

他补充道：“当然，你会拿到一点儿薪水，每周××英镑。我知道不多，但是有钱拿可不是坏事情。”

这是认可，一个组织的认可，我自然乐意，于是毫不犹豫地将那表填满。

“大一就当助教，确实没发生过，别让我失望。”一句叮嘱。

“我保证。”我说道，那是我当时常用的词汇，简单，朗朗上口，而且当我每次用到它的时候，对方无论是谁都会对我充满信心一段时间，之后，也许还会有其他的保证，那是以后的事情。我只知道，我的保证的保质期不会太长，就心情而定，我缺了份将保证坚持下去的责任心，至少当时没有，大一时没有。

“我保证。”老杰夫听到了，浅浅笑意，挥挥布满金色汗毛的手臂，示意我可以离开了，嘴里叨唠着：真他妈冷，口气像一个伦敦建筑工人。

之后的人体课上，我一直在走神，一个不大不小的问题困扰着我，一个刚上大一的中国留学生如此轻松的当上了助教，这是否和之前只有我一个人拒绝罢免杰夫有关？如果有，那么那张纸是怎么让杰夫看到的？难道是系主任和杰夫有很深的交情？我很少被和自己无关的疑问困扰，但前提是：我足够清醒去辨别它们是否真的和自己无关。而现在，我的喜悦无从宣泄，积淀下来，如酒酿般在身体中发酵，我迷糊了。

溢于言表的喜悦很快远渡重洋，分享，只有父母。

确实迷糊了，以至于没有及时清楚地看到事情消极的一面，没有任何准备，等它硬生生砸在头上。我忽略了同学，一些无良的猜测在其他同学间流传着，关于我和杰夫的，原因很简单：一、我没签那该死的字；二、在签字风波后不到一周我就当上了助教。那些不慎被我听到的，夹杂在微风中的轻轻耳语足以让当时的我崩溃。

我曾经不止一遍在洗手间里听到结伴吸烟的同学对我恶意的评价，更确切的说是不负责任的肆意攻击，而我，杀死了他们所有人。

“阿里克斯，你当助教彻底没指望了。”

“中国佬，呵……我怎么是对手，我可不愿意当杰夫的相好……”说到这里他们两个坏笑着。

和所有人预期的那样，我忍无可忍，冲出去狠狠地教训了他们，骑在他们身上，对这让我恶心的小天使的脸蛋，一拳又一拳，直到我的拳头上沾满了鲜血和鼻涕，直到他们坚挺的鼻梁不再坚挺，直到他们天使的脸不再像天使，直到他们没有了呼吸……我狰狞的笑。

“你知道吗？我听说上个单元就是那个中国佬得到了七十分，你才多少？阿里克斯？我没记错的话，你说你才六十二。你想想，你都才六十二分，你花了多久？几个月的时间，用了几百英镑，而那个他妈中国人呢？什么垃圾，七十分？好好想想，绝对有问题……操他妈中国人！”

尘此时此刻靠在和他们仅仅相隔一块木板厚的地方，懦弱地屏住呼吸，他没有冲出去对他们大展拳脚，相反，他是害怕的。他感到羞耻，如同生命中的任何一次羞耻一样，让他不敢面对；他想逃，也同样和曾经的任何一次一样，无处可逃。谁会来救他？那些画在隔断木板上的裸女？

显然，逃跑和裸女对于当时的尘来说都是奢望，他已经一年多没有和女人上床了。他曾经天真地以为自己抛弃些其他的欲望，便可以给自己少找点麻烦，生活就会美好些，或者说简单些。然而现在呢？一个懦夫颤抖着等待背后嘲笑自己的人离开。那是耻辱的经历，耻辱到被自己的记忆剔除。

“只能怪自己倒霉了，有这么个中国佬，我有个表哥，他们学校的中国人也……”他们的声音远去了，同时在整个洗手间留下了大麻的味道。

我待在原地，很久，试图平复急促的心跳，头脑依旧混乱。我怕被他们嘲笑，我更怕因为自己整个中国被他们嘲笑。自责与内疚足以冲刷一切自己的怨情，这是海外华人的通病，至少是像我这样一部分人的。我们背负了太多民族情绪，却往往不知自己究竟可以承载多少，所以我们总是被耻辱与危险紧紧围绕，就好像，我们说了太多的谢谢，太多的对不起，我们总认为自己在犯错，为什么？为什么？因为我们还不熟悉规则，他们的规则。眼前，我因为不了解那该死的规则受到了应有的惩罚，然而只是眼前。

混乱时，强迫性的分析是我摆脱混乱的手段，不管那分析结果正确与否。

四十分钟，一个厕所的隔断困住了我四十分钟。

从此，每个同学的笑脸都变质了，我清楚地看到了笑脸后隐藏的敌意。奇怪的是，我不明白他们的笑脸后为何隐藏的是我对他们的敌意。我更加的不合群了，如同回到了小学三年级前的日子。而和杰夫稍稍见缓的关系也随之僵化，我坚信是他的一些让人产生误解的言行导致了眼前的局面，我开始对他避之不及。

阴冷的冬天，那个冬天对于尘来说冰冷刺骨，冰冷刺骨是因为他愚蠢。

尘是个害怕站错队的孩子，至少在那时候如此，然而发生的一切表明他不具备做出正确选择的能力，他还不知道自己眼前和之后希望得到的究竟是什么，所以处处表现得像个庸人。如果说，他早已主动地自我孤立于同学外，那么他何必在乎同学带给他那些不成立的伤害？如果说，他在没签那罢免书的时候就已经选择了立场，站在了杰夫那边，站在对自己毕业有利的那边，那么他何必在乎之后发生的一切？

显然，我不应该让一个孩子来为我做决定，自我孤立是洒脱，被孤立是难以习惯的痛。

孤立无所不在，唯独不在我担任助教的科目上。同学们谦虚地向我请教，那让我找回些许颜面。然而指教对于我并不简单，在下课后，我往往需要多留下一两个小时，看着别人的画，写一些意见，然后把这些上交给这门科目的导师。我的语言不好，二三十个同学每人一句，就要花上几个小时，字典、“快译通”，我需要你们。

冬天，天黑得早，所以每次完事后总感觉已经夜深人静了，唯独对面楼里的一盏灯不会熄灭，不用想也知道，那个甜点女孩儿。我每次头痛欲裂的时候，会在窗边静静地对她窥视，她也许从来不知道我的存在，一个龌龊窥视者的存在，而我为什么要看她？除了确实没什么别的可看之外，她并不美丽，至少我始终看不清她的面孔，肥胖的厨师服掩盖了她的身材。什么吸引我，我也说不出，那时，我还没有意识到，她吸引我的正是那会儿让我有所转变的关键所在。

记得她从来没有比我早走过。

赤野扶美

杰夫潇洒依旧的背着巨大行囊穿梭在拥挤的步行街上，漫不经心地低垂着眼皮，而我却变得谨慎了，不敢再像从前那样，叫住他，友善地问候，现在，匆匆回避，像十几年前的那个在放学路上害怕撞到混蛋的孩子。我会东张西望，一见到他的人影立刻拐进离我最近的店铺，宠物商店、银行、五金店，老太太们聚会才去的酒吧是最让人尴尬的，一些一战时还算漂亮的女兵，我冒昧地冲进去，道歉，用最缓慢的动作退出来，以确保杰夫已经远去。

间歇性的心理障碍在那个寒冬再次侵袭了我，幻想在加剧。我不敢上街，我可以看到每个男人的裸体，浓密的让我恶心的体毛；在超市里蹲下挑选罐头的胖男人，露出了半个长毛的屁股，这让我想要呕吐。视线内的所有男人，都好像是让我恶心的性变态，他们在我的幻想中上演着四级片的内容，太多的裸露，太多的鸡巴……我想我快要疯掉了。我在想象着英国疯人院的样子，难得，我在近乎崩溃的时候才会为自己的明天打算。

我多么希望把自己关在舒适温暖的家中，不迈出家门一步，直到度过这次发作。我想过请假，但是要请一个多久的假呢？最漫长的一次我用了整整一年才熬过去。我坚持着，绕很远的最少人走的路去上学，而艰难地到了那里要面对的又是什么人呢？让我心怀恨意的老杰夫？那些满口脏字的同学？绝望，没有人帮助我渡过难关，这是第一次，从前有戮，而现在呢？也许正是将近两年生活中没了女人才会加剧我对男人的恐惧。女人永远是最好的良药，可惜我曾经的良药不知道身在何处。

裸体的老男人，在尘的视野里格外清晰，白色的阴毛散发着许久没有清洁的尿碱和汗臭味，与他们擦身而过时尘可以清晰地闻到，那味道，让尘连续数天吃不下东西。于是我在变瘦。而杰夫，我已经连续溜掉了三次和他的见面了，我不希望他能明白，只希望他能隐隐感到，令他有所猜测比了解事实让我稍有安全感。

终于，有人出现了，她搭救了我，又是女人，一定是女人。我爱女人。

人体课的模特几乎全部都是这里的在校学生。自从“发病”后，我就闪掉了所有的人体课，因为助教的关系，人体课名单由我掌握，我躲掉了所有可预知的男人体。而今天，将是个女孩，通过她名字怪异的拼写看出她是个日本人。实际上我并不对她的身体抱有幻想，对于我真正重要的是这周人体课我不用旷了，百分之七十的出勤记录和让人痛苦的“疾病”在争抢着我的大脑剩余的空间。

和以往一样，我第一个来到人体画室，清洁模特台，帮其他同学摆好画架、画板，它们都那么破旧了，上面被那些正值青春期的同学刻满了男女的性器官，就连模特台上的椅子都是。英国常年的阴沉让天光教室变得再也靠不住了，灯光，让一切衍生出戏剧性，这是在中国不曾体会的。我选了最好的位置，挑了最干净的画板，看着同学们陆续进来，我们点头示意。他们走到我面前，在出勤表上签上自己的名字，转身寻找自己喜欢的位子，没有半句废话。

直到画室拥挤不堪，最后进来的陌生面庞是今天的模特，看着只有十八九岁，身材小巧，皮肤洁白如雪的日本女孩。她穿着颇为时髦，身着 Rick 当季的深灰色小皮衣，血红色花呢短裙。她也许是时装设计系的新生，也许。她很容易的找到了那用布帘遮挡住的简易更衣室，当她拉上帘子之后，仅仅几秒钟的宁静，然后是一系列的窃窃私语。

“我见过这个婊子，很骚的……”“你怎么知道的?”“看她的样子就知道了……”几个不怎么好看的女同学在低声议论。

“哇呜……你看到啦? 她可真火辣，她是谁?”“我不知道，你知道吗?”班上的男孩骚动声更大，更易察觉。

仅仅过去了一分钟布帘就被掀起来了，她穿着白色的浴袍小心翼翼地走了出来，她没有穿准备好的拖鞋，也许过大的尺寸不太适合她娇小的双脚。她的脚那般洁白，踮起脚，走在冰冷的水泥地板上，好像一个雪人般容易被摧毁。我想过去扶她一把，止住了，有男孩抢先一步。她面无表情地站在模特台上，台下鸦雀无声，炙热的目光，嫉羡的目光，唯一不为所动的，依旧可以对她投去冰冷目光的只有它——脸上被画了无数个鸡巴的大卫石膏像。而那日本女孩似乎在享受，看得出，她在享受，一次高潮的前奏。需要有东西去轰掉这凝固的瞬间，我轻声走到台边，打开了胸罩一样外形的射灯，演出开始了。与此同时浴袍悄声滑落在地，在一阵口哨声后，她优雅的端坐在满是黄色涂鸦的木椅上。一切似是轻车熟路，仿佛在告诉所有人，自己曾经的壮举远不止如此。她的身材对于一个十几岁的亚洲人无可挑剔，我和其他同学一样，快速调整着自己的思绪，装做若无其事的为准备工作忙碌，按按已经深陷在画板中的图钉，削削已经尖得不能再尖的铅笔，随后，开始心不在焉的作画。

也许她曾经是个 AV 女演员，也许。我的思绪伴随我的双眼游移她的全身，她的身体和这种不羁的态度迟缓地扫除着我之前的“病”，裸体的少女取代了裸体的老头，这对于一个二十出头的年轻人多少是件好事。而我，主观地扩大了这次短暂的取代，我在试图借助她自我治愈，或者是延缓下一次“病”的到来。我想她会很乐意帮我这个忙，尽管这对她来说并不那么尊重，但是我想她不会介意的。于是我刻意地让她多次出现在我的思想中，当先前的病态反扑的时候，当我自慰的时候，当被街上过多的男人包围的时候，当不得已和老杰夫谈话的时候，她和她的身体如同女神一样拯救了我。

三十分钟一次休息，她穿回了之前的浴袍，优雅的踮起脚在画架间肆无忌惮地穿行，所有同学不由自主的为她让路，此时一个人体模特犹如一个皇后。她在寻觅，细细端详每一幅画作，随后是轻蔑地离开，不给作者留下半分颜面。休息时间太短暂了，以至于她没来得及走到我的画前就匆匆再次站上了模特台。

“请把你的左手抬高些，谢谢!”我对她姿势的指正，我想声音足够温柔，至少听着不像一个趾高气扬的傻蛋助教。

她只是照我的话去做了，甚至没有多看我一眼，冰冷依旧的表情。

第二次休息，她还是赤脚走在那些惨不忍睹的画像中。其实太多时候，我觉得给这帮英国同学找模特是多余的，我想没有模特的时候他们会画得更像样些。他们很努力地希望自己所画的东西贴近模特，然而我看到的大多是外星生物，或是一千年后的模特，被烧焦的模特，我不知道此时那日本女孩有何感触，看到自己一千年后被烧焦的样子心情欠佳是肯定的。这次她的步伐更慢了，她使劲地交叉双手，用浴袍紧裹自己，也许她感到冷，尤其是看到这些画后。她还是没有走到我这里，第二次休息结束了。

这次她摆出的姿势准确无误，没有给我留下挑剔的机会。那天上课一个半小时之后，写生课导师才匆匆现身，手持一杯冒着热气的咖啡，风风火火地俯冲了一圈，然后走到我身边，小声说了句："这里就交给你了。"随后快步离开。

交给我？我对这种委以重任早已感到厌烦，我不知道继续助教的工作会不会令原本就十分糟糕的同学关系更加恶化，所以，消极怠工成为了自己明哲保身的唯一手段，偶尔不负责任的鼓励让所有人不至于感到厌烦。

最后一次休息，她几乎观摩了全体同学的作品，除我以外的全体同学，这让我狐疑她的意图，或者她压根儿没有意图，她压根儿对自己的同类不感兴趣。这种猜测令我不安，为何不安？我还来不及思考，或者在很久前就有了答案，而这答案是我没有信心去面对的。

我想，我挺喜欢这个日本女孩。而最终她也没有看到我的画。

三个小时后，射灯熄灭，愚蠢的仪式开始了，一个英国式的过场。我代替导师站起身，向同学说道："好，让我们谢谢……"她的名字是什么？我慌张地搜索着写着她名字的纸条，此时我听到了人群中的笑声，"赤野扶美……赤野扶美……"找到了。此时的她依旧没什么表情，穿着对于她大得可笑的浴袍娴熟地等待着可笑过场的结束，"谢谢扶美！"大家齐声道。她客气地露出了微笑，随后匆匆和衣而去，似乎没有对这愚蠢的画室产生半分留恋。我想过把自己的画送给她，然而退却了，那会是让我尴尬的场面，我预感到。

Vivienne，她的短裙是 Vivienne 的。

她娇小的背影很快淹没在散场的金毛猛犸象中，上下眼皮接触的瞬间，教室里就空无一人了，看得出大家讨厌这画室，也讨厌我。我无奈的开始做些善后工作，把同学的画随意地摆放在靠墙的位置，为了让导师打分。把画架连拖带拽地堆在角落，发现上面的鸡鸡又多了几个。我不喜欢现在的工作，像个保姆。“荣耀与责任”，牢骚时，我这样提醒自己，却仅仅像另一个愚蠢的过场。

对面楼里的甜点女孩依旧在忙碌着，神情专注在泛着银光的大盘子上，臃肿的白衫掩饰不了她对那些可笑面团的热情，“真他妈是个认真的人……”那是我嘲笑的口吻。

自此，一个人体模特的出现改变了我生活中的秩序。改变，来自一个陌生人，这是让我反感却一再出现的事实，这让我在痛恨自己无能之余开始把希望寄托在生活中的不确定因素上，例如，也许在某一次的人体课上她会再次惊艳亮相。我曾经刻意在三层（时装设计系的楼层）坐上整个下午，为了证实自己先前的猜测，结果失望而归，那里有太多的日本女孩。我发现在我大脑中她的影像开始虚幻，渐渐变得不那么真切，这让我紧张，我害怕之前的“病”会在她消失的时候趁虚而入，这比“病”更让我忧虑。

为了记住她，我把她画在自己的本子里，裸体的，有时候甚至不单单是裸体。我借此驱赶着一个巨大的身影，每逢那影子出现，画本里会多一个瘦弱的男孩，那是他藏身的地方，在那里他是无畏的。

之后一周的人体课模特是个男人，当然叫托马斯的一定是个男人。我挣扎着，我再不去就很难保住自己助教的位置了，这点我比那个稀里糊涂的导师更清楚。显然，我没有不去的胆量，当然去也同样需要些胆量。一个胖子的裸体，可笑的是我面对他的时候，比我面对那日本女孩时的心跳还要快上很多，我不停地深呼吸着，同时抑制自己，免得让同学误认为我哮喘发作。那胖子在每次休息的时候都一丝不挂地在画室里溜达，名副其实的暴露狂，这是尘难以忍受的。于是，落荒而逃，为一个颤动的、惨白的肥屁股落荒而逃。那次人体课是这半个学期的最后一次，很快就放假了，而之后放假的一个月里我没吃过一口猪肉。

一双神经质的眼睛穿过步行街，你甚至可以说他们是猥琐的，我并不会为此发怒。没有课上的假期比起描画裸体的白胖子更像一个考验，空虚感加剧着。空虚，尤其是这个飘雪的季节，人烟稀少的季节，没有人邀请我去参加什么聚会，我没有了拒绝他们的机会，这让我失落。偶尔，脑袋里出现那个日本女孩，在那里，她性感，冰冷，不羁。偶尔是那个甜点女孩……当然，想到她只是偶尔的偶尔，一个白色的铁桶足以取代我脑袋里的她。

需要找点事情做，我意识到。

漫无目的地在空荡的街道上穿行，大部分店铺都早早打烊了，一切都那般索然无味。当经过一家门面很小的旅行社时，窗上的海报吸引了我：一片被蔚蓝海域包围的废墟，我用糟糕的英语，拼读着那地方的名字——哈瓦那，我觉得那将是我温暖的避难所。

哈瓦那

2002年1月，我已经身在哈瓦那了。在这里，之前的空虚被足够高的温度融化着。我记得，笑容开始绽放，我尝试让自己去迷恋一些离我遥远的东西，一些陌生的东西、陌生的人。在这里，我喜欢看赤脚的男孩奔跑在泥泞的街道上，为一个破得不能再破的足球厮杀，原始的活力。我喜欢这里的孩子，尽管他们可能会通过些拙劣的手段骗你点钱，但那让我心甘情愿。

这是出国后一次难得的享受，我不明白，在我踏足巴黎前，踏足瑞士前，踏足意大利前，我会先踏上这里的土地。也许是这里的破旧和肮脏吸引了我，让我找到了可以安慰我的与起点那般相似的地方；也许是强大结局又一次的引领。如果是后者，那么那结局希望我在这里得到什么呢？仅仅是一次小小的放松吗？

那天，已经接近黄昏，正是涨潮时刻，我坐在防浪堤上等浪。见过一张拍摄于1973年的黑白照片，几个孩子在躲闪着袭上公路的大浪，如此，短暂的动容成为了长久的期待。然而抓拍飞浪并非想象中的那样简单，耐心。

空等，将三角架扭转了三百六十度，通过镜头观察马路对面怀旧无比的建筑。孩童嬉笑着在楼的右侧打闹，楼左侧就开始有土、石脱落，这是哈瓦那的一大特色——无论看似多么脆弱的危楼都有人无惧地居于其中。也许很多人不能理解，然而置身贫穷，面对危险与安顿并存，多数人都会将前者无奈的忽略。

这是在哈瓦那逗留的最后一天，明天就要飞回去了，继续应付那些出奇无聊的课程，除了担心自己岌岌可危的助教头衔外，我还在担心自己的语言。大一开学快半年了，专业上的优势并不能弥补语言上的缺憾，讲座上我依旧像个白痴。我应该抓紧假期提高语言水平的，结果呢？在自己过分玩世不恭的态度下，依旧没有改变，没有长进。自责片刻，胡乱地扭动着镜头，无意间对焦到一个斜靠在楼下石柱上叼着烟卷的女孩儿。她很年轻，女人？女孩儿？并不确定，穿着有些暴露，然而这里人皆如此，褐色的皮肤，很亮，像危楼上唯一一扇没有破碎的玻璃窗，反光。一切如此符合，为她拍照，我坚定地告诉自己，此刻什么飞浪已经可以去见鬼了。

我快速地穿越了马路，而接近她的时候放慢了脚步，和她打了一个招呼，并提出为她拍照的意愿。因为担心她不精于英语，说话时配合的肢体语言格外的夸张。当我的开场白大张旗鼓地结束后，她只是轻蔑地笑了笑，这样的笑……我感到疑惑。她不出一声，不慌不忙的将手里的烟头熄灭在了石柱上，招手，示意我跟随她，纤长的手指……“在这里拍就可以。”我说道。她没有理会，示意我继续跟她走。我有些后悔，显然不该永远遵循拍照前向被拍照者请示的原则，在马路对面时的一张抓拍，将会是，完美。

骑虎难下的人跟随她走进了肮脏狭长的走廊，没有灯，楼上孩子们跑过的脚步声由急到缓，尘土顺着天花板的缝隙飘扬在头顶，脱落了墙皮，狼狈的闪身。楼梯，破损严重，脚跟无法放在任何一级台阶上，踮起脚，穿透倒塌墙壁的光线为我指路，而她始终默默。当走到第三层，隐约听到了婴儿啼哭声。第四层，跟随她向哭声走去，她开了门。“到了。”她说，标准的美音。

房间很小，除正中一张几乎绷出弹簧的双人床，和床边一张堆满垃圾的瘸腿桌子外，几乎没有任何摆设。光线昏暗，用过的卫生纸散落一地，空气中浅浅的弥漫着食品腐烂后的异味。还有一间更狭小的里屋，那里传来婴儿微弱的抽泣声。“你先坐。”她说着向里屋走去，本以为她去安抚里面的婴儿，不想她只是把里屋的门狠狠关上。对眼前的一切我没有发问，只是希望通过快速的思维得出判断。然而一切猜想均在她迅速地半裸了上体后明了，她是妓女。此刻我明白了那笑的含意，也许曾经有无数的嫖客以各种理由接近她到达过这里，也许也同样的打着拍照的名号。我愣在那里，短暂的不知所措，然后，在她褪尽最后一件衣衫前叫了停，逆光，漂亮的轮廓。

“我只是想拍照。”我说得坚决，并没有转过身，只是让自己的目光始终凝固在她的脸上。她起初诧异地愣在那里，随即套上了一件外衣，警觉地望着我，不明我此刻的用意。“你的嗜好？”她不安地问道，也许太多客人的嗜好为她留下了难以遗忘的创伤。我理解她此刻的警觉，却不知如何证明自己的清白。“你需要付得更多，而且要先付。”她打破了对峙的局面。问题，解决了。“你需要多少？我是说抛开你说的……嗜好？”我问道。“500（当时的旧比索）。”她的开价。你原本可以近乎无价，我想着，掏出500比索，塞在了那张堆满垃圾的桌子上。“我只是拍照，”我重复了开始的话，“并且，你不必裸体，只拍照。”我直直地注视她的眼睛，见她依旧将信将疑，便从书包里掏出了学生证，“看，我是个学画画的学生，”我把我的学生证当做了自己行为让人难以理解的通行证，“现在是假期，复活节，回到英国后还有作业交，拍了你，我可以当作业交，那样你可以说帮了我大忙了。”我继续解释道，圆滑。

十秒，也许不到，她放下了戒备，走到了里屋说要打扮。我担心过于繁复的装扮夺走了原有的自然，然而，见她难得放松，我没有提出过多的要求。她再度出现在我眼前的时候，证明我是多虑了，我忽略了“贫穷”，衣着和刚才并没有什么区别，不同的是，一个精心的妆容，动人。

“你的相机很好，我可以看看吗?”她一下就注意到了我的相机。

“当然。”

“NIKON？F4？很贵吧？”

“有一点。”

“多少钱?”没想到她会对价钱打破沙锅，但是好像这里人对谈论价钱从来没有避讳。我故意将价钱说低，然而她仍旧一脸震惊，“相信我，有这些钱，我就可以去美国了。”她表情夸张地说道。

“为什么想去美国?”我问。

“去华盛顿，看自由女神。”她略带兴奋地说道。我没有纠正自由女神正确的位置，我想那一定是她的口误。“对了，你希望我什么动作，站在哪里……”她的话多了起来。

“去窗边吧。”

“对不起，家里实在是太乱了。”她向我道歉，显然，此刻对于她我更像是个到访的客人。

按下快门，不停地，同时有说有笑着，“你的英语很好！”她说。

“你一定在开玩笑，我在一小时前还在为它发愁呢。实际上你的比我好，你在哪里学的?”我反问道。

“当然，我以前是哈瓦那大学的学生。”她骄傲地说道，仿佛急于告诉我她并非一个一无是处的妓女。

十分钟后，拍照结束。我示意将要离开，她说要给我倒一杯自己泡的咖啡。片刻，接过咖啡，坐在床上，她搬出一把折椅，优雅地坐下，宛如淑女……对望无语，随后同时尴尬地笑了，又一个十秒。

“为什么想去美国?”我问。

“谁不想去？那里有自由女神像，那里很自由的。”

“有自由女神像就有自由吗?”我笑着反问。

她笑而不语，稍顿，“听说那里工作很好找，收入也高，尽管我们这里过去不容易，但是还是有人去了……”

我们继续聊着，甚至聊到了中国，咖啡很苦……十分钟或更长点，在一次两人的语塞后……“我很好奇，为什么要……”我不知道为什么问这个无礼的问题，正想如何将话题岔开。

“为什么当妓女？我需要钱。”她笑着回答，如此直接，如此平静。

“当然，我是说，你从哈瓦那大学毕业后应该可以找到份好工作。”据我所知，哈瓦那大学相当不错。

“我没有从那里毕业，在入学第二年的时候，我有了孩子，”说着指了指里屋，“我没有钱同时上学和养孩子，所以……”她始终在笑。我以微笑作为回应，然而我不知道，我怎么笑得出，她怎么笑得出……此时，里屋再次传出啼哭声，只见她的笑脸骤然阴沉，转过头，向里屋大叫到："你能不能闭嘴！"回过头，对我笑着说："对不起……"

显然，她此时更应该是个向往自由的学生，我没有问她为何要让里屋的生命降世，原因种种，然而并不重要。重要的是，她不是个称职的妓女，称职的妓女不会和萍水相逢的人倾吐过去；她更不是个称职的母亲，称职的母亲会不顾一切地去照料自己哭泣的孩子。她也只是个孩子，向往自由却被现实捆绑的孩子，对于诸多捆绑，她无视，她气急败坏，不明所以。她现在情感上的挣扎我是如此理解，如此熟悉。不及多想，此时此刻，我更加为她那与我素昧谋面的孩子感到担忧。"你确定他没事吗？"我问。"不用管他，他哭累了就会睡着的。"我听过最不负责任的话，我将咖啡杯放在了地上，站起身，开始收拾相机，"我要走了。"我说道。"你不用急的，我没有什么事情。"她说。"不了，我明天就回英国，还没有收拾东西。"说着，我向门口走去，"对了，很高兴认识你。"我转身说道，不经意地发现那500比索已经不知所踪，什么时候被她收起来的？我暗自纳闷。她为我艰难地推开那道沉重的铁门，"我还会再见到你吗？"她问，片刻，"也许吧。"我答得冷漠。冷漠，不因看清她自始至终是个妓女，不因她如何对待自己的孩子，而是我向来蔑视不安分的人。

我记得来时的路，尽管越发漆黑。门，合上了，尘土中，依稀看清了门牌——408，我真的会回来吗？背后是婴儿的哭声，和她对那婴儿的训斥声。尘拉着我的手，加快了脚步，他说那声音令他恶心。

伟大结局的意图是什么？这对母子的出现想告诉我什么？考验我的同情心吗？如果是对我同情心的一次考验，那么我应该为她们做些什么？

对于当时的我来说这几个问题是无关重要的，只有在回程六个钟头的飞行时，我才将它们粗略地思考了一下，随即抛到脑后。毕竟，回到英国后即将面对的东西更加值得让我思考。我真的对那一切厌烦透了，脚没着地就开始盘算下一次假期的去处了。

回到英国就是阴雨天，冬天的雨。温差过大，让我身体不适，之后没休息两天就复课了。空虚好像是讨债的冤魂，早早的等在了 Gatwick 机场，等在了我回到住处的路上，住处的门口，家里的沙发上，家里的床上……

讨厌而劳碌的留学生活在空虚的陪伴下延续着，没有丝毫乐趣。每个学期的开始，课业并不那般繁重，我为此感到不安。如果没有导师见面，也许一天都不会有人和我说话，这尘本该习惯，本该在九岁前就被习惯的东西，在那段时间里变得让我难以忍受。我开始和尘对话，尘会问些奇怪的问题，不能第一时间就被轻易回答的问题，被增加的思考长度，减轻我的空虚感，尽管有时尘的问题会吓到我。

艰难的 10 英镑

“买定离手……”庄家无精打采地说道。轮盘赌 VIP 赌厅内，空调，强劲地制冷，而我，汗流浃背。

我把最后翻盘的希望，最后的四块大面额筹码在手中神经质地反复搓动着，直到它们变得滚烫，我才依依不舍地放它们在那绿色的桌子上，它们就如同远行前我不忍放开的爱人的手。我把它们分别放在了24、5、30和0几个数字上。24，我唯一拥有过的学号，5和30，我的生日。0？什么都不是。0，一无所有。

秃顶的庄家漫不经心地抛耍着手中的滚珠，表现出了足以让我恼羞成怒的轻蔑，随后，专业的再次转动轮盘，并把它投了出去。

黑色的小滚珠飞速地旋转着，魔鬼的牙齿。

就是这个头顶没剩下几根毛的穿着可笑的粉红色马甲的愚蠢的庄家，赢了更加愚蠢的我。那晚，我输了很多，多到我难以承受，多到不可能再保持平静的心态。我在心底咒骂着这个秃顶的中年男人，咒骂着那个引我入局的中国侍应，咒骂着这里黑色的看似那么不吉利的一切，用的可能是像之前那个讲座上碧眼男孩咒骂杰夫的那种排比。唯独，我自己是清白的。

我独自坐在昏暗的VIP房间，之前的四个赌客都因为这个杀手级的庄家逃走了，只有我，坚持着，为愚蠢的颜面，为愚蠢的较量。那可是我第一次在这里的VIP房间赌钱，我不能像那几个懦夫一样逃跑。荒唐的想法，荒唐的掩饰，我应该知道有时逃走的人不是懦夫，没有逃的人才是，而显然对于眼前的我来说，简单的分析和杀死卡斯特罗一样艰难。

疯狂转动的滚珠，好像这疯狂转动的世界，那让我晕眩，让我不知所措。我不惜一切地紧紧注视它们的每一次转动，生怕错过什么，然而最终面对缺憾，面对错过，只剩下无力挽回。

服务生帮我端走了第二个超载的烟灰缸，这里的服务生要比外面大厅的穿着更加暴露，然而那已经不再能吸引我的注意了。眼前唯一的问题是，我怎么把之前输掉的钱赢回来。赢回来，我不能失去那笔钱，绝对不能，那太多了。我用力擦拭着额头上的汗水，已经不再顾及先前的形象了，一个月前在萨维尔定制的新西装，高贵地瘫软在地，但我并没有心情去将它拾起。我开始后悔让自己置身这种处境，该死的VIP！我此时才意识到，VIP，这个曾经杀死了很多人的称谓，正在无声无息地谋杀着我。

显然，那该死的庄家已经准备好了再一次的清盘，他打着哈欠，我下意识地看了眼手表，凌晨3:05，此时上午的课已经被我抛置脑后了，而你准备换班了？混蛋！

随着滚动速度的放慢，我的心跳成为此时我唯一可以听见的声音。5，30，5，30。我默念着，似是祈祷。那滚珠开始弹跳时，我的心跳已没有了间隔，而且震耳欲聋，这是一种惩罚。

它停下了，微笑地停下了，此时的它，像懂得微笑的老人的睾丸，它确实惩罚了我，它让我恶心，那是伟大的结局对我的惩罚。然而我知道，它不会将我置于死地，它的存在依附于我的存在，于是，我得到了一个预示，一个一无所有的数字——0。

庄家比我更加诧异地注视着那滚珠，似乎在核对，在犹豫，此时的他就好像大陆保险公司的理赔审核员一样表现得一毛不拔。而我？没有表现出一丝的骄傲得意。复杂的情绪纠结着，好像被戏弄之后的起死回生，耻辱与庆幸合力扫除着先前的紧张情绪，终于，我长出了一口气，我险些被谋杀了，在这见鬼的 VIP 房间中。

“你也很累了，该收工了，谢谢你陪我到现在。”我一边拾起桌上的筹码，一边对庄家说道，真诚的语气。

我离开了那昏暗的房间，是逃了，英勇地逃了。突然间，我意识到自己已经如此疲乏。当兑换了手里的所有筹码后，才知道回本了，不单如此，还赢了 10 英镑。蓄意谋杀我的 10 英镑，无比艰难的 10 英镑。

戏剧性收场，而我，延续了它的戏剧性。我仅仅用了不到半小时就冲回了住处，没来得及和空虚问好，就直奔厨房，用我最锋利的剪刀将那赌场的会员卡及 VIP 卡剪得粉碎，剪碎它们带给我的耻辱，一连串失控的耻辱。

尽管我剪碎了它们，但那只是形式上的补偿，而失去的，例如曾经对我百般考验才暂时同意依附在我身上的名叫节制的美德，则需要我耗费更长时间才能被唤回。

自此，我不再出现在那家赌场，在我看来那里是又一个带给我羞辱的地方，黑色的教堂在一个宁静而又疯狂的世界中远去了。在那之后，如果要赌，每次我只赌 10 英镑。

赌博的开始

“欢迎你的到来，先生。”一只粗硕的手臂，为我拉开了通往另一个世界的大门，一扇漆黑的水晶大门。

原本心存最后一丝犹豫的我，打消了一切顾虑，毕竟那里是可以自由出入的地狱。

咱们家的人不适合赌博，这是我父亲的教诲。

然而在我看来，赌博等同于选择，前者听起来离经叛道，或让人敬畏，后者让所有人容易接受。

不同的阶段对“赌博”有着不同的认识，现在的我把它更具体地理解成了“赌钱”。这是正确的，是思想一次次或升华或沉淀后的收获。

赌钱，是容易的，对于我一直如此。我从不惦记赢，所以命运让我不输。然而输和失去，对于我并不相同，失去的难以察觉。

柏景台赌场，这城市最好的赌场之一，那里宾客盈门，中国宾客。

它通体漆黑，包括门卫都是身高两米开外的黑色巨人。这里是需要会员卡的，不是会员又没有会员带领，想进去是非常困难的，然而对于中国人，这个规定无效。讽刺，只有在进入赌场的问题上，中国人才享有特权。此时中国人没有让他们失望，表现出了足够的伟大，他们在那里大撒钞票，血本无归，却不知节制，甚至还会不知廉耻地吹嘘。

我是紧张的，毕竟这是我第一次迈进赌场大门，然而尽管心跳加速，我依旧表现得落落大方，假装是个见过些大世面的中国人。当踏上那里质地精良的黑色地毯后，我不由自主地矫正着行进的姿势，随后，存放了大衣，有人为我拉开了赌厅的大门，那一刻，光芒万丈。

我身着普蓝色衬衫，深灰色毛料便裤，黑色的编织皮带，一双买来就已破旧不堪的棕黄色皮鞋，那是我认为可以应付任何场合的随意装束，但是我似乎多虑了，这里没什么人讲究。

无数中国人的面孔出现在赌场里，从花甲老者到酷似偷渡客的打工仔，当然零星的会看到几个和我一样的留学生，他们成群结队的一同涌向一张赌桌，二十一点，百家乐，轮盘……好像是在相互壮胆。很遗憾，我看到了他们，在这种地方看到自己的同乡是种奇怪的感觉，我要是有这么多的朋友，绝对不会出现在这里，我把我出现在这里的原因推卸给了“空虚”。毕竟略显古板的我，依旧会把去赌场归结到罪孽深重的范畴里。

一个硕大的陷阱，我即将得到教训却浑然不知。我自以为节制地换了些小面值筹码，漫无目的地在各个赌桌旁闲逛，不远处传来了麻将碰击时发出的特有声韵，那让我兴奋。随声望去，几张麻将桌畔坐满了中国赌客，当然大多是些上了年纪的香港老太，不用描述，也可以想象出她们的样貌：高耸入云的波浪头，金丝小眼镜，改良唐装，满手金镯玉镯。这里的赌具不像中国那般发达，没有自动洗牌桌，所以他们一直重复码牌，推倒，再码牌……机械化的动作带动更加机械化的表情，偶尔会有老太在毫无预警的情况下尖叫，叫声凄厉，同桌其他几位丝毫不以为然，而那叫声却吓着了我这个远在十几米开外的偷窥者。

这里也许常年的烟雾缭绕，那使我产生了一种处于迷幻效果笼罩下的安全感。当然这里除了中国人和英籍华人，还有其他人种，墨西哥人，意大利人，南亚人，俄罗斯人，唯独英国本土人少得可怜。

尽管中国赌客众多，但是庄家没有一张亚洲面孔，更不会有半个中国人，那是防止里应外合最直接的手段，尽管多少带有侮辱性质，但是这不成文的规则也说明了的确曾有赌场为此倒霉过。而这里的庄家更是一水的纯种英国人，在全场探头的监控下，两小时一换班。

心不在焉之际，几个一看就不富裕的留学生从我身边挤过，四五个人一同压在一张轮盘桌前，一阵叽叽喳喳之后，把一堆堆10英镑的筹码熟练地压放在了很多的数字上，“10上再放两个。”“对，还有那啥，18，16……”其中两个孩子，听口音是东北人，他们滑稽地争执着，而庄家只是冷眼看着，面无表情，那表情比歧视更糟。赌桌上原来的客人们，甚至是墨西哥人都将身体显著地闪开，尽量不和他们发生身体接触。我站在两米开外熟悉着规则，同时凝视着那一幕。那应该是不少钱，我想，他们怎么应付的来？我低头看着他们几个脚下磨得不能再破的耐克、彪马和李宁，心里满不是滋味。

“买定离手！……”在那盘赌局为他们的争执而延误两分钟后，庄家转动了轮盘并无奈地说道，“买定离手，请!”他重复着，“请”字被他充满蔑视地拉长了音调，显然在滚珠快要静止的时候，那些留学生中还有人在摆弄着筹码。筹码已经太过分散了，我注意到，它们几乎遍布了1—36中的每一个数字，这说明他们今晚输惨了，这说明他们太想赢下这局了，他们大概撒下去了300英镑，而他们押中的话也顶多收回不到500，我为他们计算着。

无意中，对面赌桌一个中国女子吸引了我的注意。她三十岁左右，手持香槟，静静端坐在赌桌一角，陪伴着一个老者，她一袭典雅的黑色礼服，尽管没有惊为天人的容颜，没有华丽的首饰，却依旧足以让她成为这里的皇后。也许之所以注意到她，正是因为她散发的宁静和这里狂躁的氛围格格不入，或是因为她身上的那种似曾相识的气息。

"中，中，中！……"我对她的注视被那几个中国男孩儿的高喊声打断了，那喊声让人心烦意乱。此时，我心情矛盾，我希望他们赢，但是同时希望他们尽早滚蛋，实在不想看到他们在这里继续给中国人丢脸了。然而，我殊不知，现在我尚有资格如此评判，而之后，丢脸的就会是我自己了。

"中，中，中！……"他们继续尖叫着，听得出，其中有个男孩儿还处在变声阶段。终于，停在数字 0 上的滚珠让他们所有人通通闭了嘴，他们沮丧地摇着头，互相埋怨着离开了。

"我回宿舍没路费了，谁借我 2 英镑？"我隐隐听到一个人说。望着他们的背影，觉得有些好笑，有些心酸。

回头再看，那女子已经不见了。

继续闲逛，边喝着手里的啤酒，边穿过了老虎机碑林，向赌场深处走去，直到，有个彪形大汉客气地叫住了我，"先生，对不起，这里是 VIP 房间了，您的名字是？……"显然我去了不应该去的地方。"对不起，请问厕所在哪？""右手，直走。""谢谢！""祝您玩得愉快！"他的客气让我产生了些许优越感，英国人是以貌取人的，这点被无数次地印证着，只是没那么露骨罢了。

我走回大厅，随意找了一桌轮盘坐下，把少得可怜的几个筹码放在了几个数字上，24，30……随后，中了！我满心欢喜，赢了35英镑，于是继续……

半小时后。

“服务生……”我招呼着，“啤酒，更多的啤酒……”我略带醉意地半趴在赌桌上，抬起头微笑地欣赏着赌场正中的哥特式天花板，突然想起这赌场的布局像极了刷了层黑色油漆的威斯敏斯特教堂。我欣赏设计者设计中的引申意味。

又中了，尽管全是些1英镑的筹码，但是那却足够让我将之前的种种恐惧和压力短暂地释怀。唯空虚不满地站在身旁……这次，我押了1和36，两端。

接过啤酒，发现给我送来啤酒的侍应是个中国女孩儿。这也难怪，毕竟来赌钱的很多中国人英语水平都很有限，一两个中国侍应无伤大雅且非常有必要。

“中国人?”她明知故问。

“是的。”我回答道。

“你呢?”更加明知故问，并且愚蠢。

然而她似乎把那理解成了我的幽默，笑着，她的笑容很靓丽，尽管她的长相也仅仅是不难看的水平。说到难看，她们的制服确实是太难看了。

“你是学生吧?”我问道。

“是啊。”她继续微笑地回答，这微笑，让我不知道她是在遵守这里的行为规范，还是出于自然。然而她不经意地将自己的头发轻轻别在耳后，这是自然的。

“我读MA……”她继续介绍着自己。此言一出，我意识到她要大我几岁。

我笑了笑，过多的酒精给了我此刻的兴奋，却同时让我不知道该说些什么。

“你押了36吗?”她问道，同时盯着赌台。

我反应了很久，知道自己又赢了35英镑后，得意地说：“一直在赢，但是每次我只押1英镑……”

“那可太可惜了，你押的也太少了吧？你应该多押一点，照你的手气，早就赢翻了!”她故作沮丧道。

“是啊，但是今天是我第一次进赌场，还是克制一点吧……”

“哦。对了，你哪里人?”她问道。

“北京，你呢?”我反问。

她没有回答，抬起眼皮指了指监视探头，故作神秘地说道：“这里的规矩，我们服务员不能和顾客交谈太久，我要撤了，一会儿再聊吧，帅哥!”莫名的借口，标准的中国那套。

我识趣地连连点头，目送她离开。那一局，经过深思熟虑，我听了她的话，在10和20两个数字上每个放了2英镑的筹码……

那晚，我还是赢了些的，尽管后来输了不少，但是赢得的钱足够让我到学校附近的酒吧喝上两杯。在那里我和之前的日本人体模特擦身而过，她照例没正眼瞧我，我想她压根儿就已经忘记了我是谁，而酒精使我敢于对她始终注视。她穿着暴露，印着大花的超短连衣裙和压花的牛仔靴。她紧紧地搂着一个朋克男孩，忸怩着，随着并不那么猛烈的音乐翩翩起舞，表现出足够的风韵，足够的放荡。我莫名地产生了愤恨之情，而且当看到那男孩是我同班同学时，愤恨被推至顶点。

我注视他们整整五分钟后，他们先离开了，手牵着手。她的举动那样清晰的被我一览无余，甚至是黑色的指甲上黄色的笑脸我都可以清楚的看到，这让我奇怪，恰巧被我撞到的一切过分戏剧性的场面都让我奇怪。

于是，我很快喝光了赢来的钱，随后是更多的啤酒。我终于意识到自己是喜欢她的。我可怜地喜欢上了一个不曾正眼看我一次的女孩，但是一个足以毁天灭地的声音威慑着我，令我胆怯，在我脑海中，那是蓝鲸的咆哮，于是，尘只能像一个雄性荷尔蒙分泌不足的胆小鬼般远远窥视她。那是早早就被预料的结果。

那晚没有一辆出租车愿意载我一程，我强有力的醉汉造型在路灯下闪闪发光，司机们在几百米外就闻到了路灯下人型晶体散发出的酒气，纷纷绕行。尘大骂他们混蛋的同时跌跌撞撞，他彻底醉了，他不知道自己是否已经死了，他想找个人来问问。

第二天，下午2:30，我慌张地赶到学校，讲座已经开始了半个小时，当然，那半个小时一定是废话，而对于我，之后的一个小时也是。我总是在重复的去做一些不得已去做的事情，这让我厌烦的同时也一次次提醒着自己的无能。又一次无能的逃避，在散场前。我害怕和同学们的任何接触，哪怕是目光上的。我是个异类，我出卖过他们，犹大面对圣徒理应感到恐惧。

走廊里，尴尬地撞见了杰夫，他摇着头，与我擦身而过。我紧紧地咬着牙齿，顿感无地自容。香烟和避难所，这是我眼下最需要的东西。好吧，香烟，我仅仅用三秒钟就找到了它，而该死的打火机在哪里？我拍打着每一个口袋，完全不知去向。那是挫败感吗？我问尘，他没有回答，只是继续翻找着打火机。你可以向别人借火的……我提醒过他，但他执迷不悟。

不久我放弃了第一个念头，转而开始思考哪里将成为我的避难所。一定不是家，那里“空虚”在等我回去，想起它就让我毛骨悚然，于是很快我有了一个绝对正确的决定，让我们两个都开心的决定。

几站地铁后，我回到了Knightsbridge，回到了属于我的圣殿，回到了那座浸泡在黑漆里的教堂，一座开设在地狱里的教堂。

第二次，驾轻就熟，直捣黄龙。“服务生，啤酒……”我迟疑了一下，“不了，还是来杯橙汁吧。”显然我不是那种能把自己连续灌醉的人。

“哎，你?”发现招呼我的又是那个中国侍应。

她同时也认出了我，看似开心地凑了上来，“你一直奋战到现在吗，帅哥?”坐台小姐的口吻，“你是在开玩笑吗？……”本想说的是：你在开玩笑吗，美女？那样对仗工整，但显然，她不美，而且那会让我鄙视自己。我厌恶这两年兴起的这种中国式寒暄，低俗，当然想要调情是另一回事，但是我依旧相信会有更高明的措辞，而不是把什么诸如帅哥、美女和一些隐性的性用语滥用在每一句对话中。

我故作潇洒地半张双臂，意图让她明白，我换了衣服，那证明了我不是一个不务正业的全职赌棍。

“哇……原来还带了替换的衣服。”她说笑着帮我去拿果汁。

“再来份三明治，培根的……”突然想起还没进餐。

“好的……”远远传来。

这里是间二十四小时营业的赌场，这在英国是少见的，据我所知只有拉斯维加斯的赌场全天二十四小时营业。

不自觉的开始想象今晚会出现在这里的赌客们此时在做什么：华人老太一定在中餐馆装腔作势地饮着午茶；墨西哥人在为晚上可以拼命输钱而拼命挣钱；意大利人和他们高挑的意大利女伴纵欲过度地昏睡在旅店床上；俄罗斯人在搬运走私的货物和昨晚被肢解的仇家；而中国留学生，他们最勤奋，我作为他们的代表第一个到达了这里。光荣。

不消片刻，一个英女王模样的老太太坐在了我的对面，我只能说她不当英女王可惜了：一身严谨的黑色套装，黑色挎包，黑色手套，黑色礼帽，帽檐下一抹黑纱遮住了半张惨白苍老的面孔。出席戴妃葬礼的英女王。

她出手阔绰，那种本应属于 VIP 房间的阔绰。而刚刚还神情涣散的庄家也随着她的到来精神焕发，或者是紧张，我想。

她总在赢，在短短几分钟里赢了上千英镑，当然她的本金也比我多了太多。我记得她用的筹码是黑色的和金色的，50 和 100 英镑。她的气势让人折服，我不得不从一个参与者变成了旁观者，静静欣赏着她一次次的胜利，而她，始终面无表情。

“5……10……2……快!”她厉鬼般的口吻，命令着庄家把她的筹码摆放到不方便够到的区域，而庄家唯命是从。

仅仅压了四个数字，每个上放了一摞或50或100的筹码，结果又中了。这情形反复出现着，而我始终没有跟风。

此时，中国侍应帮我端上了我的午晚餐和一大杯鲜榨橙汁，她见我正聚神于那一边倒的赌局，于是凑到我耳边低声说道：“你应该赶快跟着她下注，她是这里老板他妈，她坐在这里肯定赢钱。”

其实她不说我也可以猜出个八九，看她穿着就知道。“庄家可以想让人赢就赢吗?”我问道，显然，她不愿意多说什么，或者她作为一个侍应生也不知道太多其中的猫腻，只是继续低声道：“千载难逢，这老太太，就爱赌，他儿子为了让她高兴，就让她总赢。”其实她不必低声，就算她大声重复刚才的话，这里也没有几个人可以听懂。

我微笑着，继续我旁观者的身份，显然我不愿意向她过多解释我来这里的目的不是单单为了赢钱。

“那如果大家都知道了，都跟着她下注，这赌场还不早就关门了?”此时我不像个敬业的赌徒，而像个社会观察学家。

“就你聪明，所以她才在这会儿没人的时候来呀。我听说啊……他儿子，就我们老板，每次都给她单开一间VIP去赌，可老太太人家不乐意，可能是觉得不热闹。”

这时候，我才明白，一个硕大空荡的赌厅，她为什么偏偏挑中我的这张赌桌，一个同样恐惧空虚的人，可以预言，空虚将为她合棺，而我的？则刚刚找上门来。

“一会儿，她也许会让你跟她一起下注的……”那中国侍应含糊其辞地念叨了一句，便被另一个高她一头的红发侍应叫走了。

果不其然，在我刚刚将最后一点儿三明治打扫干净后，一个冰冷、沙哑的声音：“年轻人，也许，你应该跟着我下点儿。”

她没有看我，但我知道她在和我说话，庄家在看我，却没有说话，而我，在犹豫。

那一局我没有跟注，我特有的尊严。

她又仅仅押了四个数就中了，此时我佩服庄家的高超技艺更甚他拍马屁的水平。

她没有再次对我要求什么，或是希望我做什么，默不作声地继续赢几乎原本就属于她的钱。之后整整一个小时，整个赌场就我们两个客人，如果她算一个的话，而我也没有动用我那少得可怜的面值 1 英镑的筹码，只是骄傲地观战。

“你跟了吗？”那中国侍应再次凑在我耳边鬼鬼祟祟地问道，似乎在那个老太太面前有些紧张过度了，而我微笑着摇头。

“那她要求你跟她下注了没？”她继续问道。我点头。

“为什么？”我的疑问。

“她总会这样，尽可能的多联合点人，赢她儿子的钱。他们关系不好，总吵，在这里工作久了大家都知道。”

“那你在这里工作多久了？”我问。

“比你想的久。”她得意地说道，尽管我不知道有什么可得意的。而且我记得，她之前说过自己是个在读的管理系研究生，现在却成了在这里连轴工作的老员工，看来得意随时准备出卖我们。我没有指出她前后矛盾的地方，我不是那种靠戳穿别人谎言来证明自己聪明的人，然而我却接触了太多这样的人，也许正是因为如此，我厌恶那样。

她说着，为我撤掉了空杯子，继续耳语着："你别看，她儿子给她单开了VIP让她赌，其实是想把她关在那里，省得她在外面赌，给他自己找麻烦。你知道吗？她就住在这楼上。"说着滑稽地向上使了使眼色。她的声音小得几乎让我听不见，但是她依旧要炫耀她所知道的给我听，也许她对我有好感，也许。

"软禁？"我精炼地理解。

"对，对，对，就是……"

这时，我们悄悄谈论的对象突然抬起眼皮，似乎洞察了什么，凌厉的目光，让那中国侍应老实地逃走了，或者她早已洞察，只是忍无可忍。厉害的一眼，让那中国侍应离开之后很久都没再敢靠近我。

我看到了她被黑纱半遮的灰色瞳孔，只是瞬间，但却如同度过了孤独、悲伤、绝望的一万年。随后，她低下了头，再次纵身跳进了黑色的孤寂。我想她没多看我，是为我好。

"9，10，15，20……快！"她继续命令着庄家帮她摆筹码，依旧是一堆堆100英镑的，依旧是四个数字。

"还不跟吗，年轻人？"她依旧低沉地说道，还是没有正视我。

也许她从不用提醒身边的人，别人就早已疯狂跟注了。庄家一如既往地注视着我，等待着我的决定，显然，此时，黑衣老奶奶金口一开，我也立刻变成了座上宾。

片刻，我已作出了决定，我决定帮助她，对抗她的儿子，对抗我们的孤独。于是我在她放的四摞100英镑的筹码之上，分别盖上了1英镑。那一刻，她浅浅地笑了，当然只是一瞬间。

那一局，滚珠停在0上，老太太缓缓抬起头，瞪着失手的庄家，而此时，浅笑的人是我，我同时帮了我们两个人。

之后我起身去了洗手间，回来也没有再坐到那张桌子前。那天傍晚我便离开了，最后赢了，但是二十个1英镑又能赢多少呢？

再之后，还见过她几次，但是都没有同桌而坐，她一直保持着冰冷得有些可爱的风格，直到我们再也没有见面。我想她现在待的地方，除了黑色，应该有些其他颜色了。

之后的一个月，我几乎天天出入那家赌场。

而除了一些不得不出现的场合，在学校逗留的时间也越来越短。偶尔还会瞥见甜点女孩忙碌的身影，偶尔会和那日本女孩擦肩而过，而杰夫因为找不到我，不停拨打着我的电话。然而他有所不知，我是个经常不开机的人，我只会在我想要找到别人的时候，才会短暂地打开往往落满灰尘的手机。我不希望别人可以找到我，从来如此，而显然找我的人也并不多。

我偶尔会听到他给我的语音留言：

1. “你在哪里？你应该交给写生课导师的其他学生的评语呢？请快交给她！她已经等了一周了！”

2. “天哪……你在哪里？这次人体课的模特是谁？表呢？快给你们导师！”

3. “哦，上帝，昨天写生课谁把大卫摔碎了？你怎么没有告诉我！”

4. “操，你在哪里？回中国了吗？”

5. “见鬼了！”

6. “也许我们该谈谈关于你当助教的态度，有时间给我打电话。谢谢。”

显然他的时间比我充裕，而我却对此不以为然。我厌倦当那助教了，不单单是助教，我厌倦发生在这里太多的事情了，唯独那件能让尘振奋的事情令我振奋。

在那一个月里，我开始用更多的钱去赌，筹码的颜色也从之前的粉色变成了黑色和金色，当然这转变和一个月持续的好手气及那中国侍应的怂恿密不可分。还有的是那所有人都能体会到的膨胀，1 英镑的筹码无法填平无限扩散的空虚，于是赌本翻倍地上涨着，而节制灭亡了，仅仅一个月。

“又来了，帅哥？”

“又来了。”

这算是我们之间特有的招呼方式。那天，赌客还不多。

“昨天赢了吗？”

我点着头。具体赢了多少，她没有问。显然，通过至少十次的接触，她对我的个性开始有所了解了。

“对了，昨晚在你走后，热闹了好一阵儿，有人喝醉了闹事，爬到赌桌上往下扔酒瓶，折腾了半天被保安抬出去了。”说着用大拇指随意指了指门口的一个两米巨人。

“中国人？”我问。

“你觉得中国人有这胆儿吗？喝醉了也没戏。”

“好像是个英国人。”

“英国人……”我点着头，重复着，同时目光从她的脸上移到了赌桌上，意思是小姐你可以去忙了，不用和我聊天了。

我的不耐烦被她从容地忽略了，继续问道：“你今天打算赌多大的？黑色？金色?”我无可奈何地点着头，似乎每次她都对这些格外感兴趣。想着，我边对她注视，边走向了一张赌桌，残存的尊重，而她欢蹦乱跳地跟了过来，低声说道：“别坐这桌，这桌的庄家太厉害了，没什么人能从他这里把钱赢走。”听她这样说着，不由地将这位四十左右的胖女人上下打量一番，认同了她的话。

我听了她一次，而这让她欢喜异常，对我使使眼色，说：“那边，那边那桌，那个小伙子，他新来的，手生的不行。昨天开夜工，结果庄家输惨了，瞧，今天被调到人少的白工来了。”

“哦……对了，我越这么说你越不会去的，对吧?”她笑着。其实，此刻，如果没有后半句，也许我会毫不犹豫地坐过去，去赢点相对容易到手的钱。毕竟到这里来的初衷在这一个月里已经发生了巨大的改变，赢的更多，或输的更多，成为了此刻我出现在这里唯一的原因。

这时，她被其他客人招呼走了，走前说，好运！远去的背影，生硬地扭动着屁股，甩动着马尾辫子，新的制服？更难看了。我突然意识到，我还不知道她的名字，尤其是在认识一个月后，这实在说不过去。她没有提起可能是出于某种无聊的矜持，而我呢？是忽略。用“哎，那谁，服务生，小姐”来取代她的名字，在一个月后的现在显得不再那般尊重，于是我决定等她再次过来搭话的时候，主动问问她，当然这和好感无关。

那天我换了更多的筹码，更多的赌本，并依旧赢了很多，多到让我再次想起了那个有趣的黑衣老太太。但一闪念的还有不安，我没听说谁能次次赢钱，没有，这要么叫奇迹要么叫邪门。如果是前者，那么奇迹终将结束，若是后者，会不会快要倒大霉了？随后，是几件可能倒霉的事情，助教被撤首当其冲。

身旁的赌客，羡慕地看着一堆堆高耸的筹码，那是属于我的，我洋洋自得地沉醉在那种羡慕的眼神中，赌注越下越大，而危险同时也越来越近。

“这些是你赢的吗？还是你换的？”又是她的声音，我很高兴此时的一幕被她看见，那是虚荣。

“你可能快赌不了了，你压过上线了。”她似乎很懂行地知会着我。

“大厅轮盘上线是每人八百一局。”她继续道。

“什么？那怎么办呢？”

“以你现在这么多筹码，再加一些，可以申请 VIP，去 VIP 玩。”一连串清晰熟练的解释。

事实是，她说对了，庄家客气地告诉我，那局我多押了，说着把多出的部分推还给我，留下了散落在五个数字上的八个金色筹码。

“看，说对了吧。”

“你可以去找这里的串场经理，要求去 VIP，然后他带你去前台，你需要填一张申请表。本来还要有一段时间审核，但是咱们中国人不需要，你填了表，换够筹码，他们就欢呼着带你进去。”

“那里一次能玩多少?”我问。

“比你想的多。”又是那套。

她见我犹豫不决，便毛遂自荐道：“犹豫什么? 我去帮你找主管来。”在我没做出任何反应之前就消失得无影无踪了。去 VIP? 这让我兴奋，同时我隐隐感到有些不妥。

很快，一个满脸堆笑的中年女人出现在我的面前，身着一丝不苟的套装，而我到现在还不知道名字的中国侍应紧紧贴在她身后，似乎不想错过什么一样。那位主管眉飞色舞地解释着加入 VIP 的种种条件，语速过快，我没能全部理解，她足足唠叨了十分钟后告诉我，我可以申请。英国人……

随后她客气地请我尾随她来到二楼的办公室办理相关手续，而那中国侍应依旧紧紧跟随，不落一步。在主管去拿申请表的间隙，“你叫什么? 我到现在还不知道你的名字，是不是不太好呀?”我对主动陪伴自己等候的中国侍应说道。

出乎我的意料，她似乎不愿意透露她的名字，这让我感到难堪，也让我不解，如果我还认为那是某种强力矜持的话，那么我当真太过愚蠢了。

我一向尽可能在第一时间弄清接近我的人的意图、目的，那使我感到满心安稳，而此时目的不明者站在身旁，让我顿时心生怯意。

她没对我刚才的提问做出任何回答，继续介绍着所谓 VIP 的种种福利，“菜单上，大部分的酒水和菜式都是免费的……”她侃侃而谈着，而我注视她此刻的面庞，顿感自己阅历不深。一张让人无法猜度的平凡的脸，也许，有些人根本不需要你来猜度，他们无比简单，他们的职业就可以说明他们的一切，你去猜测，便已经落了下风。

手续确实很简单，不到十分钟，我已经拿到了自己的 VIP 卡，一张黑色的 VIP 卡。主管假笑着握着我的手，表示欢迎，和她身后的那个中国侍应的表情如出一辙。

我由另一个服务生送下了楼，而那个中国侍应还在和她的主管窃窃私语着什么。

好吧，毕竟没有什么损失，没人会逼我进去赌钱。自我安慰，尽管有种被戏弄的感觉。

手里的黑卡冲我真诚地微笑，我还礼。

之后，心不在焉地玩了一会儿，随后撤离。那中国侍应再见到我，也没那么多话了，表现出在我面前从未显现过的冰冷的一面，看着有些心寒。

尘蜷缩在家里的沙发上，身边坐的是空虚。电视里，类似鉴宝的节目里，心怀发财梦的英国老乡们端着自己象征希望的破烂儿在专家面前夸下海口。窗外是不知已经持续多久的阴雨，我依旧在为赌场的事情感到耿耿于怀，但很快，尘就开始幻想进出 VIP 时的样子了。

后来几天，我都没有出现在那里，只是更晚的出现在学校，更早的离开，我成为了一个传说中的幽灵，没有人见到我。但是在阶段作品展示前，我的作品无声无息地摆放在了画室的角落，我的论文无声无息地被塞进了杰夫门上的作业袋里，一切没有落下，却没人再见到我。我宁可在街上闲逛，出现在餐馆、老奶奶酒吧里，也不愿意在学校多停留半秒。当然，我也没有做好回到黑色教堂的准备，尽管尘提醒过我：我没准备好的只是那个莫测的 VIP 而已。

尘孤魂野鬼般在零下三度的街道上游荡，他冰冷地绕过了一只冻得颤抖的递给他“保护动物”宣传单的手，冷漠得如同一个土生土长的英国人。此时的他在试图戒除自己的赌瘾，短暂的尝试让他神情漠然，努力仅仅持续了不到两条街就以失败告终，他转而兴奋起来，拐进街角的一家古老而又昂贵的西服定制店，他开始为自己的 VIP 豪赌做准备了。

喘息

剪碎了 VIP 卡，剪碎了耻辱，同时也剪碎了精神寄托，空虚开始花更多的时间陪我，不再像之前每天只是等我回家。

我再次回到了画室，花更多的时间待在那里，为了挽回之前糟糕的出勤率，尽管很不情愿，每天唯一重要的就是让杰夫看到自己。

乌鸦

2003 年的春天。那段时间，我开始用油漆画乌鸦，以黑色油漆为主基调，还有些暗红色，整体昏暗，画在 3 米 ×2 米的画布上。记得画的是自己的房间，古老的壁炉，窗帘，木制家具，画面底部是只露出双脚的倒在沙发上的自己，而成群的乌鸦在房间的每个角落冲撞着。

没有构思，只有些少得可怜的激情，而画作意图不言而喻。我没有画空虚和尘在上面，他们也许不喜欢被别人看到。

很快，这样规格的作品我完成了共三张一个系列，期间油漆的味道被同学抱怨过，所以不得不花些时间找来完全没有味道，甚至还带有浅浅香水味道的油漆，才将之前的不满平息，毕竟我不想再得罪任何一个同学了。

论文在同步进行着，而任何讲座、写生课我也一一准点出席。那是无奈的，准点出现只因为无处可去。

当然准点出席的也包括人体写生，哪怕是男人体，大卫没了，黄色涂鸦随之消失，取而代之的是一段黄色影像。

人体课上，我看似专心致志地描画着一个臃肿的女孩身体，一身色素沉淀留下的印记，尽管那是纯种白人的标志，在别人看来习以为常，但那让尘并不舒服。

休息时间，曾经在我面前痛骂杰夫的碧眼男孩坐在了我身旁，手里捧着他那厚如词典的笔记本，对我说道："就你没看了，你看看我们在网上找到什么了。"他坏笑着按下了重复播放键，显然他已经重复这对白和动作很多次了。

而之后，我看到了一个女孩子在镜头前自慰的影像，这让我尴尬，所以只是草草扫了一眼。

"有什么特别吗？"我问。

"哦……兄弟，你没好好看，没觉得这女孩很面熟吗？"

“面熟?”于是我聚焦在了那个表现得极其变态的女主角的脸上。

确实像一个见过的人，那个一度让我心烦意乱的日本人体模特，赤野扶美。

碧眼男孩见我迟疑，于是主动开腔:“对，就是你认为的那个人。”

我不知道说些什么，真的不知道，扬了扬眉毛，耸了耸肩，看着我们班上的那个朋克男孩，低声说:“这不是他女朋友吗?他看过了吗?”

“兄弟，你真会开玩笑，就是他让我们看的。”

这让我诧异，当然只有我这古板的中国留学生才会感到诧异。此时休息结束了，碧眼男孩完成任务后，起身重重拍了拍我的肩膀，为了加深我对他的厌恶?

“顺便说一句，现在她是他的女朋友。”说着指了指班上另一个长得不错的在任何时候都打着领结的长发男孩，托马斯。

此刻，我感到好奇，好奇这日本女孩当真这么为搞艺术的学生疯狂?或者她班里的男孩过分惨不忍睹?当然，单一的好奇不会帮我找到答案，尽管我知道那答案与我并没有什么关系，但尘不这么认为，于是心烦意乱取代了之前的好奇，让他早早的离开了。

那天晚上，我很快的找到了白天看到的那段影像，随后我熄灭了所有的灯，拉上了窗帘。黑暗中，只有一块跃动着的淡蓝色显示屏，和它面前尘的黑色剪影。那晚，三年来戮第一次被取代了，被一个叫赤野扶美的女人。

叫戮的女人

戮——四次离开我的女人。第一次要从幼儿园算起。

和我一样，她是个自私的人。她爱我，我从不曾对此产生过疑问，但是显而易见，她更爱自己。

我记得和她的第二次分手，正式的被双方认可的那次，是在附中毕业前夕。我们是同班同学，在为考入中央美院备战。中央美院——几乎是全体附中孩子的最终归宿，没人例外。

在那之前，我们已经相好一年了。我第一个女友。

我们的家相隔很近，每天一同回家，她送我，或我送她，在一片灰黑色的废墟上。爱情被缓缓燃起，那废墟是曾经的破旧民房，是曾经那些恶街坊的家，是幼时的我沦陷的见证，是曾经引导我走向残忍现实的遍布诡异光点的小径。

“冥冥中自有天意。”她总说。

她，一个标准的北京女孩子，当时样貌并不出众，然而十几岁的我们没有人出众。记得那时她只是个瘦瘦高高戴个小眼镜的普通女孩子，脸上有雀斑，眼睛微微挑起，上嘴唇微微上翻，留下可爱的纹路U。她总说自己像蚂蚁，我却觉得像狐狸。

她拒绝我送给她的昂贵服饰，只穿自己从地摊上淘来的十几二十几块钱的衣服。她偶尔会很赏光的穿上我送她的名牌连衣裙，却自带了更多的廉价衣服，趁我一不注意立刻换上。

她有一块枕巾，破旧的已看不出本来面目的枕巾，那是她的生命。每一次在外面过夜，她都把崭新的枕巾扔到一旁，铺上和一切都那样不谐调的属于她的旧枕巾，然后轻轻抚摸着它的边缘安然睡去。她曾经为我险些弄丢她的枕巾而气恼过，那让我莫名的产生了嫉妒，和一条枕巾争风吃醋道："如果咱们划船，我和你的枕巾同时掉到水里，你先救谁?"她说答案可能会让我生气，于是我真的生气了，而她在一旁安慰我："我上幼儿园就用这条枕巾，它本来是别人的，结果反倒被我用到现在。二十年了，你就让着它吧，谁让它比你出现得早呢?"在那一刻，她让我感到她是个长情的女孩，尽管她给我的这个感觉没有持续多久。

而显然没过几年，尤其是过于丰富多彩的法国生活令她出落成了另一个人，更加吸引我却让我难以琢磨的另一个人。

然而，在最初相好的一整年里，我们始终没有上过床，原因是愚蠢且致命的。

一次，最为接近胜利的一次，我的恐惧将她掀翻，她的头狠狠撞在了床角上。记得，她哭了很久。

之后我们没有再尝试过，直到在报考美院前夕，她以不想因我而分心为由离开了我，我努力挽回过，于事无补，伟大的结局趁虚而入，轻易左右了我的选择，于是过度悲愤下我出国了，带着对她的爱与恨。

千禧年，焰火中，她的面庞若隐若现，已身在英国的我，为之深深动容。

而她，以第二名的成绩进入了中央美院。

之后我只愿意记得，曾经的童年沦为废墟，站在那片瓦砾上的少女在风中呼喊着我的名字。

语言学校的第一年，无比寂寞，唯有回忆她才令我感到温暖。我恨自己的懦弱，我爱自己的宽容。而仅仅几个月后，我就忍无可忍地拿起了电话，按下了她的号码，而电话那端，是成功后的喜悦。我被她轻松的语气感染，竟然真心为她感到高兴，同时我从电话那端得到了希望，她轻轻地拉动了风筝的线，于是，我不顾一切地飞了回去，抛下了见鬼的语言学校，见鬼的中国男孩……

不只一次出现在梦中废墟上的女孩再次出现在眼前，我可以真切地触碰到她细腻的皮肤，那时她已经摘掉眼镜半年了，她说："为了给你惊喜。"我知道她在骗我，但是我吻了她，在一个下着冷雨的傍晚，而身边是浸泡在雨水中的行李箱。在雨中，只有她的嘴唇温暖，那一刻，想哭。

之后是更多次的飞梭在高加索之上，没有停息，每一个假期，甚至是周末，足够疯狂。

我们在那片熟悉的废墟上紧紧拥抱，我们的体温让那废墟消融着，我开始可以容忍她的触摸，更在她的帮助下艰难地完成了我们的第一次。我感激她，无比感激，我爱她，也爱她的身体。此时废墟几乎被清除殆尽，而站在那里的女孩赤身裸体。

我在她面前可以放松的被触碰，我可以放松的从她的身体上得到享受，这证明了她的独一无二，这证明了我之前所放弃所付出的是那般值得，这让我更加的需要她了，于是风筝的线被越绷越紧。

2003 年盛夏的一个黄昏，在北海幼儿园追忆之旅结束后仅仅两天，坚守两年的温柔乡再次被伟大的结局残酷地践踏了。

她再次离开了，理由再次和她自己的发展有关，“我需要全身心的投入自己的毕业展，只有半年了，我不能分心，你不用再回来看我了。”

“是永远吗?”

“你不想看到我不停为你奔波而耽误学业？还是……”太多的疑问，然而她始终默默无语。

此时，记忆中的废墟以惊人的速度重现它们当年的模样，而那个瓦砾中的女孩也模糊在了风沙中。“我爱你，我不能没有你!”在她离开后，我说道。

曾几何时，她对我是难舍的，我坚信，但事实证明她所难舍的仅仅是我对她的爱。曾几何时，我对她是难舍的，那曾被更加肯定，然而几年后结局就让我清楚地看到，我无法离开的，更多的时候仅仅是她的身体，一个在我的思想中唯一可以和我上床的身体，她被得到了批准，我们沉淀了二十年的感情帮助她通过了我那漫长的审核。

一切都来得那么突然，而就在两天前，离北海幼儿园不到一百米的餐馆里，她还对我诉说着她幼儿园的一段故事。尽管匪夷所思，但那让我狂喜，一度迷乱的误以为我们注定是会在一起的，结局认同了我们的结合。怎料那是又一次的考验，也可能仅仅是又一次残忍的愚弄。

她告诉我：四岁的盛夏，她一个很要好的玩伴神秘地告诉她自己发现了一座金山，入夜后就带她一同前往……尽管她早已模糊了那玩伴的名字和相貌，但是还依稀记得是个男孩儿。

从那天起她每天都会对入夜翘首以盼，和那个男孩儿一同去“金山”。但她的愿望一次次的落空了，因为每晚她轻声摸到男孩儿床前，总发现他早已美美的入睡了，而脸上洋溢着难以琢磨的幸福。

一次又一次的失望，令这个女孩儿和他疏远了。

这故事在我对她略带惊讶的凝视中完结，“我认为我可以把这故事写下来。”我随后说道。

“这有什么可写的?”她反问。

我笑而不语，因为她尚不知自己只拥有这故事一半的内容，而此刻的我却拥有全部。我终究没有告诉她那另一半关于我自己的回忆，而是选择继续端详她此刻可爱的模样。

“写了故事，我可要收钱的。”她说。

回家的路上我完整着那记忆：幼儿园，我喜欢上了班里一个可爱的女孩儿，单纯的喜欢和她在一起玩。一晚，我见到了一座金山，很绚丽。第二天，我迫不及待地和她分享了自己的秘密，并答应带她一起去金山……之后的几晚，我都实现了自己的承诺，她出现在了我的身边，小手紧握，走在堆满奇珍异宝的山路上，一同欣赏那璀璨的光，我们无比快乐。而我从不因每天早晨自己的空手而归感到丝毫沮丧，因为她仍然睡在离我不远几床之隔的地方，仅仅如此已然令我心满意足。

后来，疏远了。我懂得了，金山不是每个人都可以看到的。

就在这故事被完整后的两天，我们第三次分手了。显然她从来没有在我身上得到她的金山，她的梦想。

对于我，当年的那金山早已被尘封在了二十年前的记忆中。而她，仍不知那金山在梦中，爱也在梦中。

在那之后，我知道她很快有了一个男朋友，也许是在她决定和我分开之前就已经有了。

她爱我，但她不爱一个总是需要她等待的人，如此矛盾中，她有了取舍，而那取舍的结果令她的本性呼之欲出。尽管如此，我对她的感情没有因为她一次次的离去被淡化，我想我永远也习惯不了那一次次的被无情地抛弃和被蔑视的爱。

她在附中时常说：冥冥中自有天意。如果这天意如此轻松的成为你抛弃我的理由，那么我诅咒它。

在那两天当中，我曾经千百次地核对着，然而我们甜美的记忆强悍地撕毁了所有微不足道的疑问，随后深情地告诉我，曾经那故事的女主角，就是她。我庆幸自己没有和她分享，事实证明，她，不配。倘若我知会了她，而她不为所动，那么这个故事便对我也毫无意义了。

在那次失意的分手后，我回到英国，用了很长一段时间放逐自己，行为和思想上的放逐，直到半年后再次接到了她的电话。

如果不是误以为是父母打来的，我不知道会不会接。

“你最近好吗？

“好……”我没说实话。

她似乎在乎地为我高兴着。“我可能明年也要出去，也许是后年，去法国读研。好兴奋呀，家里已经同意了。”

“太好了……” 我还是没说实话。

她见我反应不大，于是单刀直入，那才是她的风格，抛开爱恨，她是个痛快人。

“我们毕业展下周开幕，你有空就回来看看……”

我猜他们分手了。

我犹豫着，“够呛，我可能……” 那是我第一次拒绝她。

然而，我失言了。我在画展开幕式下午出现在了老美院的展厅里，在确保她已经走掉的情况下。对她难舍的爱，促使了这愚蠢的行为，我只想去看看，看看这足以让她离开我的画作究竟是什么样子。结果是失望，太培根的一组作品，完全不见她以往的灵性，还有一根被精心雕琢的木柱子，不雅地戳在她的组画前。

我站在她的画前有多久？不知道，久到值回了往返北京伦敦的票价？在失望的转身后，始料不及地看到了站在我身后的她。此时她少了以往的笑容，我不想惊动她，可再次事与愿违。

“你站在我身后多久了？”

“一分钟不到……” 她说。

“你站在我画前多久了？”

“很久了……”

此时，她高挑的轻盈的站在离我只有几米远的地方，白衫，在展厅的射灯下通体发亮，白色的光丝，轻柔地勾动我的目光，让那目光萦绕她全身。她的脸上，出现了险些被我遗忘的宁静——她的宁静，而她的眼睛，似乎泪水满溢。她更漂亮了，更会打扮了，端庄了，同时她身上过快进化着的美丽，让我觉得她真正离我远去了，她不再属于我了。

我没有预计会碰到她，所以我只在北京逗留一晚。那晚是我在未来的五年内最后一次和女人亲热，和她亲热，唯一可以帮我克服恐惧的人，我唯一的爱人。

第二天清晨，我没有再见到她，种种迹象表明她在我睡着后就匆匆离开了，没有道别，没有像电影里那样留下让人心碎的字条，但是……她留下了她的枕巾。这让我感到惊异，她永远不会忘记它的，而现在她把它留给了我，她把她最重要的东西留给了我，这是否意味着希望？我揣测着她的意图，这让我瞬间就从刚才的噩梦中清醒了过来。我倒在了她的枕巾上，安宁地闭上双眼，她留下的余香轻柔地钻进鼻腔，同时我情不自禁地模仿着她平日里的手法，缓缓地抚摸着破损的枕巾边儿，那里早已被磨得光滑无比，那让我想到她的面颊。我长长的叹了一口气，手继续沿着枕边游移，直到指尖触碰到了一行绣在枕巾背面的小字……我好奇地把枕巾翻转过来，看到了我的名字。

那条枕巾曾经属于我，在我上全托幼儿园时，妈妈曾经在我所有的被褥枕巾上绣上过我的名字。而现在再次看到，那细细的红线，没有感慨，只有痛惜。

她把它还给了我……

我呆坐在床上很久，混乱的无法理清自己的思绪，但唯一可以肯定的是：从此以后，她不再需要我的爱了。

就这样，我所拥有的那段故事变得再也微不足道，还有那条枕巾，也不再有任何价值，于是它被撕得粉碎，唯独保留了母亲的绣字，把其余的碎片连同那微末的故事，静静地撒在了那片瓦砾的缝隙中，撒在了她曾经伫立的地方。而我，缓缓的，倒退着，远去了。

回到英国后，我写了封长信给她，在信的最后写到：

……电视上，

看到一个渔者在亲吻一条被钓起的鱼，

我哭了……

你若不爱它

请不要亲吻它，

你若爱它

请不要钓起它，

因为它只是一条

美丽的容易被伤害的鱼……

……总有一天美丽的鱼儿会死，但不是死在你的掌中，不是死在你的强吻下……

叫赤野扶美的女人和我的分裂与狂躁

我不知道第多少次的打开了有着扶美精彩表演的那个网页，那成为了我排解自己的一个新去处，我开始在网络上搜索更多关于她的消息，或者其他影像，然而一无所获。直到有一天连那段影像也消失了，我才意识到自己已经变得多么龌龊，多么不堪。

我不喜欢现在的自己，下流，带有几分病态，精神上的满足我已经不再奢求，身体上的又可以倚仗谁呢？已经身在巴黎街头和新友人谈笑风生的戮，还是这个在我看来绝对特别的叫扶美的女人？

尘是难以忍受被别人触碰的，不止是父亲，就连母亲轻轻抚摸我的头顶都会让尘难受很久，更不用说是一些刚认识的陌生女人。而自己做过的一些尝试，新认识的一些女孩，关系也止步在需要有所身体接触的阶段。那是一次次的耻辱，我没办法和她们解释清楚，我没办法将曾经说出口，更没办法告诉她们，我可以，只是尘不行，和你们不行。戮，我需要你的身体，你能让它来一趟英国吗？

每一个夜都是难眠的，不知疲倦地辗转着，随后无奈地漫步在雨后的凌晨。偷欢的野猫随处可见，我想成为它们。

于是，几天后，我拨打了 FHM 后的招妓电话，尘面红耳赤地勉强说清楚了自己的地址，所有人都明白，他在做出尝试，让一个陌生的专业人士出马似乎可以轻易解决问题。电话那端是一个普通的英国女孩子，从声调到语速都是那么的正常，不会是我们班上的哪个同学吧？太多的意外和巧合，让我变得疑神疑鬼。

一个小时后，门铃轻响。

而又一个小时后，我送走了她，120 英镑，一个小时的闲聊。由于只是闲聊她只收了我 60，不知道是她赚了还是我赚了，但我提高了英语水平，一些她的行业所涉及到的专有名词。

我原以为尘可以接受的，要么是最熟悉的性，要么是最陌生的性，显然只对了一半。在她面前，尘没办法袒露身体，但可以坦露困扰，而那一切在一个很有职业操守的妓女面前似乎如同对牛弹琴，她根本不以为然，也许她的经历更加值得被写成一本书。她对我的住处大加赞许，对我收集的CD表现出了高度热情，而她临行前的几句话却给了我些许提示，“你不应该太着急，你的出发点总是你自己，试试换一个，试着从喜欢其他女人的身体开始，像其他正常男人，对你有好处。”说着，她递给了我一张卡片，一处名叫“黑莲”的酒吧，“去那里看看，也许会对你有帮助，那里有一个北京女孩，也许她比较适合你。”

是个脱衣舞酒吧，通过那卡片不难看出。出入那种地方对于我来说远比进个赌场要困难很多。而，北京女孩……真诡异，我想。

“你，太认真了。”她轻轻摸了摸我的脸，上挑了嘴角，转身离开，没有回头。

之后我把那卡片随手扔进了垃圾桶，五分钟后，又捡了出来，用吸铁石压在了冰箱上。

从前，我一向认为出现在那里的男人是令人厌恶的，也是失败的，那里应该是无能者的乐园，无能的男人们为一个遥远的、无法触及的女人沉醉，为台上劈开的双腿狂欢。我唾弃他们，我嘲笑他们，然而，此时此刻，尘开始嘲笑我，因为我开始渴望成为他们了。

但是眼前，我没有那个胆量，我还在想着戮，想着赤野扶美，那是背叛，如果我去。

于是我花了更多时间在画乌鸦上，我喜欢画它们的羽毛，黑色油漆在画布上缓缓下滑，滴落在画室地板上，一张硕大的画布，被一只又一只的乌鸦填满，直到留白越来越少。黑漆蔓延，侵占整张画布，我才知道，我走神很久了，我用一个下午的时间，把一块白色画布变成了黑色。我是个天才，杰夫出现的时候，就是我离开的时候，他见到了我的新作，“天呀，这他妈是什么鬼东西?”

“乌鸦……”

“在哪里?”

我无奈地指着画布，手指转了个大圈，“到处都是!”

他迟疑了一会儿，“你今天一个下午就他妈干了点这个？……”

“相信我，我是一只只把它们画完的……”

“好吧，那么你想通过它们告诉我什么呢?”

我不知道。其实，这里的鸽子给了我灵感，遮天蔽日的鸽子，但是每次画的，却是乌鸦。那让我也感到纳闷，所以一时间，对他的问题难以回答。继续迟疑，五秒……

“一万次的‘Nevermore’。”

显然，他明白的，只是笑着摇着头，把他的大背包抡上肩膀，潇洒地离开了。我很高兴，今天没有人见到我们单独交谈，而他离开的时间也恰到好处，也许他在把握，也许他也在逃避，而我早就没了主动权。

而一万只乌鸦告诉我的一万次永不再来？是永世的，万劫不复的惩罚。

我终于明白，惩罚，是尘想表现的。

当我意识到惩罚存在的时候，那么它就果真的无处不在了。先发起进攻的是回忆，随后是失眠，更加严重的失眠，尘已经三天没有合眼了，并不是因为日理万机，只是因为与日俱增的孤单感，被排挤，和可能随时爆发的心理问题。我在背着一座冰城前行，我在等它融化，漫长的等待。

我试着解决，我去过药房，买了安眠药，缓解轻度失眠，而之后很快它就不管用了，从开始的一片，到后来的半瓶，我会呕吐，但是神情反而亢奋。尘并不想死，只是想睡。区别不大。

失眠在持续，入睡让我紧张，夜晚让我紧张，我困倦到极点，却无法安心合上双眼，服下过多安眠药，反到让心跳快得没了间隔，床单往往被冷汗浸湿大半。然后，冲向厕所，呕吐声。而此时我想的是到哪里可以弄到更强效的药物，不看医生也许我是得不到的。

“我不能让你继续住在这里了，抱歉，这是我死去的母亲留给我的，我不想过多地翻修它，抱歉。”房东指着房子里另一处破损严重的地方说道，墙上的另一个洞。

“我可以问问，这些洞，是怎么来的?”她满脸的愤怒与疑惑。

“……呃……”一时间我不知道怎么回答……

半晌，“反正不是你想的那样……这很难解释……”我稍显羞涩的对她说道。

“不管怎么说，你都要搬走。”注视她的脸，以往的随和慈祥，被客厅墙上的几个洞，卫生间门上的几个洞，走廊墙上的几个洞夺走了。除了强硬再无其他。

“真的很抱歉，陈夫人，我绝对会把它们修葺一新的，下次你来绝对看不出它们在哪里。”我满脸的恳切、真诚。我实在不想搬走，我一向懒得搬家，而且我爱这栋房子，以这个价格，眼前的这整栋房子，在一区绝无仅有，我曾打算一直住它，直到回国。而陈太太的愤怒似乎随我中肯的道歉有所消退。

我趁热打铁道：“我会找最好的装修公司来应付这些洞的。”

“Alan Lancaster 怎么样？”显然她自己舍不得花钱找这种好公司来翻修这里。

她开始犹豫，从前的祥和回来一半。

“我知道这些钱对你不算什么，但是我绝对愿意你收走从前的押金，我再另外交给你押金。”

于是她高兴地离开了，并且在第二天为我带来了她做的糕点。

陈太太，一个 BBC，中文流利，五十岁了，为人还算友善。一年前我租下了她过世母亲的房子，以并不高昂的价格，也许和一个人独住有关，她认为这样对房子的损耗小，可事实证明她错了。很显然，她的小公司近期经营得并不好，要不她不会为那么点小小的得利而失去原则。她只会为钱失去原则，和这里大多数 BBC 一样。

洞的由来

连续的失眠，让我情绪不稳定，有时甚至十分狂躁。起初，我会大喊，在空荡的房间，冲着老死的壁炉，冲着老死的墙纸高声呐喊。而早已死去的它们回敬了我，以更加狂躁的怒吼声，那声音令我耳鸣，令我心跳加速，直到，我的拳头贯穿了它们。而余音还在，还在，空虚站在一旁唠叨着，提醒着我至少拥有它，那让尘更加无法忍受，无数个声音混杂在我脖子上面顶着的这个容器里，旋转，掺合，由红色变成黑色，死去乌鸦的血液，老头的精液融合着整瓶的安眠药和脑浆，旋转。我用头撞击着墙壁，我想让那声音从脑袋里消失，想让那容器里混杂的东西一泻而出，但墙壁并没有看着的那么坚硬，它退缩了，在一个表现得过分强硬、凶狠的脑袋面前。我恨它的懦弱，我恨撞穿它们后才知道它们是空心的。但那空心墙同时让我安心了，毕竟我不想死，从来不想。就算在尘最想死的时候，都不想。

于是，尘有了自己的发泄方式，不是做爱，不是和朋友倾诉，不是去赌博，去酗酒，去吸毒，而是有益身心的撞墙，用头，有时甚至加上助跑。当墙壁上出现一个又一个的窟窿时，他得到满足，他身心愉悦，他逃离噩梦。之后，是更多次的撞击，更多次的胜利。一次失眠后的震怒，让他发现看似厚重的英式木门也是空心的，这让他喜出望外。于是，厕所的门，客厅的门，卧室的门，统统难逃厄运，唯独厨房的门将他击败了，一道绝对沉重、坚实的防火门让他晕厥了整整十分钟，额头的淤青一个月才消退。于是，他在厨房的门上贴上了骷髅标志，正反面，以防自己盛怒下忘记分辨。

我本想把那些窟窿积累到一定数量，然后一次性找人来修好，可是这点儿小事情都难以如愿。在一次撞击后，巨大的声响，吵到了我忍无可忍的邻居，于是他们找来了扣着黑色尿盆的警察，警察又请来了我曾经相当敬爱的陈太太。而当陈太太被小利小惠打发走后，我意识到，自己的发泄方式出现问题了，或者再难继续了，我不可能在每次想要撞墙前还去看时间。

停止撞墙，失眠又回来了，精神越来越差，黑色的眼圈，让班里的几个朋克以为我加入了他们的阵营。我开始盼望回国，但是除了父母，我不知道还可以去和谁相见，戮？永不复还。

一切负面情绪都在蔓延，在安眠药与撞墙相继失败后，我当机立断，买了张几周后飞往意大利的机票，准备再次外逃。

5月，第四单元，在六幅漆黑一团的作品出炉后完结，我的乌鸦们似乎没能博取一众导师的好感，分数极低，甚至需要写生分数来挽救才得以让综合成绩勉强通过。以我当时的状态，可以通过已算奇迹，而论文依旧处在日夜赶工的阶段，那才是真正的考验。

外逃前几周的时间，论文时间，全天候失眠时间。

我一次次的站在黑色海岸线对面的峭壁边缘，死寂的深灰色海水在向我招手，我的身体随悬崖上的疾风前后摇摆不定，猛然失足，惊醒，长达五分钟的睡眠，或称昏迷。

“我要坚持，结束这论文，我要坚持……”我喃喃着，可是一次次被退回修改的五千字论文，让我一次次的坚持与努力变得毫无价值，那是我第一次需要用该死的英文写一个早死的画家。

“导师说，要让那个倒霉的画家，你研究的那个画家和你自己发生关系！”空虚提醒我。

和我发生关系？什么关系？性关系？他妈他是个该死的男人！尘歇斯底里地自言自语着。

“是那个画家的作品和你的作品之间的一些关系，说白了就是你从他身上吸取了什么，你导师说你不能通过的原因是你只是一直在写自己的感受、创作手法、意图，而脱离了你之前的研究对象，那个伟大的现代艺术家。”空虚不慌不忙地解释道。

我从他身上吸取了什么？吸取？让我感觉，我在为一个男人口交！而我为什么要挑选他？那丑陋的现代艺术家？我并不是特意要去研究他的，只是那天在图书馆，他的名字是字母A打头，所以第一个出现在屏幕上。他的书籍也最容易找到，介绍他的东西，最简明扼要，最容易被我看懂……我神志不清地辩解着，此时多久没睡了？一个月吗？太多的最，其实是最省事的，现在却并不省事。我本应该早早就通过那无良的论文，在为那不勒斯准备了，而现在，电视里滚动播放着的傻笑鉴宝节目，傻笑竞猜节目，傻笑装修节目，傻笑比傻节目和纯粹的傻笑节目将尘的无名怒火狠狠燃起，蒸发着我的冷汗和水杯里几乎稠成膏状的黑咖啡。

“好好想想，你们之间的关系……”空虚继续说道。

关系……尘恨把这个词汇用在我和任何一个男人之间，包括那个死有余辜的画家，我和谁都没有关系！尘大喊着，咆哮着，“你给我闭嘴！”尘狂怒道，顺手抄起身边的盛满滚烫咖啡的水杯向自己的头顶砸去。厚玻璃爆裂的声音，沉闷的；呻吟声，低沉的。尽管尘再次失控，不知是这几个月里的第多少次失控？但是站在他身旁冷眼旁观的我却有了顿悟，我并不同情他此时的痛楚，那有多深？鬼知道，我只知道，上面提到的两种声音都不那么刺耳，都不那么容易被人察觉。灵感，有东西可以取代撞墙了。我转即兴奋起来，无视尘孩子式的谩骂，和他浑身沾满黑色咖啡的丑态，转身离开了。

尽管是尘毁了陈太太的沙发，但是需要赔偿的人是我，那是她死去母亲最珍爱的沙发，她这样说，她一定会这样说，我在出生时就能预料到她这样的措辞，于是和之前如出一辙的处理方式后，她得到了更多的钱。而我，得到了另一个达致身心愉悦的途径，通往新生圣殿的光辉大道，或者是通往骷髅地的崎岖小径。

很快，水杯，一个又一个的水杯，带给了我灵感，它们一个个在我头上爆裂，让我的论文顺利地进行着。我成功找到了我和那伟大画家的共同之处，伟大。在我的论文里，他成为了我绝对的附属品，在我的论文里，我们共用了我们伟大的灵感，而一次迟疑，一个水杯，一次愤怒，又一个水杯……头会流血，但至少，我压抑的情绪得以释放，墙壁幸免于难。水杯陆续死亡，我需要更多的杯子，我需要更多的灵感来让我意识到我们的伟大，而杯子？似乎不难找到。

这行为和叛逆无关，和叛逆中不可原谅的愚蠢倒有些千丝万缕的联系，我延续自己的荒唐行为，我会有意识的将对自己的伤害减轻到最小，伤害自己不是初衷，帮助自己才是。空虚认为我是疯了，其实它殊不知，世界上只有一件事会让我发疯——它的陪伴。

如此，杯子的补给工作被提上了日程。起初，是一些廉价的杯子，那种可以轻易在连锁超市找到的低价货，没有任何装饰或设计感的玻璃杯，只为了节约成本，毕竟买回去就为了被摧毁的东西，是无需优质的。

一打 15 英镑是我找到最便宜的价格，当然很快就被消耗掉了，与此同时被消耗掉的还有之前对它们的期待，对廉价货的期待。它们如同先前 1 英镑的筹码，失望与无法满足的到来早已被预见，于是，更加厚实材质的水杯，出现在了我的手边——马克杯。它爆裂后，不会轻易划伤头部；同时声音更为沉稳，低沉富有质感；而且由于马克杯的底部通常较厚，所以爆裂后，底部完整，握住那里下砸，手不易被划破；并且砸破后碎块较大，容易寻找、清理；最重要的原因，它让我感到足够的疼痛，足够分量的惩罚，和可以支撑我完成论文的灵感。我为自己之前一切玩世不恭的选择付出代价，我在为找到我和安迪·沃霍那伟大的变态之间的相同点而接受惩罚，我恨一切 A 打头的名字。容易找到的东西在大多数情况下是愚蠢、一文不值的，只有在更大多数的情况下它们才无比珍贵，值得以生命作为交换。

最终，论文被二十七个水杯完成了，它们每个都做出了杰出贡献，然而它们的结局是难以逃避的死亡，这一切如同一场战争，尸横遍野也可能属于胜利的一方，但它们无法成为胜利者。那论文最终被通过了，以很高的成绩。论文最后的一句话，当然是在罗列了大量创作手法、创作意图、创作背景等等的比较后，最后的一句话：我们两个都是不懂如何触碰与被触碰的人。

也许没有最后一句话，我的成绩会更高；也许没有最后一句话，我依旧无法通过。但我可以肯定的是，杰夫看到了它。

一个最后的杯子，马克杯，我用它来喝水了。它或许失望，未能战死沙场的勇士，它或许庆幸，毕竟，我们都不想死。

2008 年 7 月的一天，卢萨卡郊外。箴斜靠在我身旁，她见我面露笑容，问何故。我告诉她自己曾经无聊到用各式各样的杯子痛砸自己的脑袋，并且不停的花样翻新。听罢，她笑了。

“……大喝一声，用两个杯子同时砸向自己的脑袋，犹如硬气功大师……”她大笑。

“……还会在砸完后，忍住疼痛，做点花式，例如用套在食指上残存的水杯把手，做个旋转的收枪花式。”她已经笑得前仰后合了。

我们不知道笑了多久，在笑声停止后，不约而同地注视着摆在我们身旁的刻着大象图案的铜质水杯。

11

大学一年级是糊弄过去的，我一直把我无法振作的原因归结于学校，老师同学，空虚，戮和让我纠结的日本人。我也明白倘若长此以往，重复这样两年，我很难进入中央圣马丁就读，然而我依旧没有动力，太多的牵绊给了我太多自怜的借口。一个契机，我需要一个契机去鼓舞我为看似难以达成的愿望战斗，当然一个也许不够。如果，一个契机就可以帮助我们完成理想，那么我不知道是契机廉价还是理想低贱。

踌躇不前间，第一个契机出现了。那是个礼物，从结局来，他的礼物总是恶心却多少带有惊喜的，当然，那种惊喜只有时隔数年之后才能被认可。

米兰开往巴黎的火车上。“un... deux... trois... quatre... cinq... six... sept... huit... neuf... dix”被我依旧反复默念着。如冤魂不散。

遗憾，我没能在两周内寻得意大利独特的美。也许两周不够，也许我应该去西西里，也许此时此刻的我根本就没有兴致去游山玩水。而没有兴致只能说明另有期待，尽管那期待令我感到些许不安，些许迷惑。那期待，似乎并不属于我，但是我在尝试占有，我希望自己做好了失败的准备。

几天前，在喧闹的蒙提拿破仑街上，我再次接到了戮的电话，和最后一次见面相隔近一年。

“猜我在哪里?”小鸟依人的口气始终，残忍始终，每次她的开场白都显得那么的镇定，如同我们永远是相恋没多久的情人在兴奋地编织一个纯真的明天。

说实话，我已经无言以对了，我恐怕也已经不再爱她了，恐怕是，所以我没必要紧张，洒脱些吧，孩子，我给尘的忠告。于是，“伦敦?”我信口猜测。

“……嗯……很近……巴黎……”

我继续沉默，我想表现出不满，然而那样会同时暴露自己的脆弱，我挣扎。

“你呢?”她转而问道。

“米兰。”

“还是那么滋润……”她的总结，也可能是讽刺，或者只有我知道那是讽刺，对了，空虚也知道。

“去玩吗?”

“只是逛逛，无聊地在大街上溜达，让小偷们练练手。”我在尴尬地找回点幽默感，证明洒脱，证明我已忘情。

“被偷了？我有个朋友的表弟在意大利也被偷过，还有我爸朋友的大表哥的老婆，还有我一个阿姨同事的……”

“没有被偷。”我打断了她。“小偷们不领情，或者我看着就是个穷光蛋，他们只偷看着有钱的人。”

“哈……他们只偷看着有钱的人？那么他们偷谁呢？”

“穷人。”我说道。

被回忆的对话，在一片哗然中被猛然打断，车靠都灵时，站台上几个站警在拼命追赶一个疯狂逃窜的年轻男子，想必又一个穷人被偷了。

“NICE 美院怎么样？有你想象中好吗？”我问道，把殷切的语气压到最低。

“大哥，我在巴黎呀……最后还是选了巴黎国立，我怕天天看海会疯掉的。”

“开课已经几个月了，发现还是巴黎好，想买什么都有，可惜没那么多钱。”她继续说道。

我点头，她看不到。于是她以为我沉默，继续说道：“这边很无聊的，来了几个月，语言还不行，特怕别人和我说话，放学就往家跑，所以还没什么朋友。有的时候特想家，其实也挺想你的。”话到这里，她略带伤感，表演？真情流露？电话这端，无从猜想。

她在暗示什么，我曾经会为她这样的暗示雀跃不已。而此时她的暗示让我痛苦，让我挣扎。

她会感到孤独？难以想象。

我默默不语着。

“你愿意到巴黎来玩两天吗？我知道你在放假。”终于她忍不住了，开口了，她输了，憋气比赛的冠军，不眨眼比赛的冠军，都是我。

我默默不语着，纠结，挫败，胜利，权衡轻重，分析后果，不知可否。

终于，“也许吧……”我说道，抛开对她的余恋，其实我更想去找她上床。一年了，我需要她的身体，也许她也需要我的。她尽管洒脱，但绝不随便，她不是那种刚刚身在法国就会去找个当地男友的人。

“别说也许好吗？我想听到，你会来，说，你一定会来……”极为稀少的恳求语气，出自她口中，仅仅离家几个月的孤独，将她凌辱着，她不自知吗？或者她早已权衡，做出第无数个有利于自己发展的选择，她只是想让我去陪陪她，帮她度过留学的磨合阶段。她的意图比以往任何一次都能让我看得明白，这说明什么？

列车开动了，下一站，里昂，是法国了。

电话那端的期待，让我前所未有的满足着，我尽量拖延，最终说道：“我会去，告诉我你住处的地址。”

“14 rue Bonaparte 75006，是我们学校的，就在卢森堡公园附近，很好找，咱们在那里见面吧！”她欢快的说着。

“卢森堡公园你知道吧？”她生怕出错，核实着。

“知道。”我斩钉截铁，并在记下的地址上画了几个圆圈。

“我想去你的住处找你，你告诉我你的住处。”我坚持道。

而电话那端她支吾着，“在 Belleville 那边，不太好找，离市中心有些远，怕你找不到。”

“你就告诉我吧，具体在哪里？”

“我这里环境不好，而且并不大，如果你来了，可能住不下的，你会住酒店的对吧？”她道出原委了。

我没再追问，尽管也不会再为刚才连串的逼问感到愧咎，但是依旧住口了。

“是的，我会住在我总住的那家，雅典娜，到时候你愿意的话可以住过来。”

我们同时沉默了片刻。

“两天后吧，我这儿的房间签到两天后，星期四，你们的中午十二点怎么样？国立门口？”我迫不及待地总结着。

她兴奋地应承着，随后提到了枕巾。

“那条枕巾……”她略带羞涩的语气，惹人怜爱，却让我瞬间戒备。

枕巾，怎么了？被我撕碎的枕巾，怎么了？

“你带着它呢吗？你可以把它还给我吗？我想它了，没有它，我睡不着……”她婉转地在暗喻着什么，心知肚明，从娓娓到直白，排练过的，一定是。

她在讨好我，和每次抛弃我之前一样。而这次，只是一切都看得明白而已。

“对不起，我给扔了，那时……”解释，没有，我止住了。

电话那端，几秒凝固，随后不以为然地岔开了话题。看！她只是在找个话题让我开心。看！她根本不再介意她的枕巾了。看！她确实在那天离开了。

再三的确认，让我不再有从前的压力。好吧，去过几天性生活吧，单纯的性爱，我从未享受过。

我这样解释着，一再的贬低着、压榨着曾经出现在我心目中对她难舍的爱意，我还没完全将它们驱散，我突然意识到。

放下电话，开始担心一年没有性生活的自己，在突然面对她后是否会有良好的表现。这问题让我兴奋，不自觉地又开始喃喃地重复不知道多少次被吟唱的法文数字，从 1 到 10，它们已经那样流利了。

米兰？可以去见鬼了！尽管我还没怎么了解你，但是此刻我有了一个强大的理由离开你。我在房间里来回踱步，急促的脚步声已经说明了一切。我迫不及待地冲到了楼下大堂，订下了从米兰到巴黎的火车票，而到达巴黎的时间并非是原定的周四，而是周三。尘不明白我这样做的意图，你为什么？你要什么？你是什么？我可以回答问题三，我是置身荒淫世界中并不坚贞的处子。于是，问题三的回答，让问题二也变得不再复杂，我要我的肉体得到满足。这样问题一的答案也就呼之欲出了，此去，为性，不为爱。如果为爱，那么我应该与她永世不见。显然，我没有做出利于我们两个的选择，我做出了自私的选择，和她一样。我再次，如同始自九岁便出现并泛滥在尘身上的顺从与屈服，对冷酷的现实，对伟大的结局的屈服，你们让我拼杀，我就拼杀，你们让我肮脏，我就更加肮脏，为献媚，为永不矛盾。

我提前一天退掉了房间，安稳地坐上了去巴黎的列车，这列火车叫：热情号，而我把它理解成：欲望号。车厢里，我把头抵住车窗，缓缓地吐出烟圈，它们撞在车窗上散开了，同时，随它们在我眼前散开的还有那沿路无聊的风景，撕碎平淡，次次尝试却依旧不知道自己是否在行。

此时，“un... deux... trois... quatre... cinq... six... sept... huit... neuf... dix”回荡在车厢内，我是被那冤魂不时附体的饿鬼。

夏末的阴雨，一路追随我，直到巴黎。

我没有住进雅典娜，而是四季，目的不明。

烟雨巴黎，我提前一天出现在了国立门口，小雨中，徘徊于指针 12 与 5 之间，徘徊于那些无终无止的数字之间。温暖的细雨用了很久才寻觅到我的踪迹，随后无力地浸透了我轻薄的衣衫，尽管我徘徊的角落是那样隐蔽。

一年半前的一天，和戮相好的最后阶段。

“今天你们上课又学什么了？”我问横卧在我怀里的戮。

她刚刚开始在国内语言学校的法语课程，她那时大三，而她每天对法语的热情让我感到恐惧，但法语也是我当时唯一可以取悦她的东西。

她一边玩弄着她的枕巾边，一边说道：“从一到十的法语，你知道怎么说嘛？”

我笑着摇着头。

她再次露出了狐狸的表情，“我教你，一是 un，二是 deux，三是 trois，四是 quatre……好了，你重复一遍！”

我傻笑着注视她似乎永远在嘲笑你的、上挑的双眼，再次摇动着脑袋，于是她严肃的重复了一遍，之后，又一遍，从我怀里，又一遍，坐起来，又一遍，站起身，又一遍……

只是记得，从那时起，法国就已经隔离了我们。

“un... deux... trois... quatre... cinq... six... sept... huit... neuf... dix”，直到我乖乖的重复得让它们标准无比，她才再次回到了我的怀抱。于是我真正的记住了它们，那些冤魂般的数字，记住它们，在再次见到她的时候说出，她一定会被感动，我这样告诉自己，一直这样告诉自己。

“也许，你以后到法国来看我会用得着……”她略显刻意地说道，尽管她后来显然有了其他的打算，其他的取舍。

然而，当时我对她的依恋把所有发生在我们关系上的疑点统统销毁了，没有痕迹。

“我们一定会在法国相见的……”我说。

一年半后的现在，细雨中，我继续徘徊在街角大钟的时针分针间，我随意拨动它们，向前，向后。稀少的行人从身边慌张掠过，那是浪漫过盛导致的懦弱。

我拨动它们，直到再没有什么关于我们的回忆是我希望被忆起的，我放任表针顺时前行，而在下一秒，我见到了她。远远的，她高挑的身影在烟雨中颤动，由远至近。显然，她没有注意到街角古老房檐下的避雨者，一同步出大门的学生成双结对的嬉笑着，情侣亲密的在细雨中拥吻，如同当年的我们。而她只是行色匆匆，没有人和她道别，没有人和她行贴面礼，一切如她所说，她的失落，她的孤独……

她变了，变得美丽动人，变得全身名牌，甚至是她的雨伞。这些曾经对她都是侮辱，然而现在她也被驯服了，在伟大的结局面前。

我没有冲过去，渐大的雨势阻隔了我们，让我重新考量我对她的一切情感。几天前的欲火，被轻易熄灭了，在那一刻，我们都以失败者的身份回到了起点，回到了两年前的重逢时刻，回到了五年前的重逢时刻，回到了二十年前的相逢时刻，而我做出了我的选择，选择和她永不再见。于是我让她过去了，从我身边过去了，那一刻，我们仅隔一扇雨帘。

我微笑的注视她远去的无比孤寂的背影，再次将那些动听的数字吟诵：un... deux... trois... quatre... cinq... six... sept... huit... neuf... dix...

onze（11）...

空虚的爱人

空虚走了，对我再无眷恋。飘然穿过厮杀咆哮的兽群，向它新的爱人走去，义无反顾。

空虚曾经说过，它无法和有目标、有梦想、有明天的人生活，那让它崩溃。

进入大二以后，课程较之前更加紧密，无暇去做太多，或考虑太多，不停折返于画室和图书馆之间，永无止歇，回家后便已夜深人静。如此，空虚的不满与日俱增，我们争吵过，它抱怨过，它觉得我不再需要它了，我不再需要把一切不如意推卸给它了，我忙了，尽管那忙碌是被迫的，但是那疏远让空虚轻易忽略了那被动性。

它的抱怨成为了一个契机，它的第一次不满就已经预示了我们的分离，或者是某个身在远方的人的更强大的结局对它的召唤，导致了它的不满。

就这样，我们貌合神离地共度了我们最后的时日。

一杯香槟无奈的被持在一个女子手中，无奈？只因参与了师出无名的庆祝。它不知道自己为何出场，只为映射那赌桌上的七彩筹码吗？只为映射赌桌旁那些近乎疯狂的面孔吗？它不知道，于是在那十分钟的一生里，它做了它唯一能做的事情，在自己即将消失前，对那女子轻声道：爱人已远，空虚难填。

赌厅内的马捷帕恢宏而激进，音律如同强壮的手臂扼住了每个赌徒的喉咙，无形的逼迫让他们挥洒大把金钱，被抛洒的无数筹码声沦为了那乐章的协奏音。

空洞、迷茫的双眼中，只有她丈夫粗糙的双手，和抛洒着的筹码，除此，再无其他。寒冷的脸，只有她丈夫回头短暂的对她注视，才会生硬地绽放笑颜，且同样短暂，丈夫双眼移开，寒冷归来。

那女子端坐在赌台的角落，并不美丽的她身着一袭暗红色礼服，不难看出并非出自名师设计，高跟鞋也近乎廉价，然而她却一再吸引着我的注意力，只因为她身上散发的某种特质那样熟悉。她——我第一次出现在柏景台遇见的那个转瞬消失的女子。惊觉，相似一幕的重叠，那一刻的我难以辨别事情发生的先后，于是半年前迷惑了上一秒。

除了不再是柏景台，一切似乎都没改变，她依旧尴尬地陪伴在丈夫左右。丑陋的丈夫，一个行将就木的广东人，臭名昭著的老华商。传言：在生意场上他是个不折不扣的失败者，却因为数十年间更换了二十一位娇艳的大陆妻子而出名。一个荒淫无度的人没有一晚能少了肌肤柔嫩的女人陪伴？他的动机被各种心态的人们纷纷揣测：是虚荣？是落寞？而对性的渴求？……也许他比我想的厉害。

显然，那位三十岁左右的女子在忍受着，处处谦顺，处处柔弱。当一只老手游走于自己腰间的时候，依旧面无表情，没有预料的矛盾和挣扎，没有厌恶，甚至有时候，会浅浅表现出享受，那让我不解。

"屌你！……"布满皱纹的口。再次输掉一局后，那小老头用广东话对庄家唠叨着什么，似是谩骂。一张丑陋的老脸写满牢骚，庄家不以为然地继续将他输掉的筹码揽入囊中。

他摇着头，回望了一眼自己的女人，而他的女人微笑着把纤柔的手搭在了他枯槁的肩膀上，他用左手在上面轻拍了几下后，转过头，继续专注于赌桌上的号码，而那女子不自觉的上翻了一下自己的双眼，真情流露出反感。我同情她，对她此时的窘境感同身受，然而我无法拯救她，因为我尚没有本事把尘从当年类似的窘境带给他的困扰中拯救出来。

我叹着气，转过头，发现此时空虚却专注地盯着那女子的方向，全身迸发着令人费解的热情。马捷帕再次有力的响起，而那女子是我可怜的玛莉亚。

这个月，生活开始被计划着，虽然凌乱，虽然单调，但计划与掌控多少是件好事。我依旧会去酒吧，会去逛街，会去赌场，甚至还壮着胆子走进过"黑莲"，但那些统统都被有所规划的搁置到了周末，这一切让我看起来更像一个孤独的中国留学生，而不是精神近乎崩溃的无所事事的英国混混。而期间一些类似这样的小赌场成为了我偶尔的去处，我也兑现了我之前的诺言，每次只赌10英镑，有时它们会带来几十英镑的额外之喜，有时我也会失去它们，但是，至少10英镑不会让我再次蒙羞，同时节制也不易察觉地再次回到了我的身上。而这间并不豪华，略显古朴的英式小赌场，更成为了我描绘的对象，出现在了我的画作之中。遗憾的是这里不允许拍照，所以只能靠记忆，靠细细观察去记录。在如此混乱的场面中，那对曾经和我有过一面之缘的夫妻得以再次走进我的视线。

显然，幸运女神今晚没有站在那丑陋老头的一边，或者从来都没有过。他不停的和那完全听不懂广东话的庄家唠叨着，发泄自己不满的情绪。灯光下，缺失的牙齿，松弛的嘴唇，没能管住喷溅着的失控的口水，所有人都无奈地上扬着自己的眉头，包括那可怜的妻子。

一个小时过去了，他依旧在输着，同时缓缓的摇着自己的脑袋，脖子上条条皱纹如同被拉动的手风琴。与此同时，尘不自觉的开始想象那乌龟脖子以下的样子，甚至是他裸露的样子，“又来了，……停！……停！……”我提醒他，为会导致自己呕吐、痉挛的幻想叫了暂停。我不想继续去看他，去想他，去猜他，然而却难以抑制，我想是因为紧贴在他身旁的妻子所散发的东西让我产生好奇，于是我尽力剔除老人，在视线中，在思想中，唯那女子。

“服务生……”观战的女人无可奈何地举起手臂，上扬了食指，示意再要一杯香槟。她累了，满眼疲惫，却强打着精神观战，只属于一个即将死去的丑陋男人的战役。他的死亡似乎早已被很多人期待，他会和以往一样出现在这里华人商报某版的某个角落，但那次将被提到的不再是他屡屡失败的生意，或是被自己的员工再次告上法庭，又或是第二十二次的无聊婚讯，而是他的死讯。也许所有当地的华人都对这丑陋老人的死讯翘首以盼，我知道，听到过……

中餐馆里的用餐者："……你知道吗？他又结婚了，第二十一个老婆了！""听说是长得还不错的大陆妹。""操，那女人太惨了！""你说这女的知不知道她自己已经是第二十一任了？……""当然，那你说雅典知不知道自己举办的是第二十八届奥运会？"

华人商铺里的打工者："……你看新上的这张万圣节鬼脸，像不像他……""谁呀？""还能有谁，那老不死的呗，二十一个老婆那个。""哦，不像，咱们这鬼面具好看多了！""靠！一提二十一个老婆，你就知道是谁了，你够色……"

甚至在赌场和他擦肩而过的，看着和他一样老的华侨都对他表现的避之不及。仿佛，那丑陋老人现在就已经浑身尸臭，唯那玛莉亚，紧紧贴在他身旁，尽管，目光中流露着空虚与惆怅。她冷冷注视着那颤颤巍巍的丑陋老人，冷冷注视着他摆放筹码时颤抖的老手，没有帮忙，也没有离弃。

空虚，依旧目不转睛地注视那女子的方向，跃跃欲试。它反常的举动让我意识到，那女子周围弥漫的那似曾相识的气息，让我感到无比好奇的气息，竟然和守候在我身旁的空虚如此相似。在那一刻隐隐感到，今天我可能要一个人回家了。

空虚的情人出现了，它恋爱了，一次新的恋情，在它那旧日情人的面前展开，旧情人嫉妒着，同时得到了解脱。我想，那女子此刻更需要你的陪伴吧？

此时那女子依旧呆坐，入体数杯的香槟混合着自己原有的空虚，让那气团愈发强大，她在勾引，她无意识散发的空虚在勾引着我曾经的情人，一定是这样。她落寞的撩动着额前的发，举手投足，无不将我的猜测印证。镇魂歌般的马捷帕已近尾声，而玛莉亚即将得到一个新伴侣的呵护，它将更年轻，更无微不至，更难以舍弃。

“你去吧……我不会介意的。”

空虚没有回答，它在犹豫，而我在给它一个缺口。

“你不再需要我了，对吗？”它在确定，或者，它在试图把一切推卸给我，那是第一次它把一切推卸给我，我们扯平了，互不亏欠，心安理得。

而我真诚的迟疑肯定了我们曾经一同度过的种种荒唐时刻，这也许让它感动。它缓缓的放开了和我十指紧扣的手，穿过张张赌桌，穿过高大服务生的身体，穿过厮杀咆哮的兽群，走向它新的伴侣。

也许我应该回家了。此刻，我已经做好从今只和尘相处的准备，我做好了，所以，请不要改变主意，空虚，不要，请径直地离开吧，投入你新的归宿。在那最后的一局，我终于输掉了，我输掉了10英镑，却赢得了一个契机。在我起身离开的同时，他们也离开了。此时我才注意到，空虚紧紧尾随着的并非是那女子，而是那丑陋的、濒死的老人……它无法和有目标、有梦想、有明天的人生活，那让它崩溃……

2008年盛夏的一天

“去赞比亚要打很多种疫苗的，黄热病，疟疾，还有骨髓……什么的……”箴在向我汇报着她打探出的去纳米比亚和赞比亚的情报。

“骨髓灰质炎……”我说。

“哎？你怎么知道这种病的？”

“去年在那里有很多人死于这种疾病，二十几个？”她继续说道……我沉默着，面无表情道：“告诉你件事情，你别害怕，我就是因为这个死的……”

“呃……”她撇撇嘴，显然她觉得我的玩笑很无聊。

“当年去刚果金之前打过预防它的疫苗……”

杰夫的短暂告别

几日来，每每经过杰夫房门紧闭的办公室，都会被房间里传来的怪笑声吓到，细细聆听杰夫在看他不知看了多少次的录像。欢快怪诞的开场音乐之后，旁白朗朗道：“……曼哈顿是因为当地的土著而得名的。居住在那里的印第安人是热爱和平的，他们终日在设陷阱、狩猎、捕鱼，然而，他们有一个习俗，当每年7月，曼哈顿岛就会酷热难耐，所以他们会把妻儿送到岛的上游高地去避暑，自己却留下，依旧是设陷阱、狩猎、捕鱼……而事实上，我们这个故事和印第安人一点儿关系也没有……”一门之隔，门外的我微笑着，轻轻转身离开，而门内的他捧腹大笑。

杰夫不再是我们的总导师了，二年级他的职务被一个严酷的中年女人取代，原因不明。那女人不苟言笑，甚至不常出现，于是，我对她有了好感，好感的产生仅仅是因为足够的隔阂与疏远，她上任的消息也让我庆祝了很久，尽管心情矛盾。空虚和杰夫相继离开后，契机一再出现，结局不情愿的挽救，我领情了。我开始认真了，尽管那认真看着很业余，业余只是无谓忙碌，满溢的无用功成为了认真的初始阶段。但是，我不至于被过多琐事烦扰了，例如对杰夫的防范。

杰夫，老杰夫，我可怜的老杰夫，对不起，你让我想起了自己的父亲，敬仰、爱慕越深，憎恨、提防越剧。我从见到你那天就渴望创造一个机会和你解释我在你面前表现的种种怪异，但是，机会一再消失，勇气一再消磨，直到再次被动的轮候到了结局的安排。我多想告诉你，我对你并不反感。我反感、不安的只是自己稍纵即逝的荒淫念头，那邪恶的诱因，和你、和父亲从来没有直接的关系。你正直，你博学，你宽容，像父亲，然而，我为你们无私付出后却没有得到我任何的回报而感到愧疚，深深的愧疚。

父亲，我欠你一个拥抱；杰夫，我欠你一个纯洁的导师见面。会还，会还，在毁灭后，你们或我。

杰夫无奈地背着大包上路了，他将一整年没有任何课程去带，于是他去美国了，说是出差。在他临行前，曾经试图赶走他的学生们为他举行了一个小小的告别仪式，很小，只有几个人，显然大部分人不愿意记得一个总给自己打低分的，处处不修边幅的银发怪人。

“杰夫，打算先去哪个州玩?”一个同学问。

“不是玩，是观摩，去讲课，洛杉矶艺术学院……”

他被寥寥无几的学生簇拥着，那是最后的交谈，而我只是站在外围，静静地看。

洛杉矶？梦露的故乡，这也许是他的本意，我的猜测。

而有人却把我的猜测转化为了提问，一个男孩子坏笑着说：“一定和梦露有关……”

杰夫笑而不语，只是随口纠正道：“诺玛·琼……”他喜欢她的原名，一直如此。

“多保重……”一个同学说，另一个同学也说道，接力一样，绕场一周。那场景让我，一个丑陋的中国人都难以容忍，英国人，极致丑陋让大部分人反倒忽视了丑陋。

“天哪……我他妈又不是去地狱了！一年后我还是你们的老大，记住……”那是他的风趣。

那一天，他的书包比平时更加充实，里面揣着更多关于美国的梦想。大家对他说着些一路顺风之类的套话，无足轻重。他努力表现出感动，和每个送别他的学生拥抱。

拥抱，生硬的笑，再拥抱，连贯了生硬的笑，此时我成为了又一次面临考验的孩子。在他缓缓移向我的时候，我平复着心跳，在他一次次和同学拥抱的时候，我决定了，决定抱他一下，当作之前种种亏欠的赔礼，当作那亏欠对我的惩罚。我努力让尘平静，不再顾念其他，只是瞬间，瞬间就会结束的，我提醒他。最后，杰夫在别人虚假的挽留和祝福声中停在了我的面前，那一刻，他收敛了之前的感动，面无表情地凝视我，“别忘了每次把你那份该死的表格准时交给写生导师……”听了，我愣在那里，不知如何答复，只是难以自制地点着头。

他离开了，在其他同学的簇拥下。

他，比我老，比我懂得，而最终他没有拥抱我。

其实他没有消失得那么快，第二天、第三天他依旧出现在学校里，躲在办公室里看看录像，或是随意穿梭在工作室里，显得更加轻松，到处都可以听到他糟糕的口哨声。同学们各个露出无可奈何的表情，只有我，开始懂得，开始欣赏。

白衣圣女

抬起头吧，让我看清你一次，你的厨师帽，我的屏障，我的迷惘，你的屏障。你永远不知道，有双黑色的眼睛已经注视你千百遍了，它们有时猥琐，有时惆怅，有时空洞无物，而现在，它们变得执著，充满热情。

你不知道吧，我现在已经不再叫你愚蠢的面团了，这样叫了你很久，发现真正愚蠢的人是我，我竟然用了整整一年的时间才弄清谁比较愚蠢，那才是无穷愚蠢。一年了，你动过吗？你是贴在那对面楼里的海报吗？

一年了，尘你多蠢呐？一年的时间，你才明白，你最应该拥有的东西在她身上，这个你只有打发时间才会窥视的女孩子身上。

窥视还要延续多久？久到我确定她是张海报，那是多久？对面楼被拆除的一天吗？怎么拆？用炸弹，定向爆破？轰然倒塌，烟雾缭绕，然后那海报飘然的在灰尘团里，荡。或者它也被炸成碎片，从此让我无法觅得。再或者，她压根儿不是海报，只是一个简单的执著的完成自己梦想的女孩，令人钦佩，令人折服，崩塌的楼房只是撕碎了她的肉体，而她的执著汇聚成型，依旧悬浮在她曾经的位置，让庸人嘲笑，令圣贤膜拜。当然，当然，当然，如果等上那么久，那么你怎么知道先被拆除的是对面的楼，是她那一边，而不是自己这方？

显然，有一天这些终将崩塌，你的屏障，我的壁垒，只是还不是时候。现在，我决绝的停止了对她的嘲笑，而膜拜？不，我从不膜拜，来膜拜我吧！

契机接踵而至，我开始明白，契机的出现，也许不是带来，而是带走：空虚，杰夫，傲慢，玩世不恭……一一远去，也许会再来，而再来时，我的壁垒已高，我的壁垒已高。

人体课后，我和一年前一样独自留守，但是也有不同。我从 John Lewis 买来了扫把簸箕，细细打扫一地的纸屑、笔屑；用橡皮擦拭着新大卫上的新鸡巴；画架被整齐地摆放在画室一侧；而给所有同学的评语，在我收拾画室前就已经被记录在案了。

和以往一样，写生课导师在今天课程结束后才匆匆而至，我们点头示意，她接过我给同学的评语，默默翻阅。

“你应该更多地鼓励他们！你的评语似乎有点儿苛刻，很有杰夫的风格。”

我没回答。

“别用基本功去要求他们，努力挖掘他们画面中的闪光点，到时候也许你会觉得他们画的还不错。”

我信手拎起了一幅画，并以谦恭的态度说道：“你说得对，我会努力去发现的。但是我实在不知道这个人画的是什么，还有很多人，我都不知道。其实现在还开设人体课就是为了让这些自由主义者、虚无主义者感到一点点的束缚，他们没有能力也没有必要去考虑提高自己的基本功，他们应该做的就是，积累怒火，在自己热爱的创作中寻求突破，那样表现出的东西会更有力量。”

她微笑的沉默着，点点头，那是对我回应与谦恭的赞赏。

“你是对的，这也是你出现在这里的原因，不是吗？”

我耸耸肩，以示回应。

“那张是谁的？你的评语是……你的评语是：体态稍显生硬，体位缺乏新意。可是为什么我只看到一张白纸？”她注意到一张钉在画板上的白纸，同时翻看着我给这位同学的评语。

“这评语怎么来的？”她不解地问道。

我没有解释，只是快步走过去，把他的画板翻了个面，一张酷似印度春宫图的素描被画在画板背面。

“呃……”她无话可说，尴尬地笑着，“你刚才用了什么词来形容他们?”

“虚无主义者……”

“对，虚无主义者……”

“下周模特安排好了吗?”

我点头。

“男的女的?”

“女孩子……日本女孩子……以前做过……”

“叫什么?”

“赤野扶美。”我说道。

她满意地点着头，并保证自己下周会出现得早一些。

“你比以前认真了，延续它。”她那天最后的一句话。

认真? 认真……

我回头眺望窗外，谢了……圣女……

和脱衣舞女孩的第一次见面

餐后，雅抢着结了账，一餐120英镑，她两晚的收入。她信手从质地优良的皮夹里撵出两张50和两张20英镑的纸币，放在银盘子里，20英镑的小费，她一个小时的收入……

我很奇怪自己为什么总是把她花掉的每一英镑都折合成她的周薪、时薪，只是觉得她的阔绰和她眼下所从事的工作成反比，令人费解的反比。

用餐中。

“说说吧，谁让你去的?”

“……一个你的同事……英国女孩……”

“V，熊猫眼的?”

“可能……我想我应该为她保密，她人不错的。”

“她给你卡片了？黑色的那张……没那卡片很难找到的。”确实，就算持有那标明详细地址的卡片，找到那里也绝非易事。

“对呀，她亲手给我的。”

我知道我话一出口，她就会问……“你怎么认识她的?”

我不想告诉她那女孩是被我的一通电话叫到我面前的，所以没有回答。

“那不重要。”

“你不说，我也能猜出个八九。”

我故作镇定。

“她是你同学！我说得对吗?”

我笑而不语，心想原来她们还在上学。

“你那牛排怎么样?”

“什么怎么样？样子吗？惨不忍睹，这是什么，血?”

“味道。”

“太嫩了，我喜欢有嚼头的，这里的三成熟和别的地方的生没什么区别。”

她的电话。

“对不起，接个电话。”她匆忙道。之后，我一个人略显尴尬地吞咽着难以下咽的牛排。

电话里，她用英文和谁争执着，就上工时间表的问题。待她怒气冲冲地挂断电话后，一分钟。

“怎么？有麻烦吗？”

“今晚有人包场，全是咸鱼，估计他们的朋友有大陆的，我不想去，老板不准，操他妈的！”

“那么怕大陆人？怎么没觉得你怕我呢？”

“不是怕，影响不好，底下有黑眼珠子瞪着就觉得放不开。”

“你们那里就从来没有中国大陆的去过吗？”

“不知道，反正我在这儿半年里，你是第一个大陆的。有过一两个上岁数的咸鱼，就是那种无论你离他们有多远，台下有多黑，你一眼就知道他们是咸鱼的那种咸鱼。我当初选这家也是因为比较偏，全是本地的回头客。外面也有很公开化的那种，听说还有大陆旅行团呢。”

她越说越夸张，或者是我越听越夸张。

“你现在还上学吗？”

“不上。”她答得十分干脆。说着，她随手点燃了一支烟，在非吸烟区，她知道，但是她点了，店员也知道，但是没人来制止。

“不上有半年了……没意思了，想回国的时候，爸妈不让回，学校里都是一帮只知道读书的行尸走肉，和他们混，越混越觉得自己无能。”

“那你现在呢？”

她沉默片刻，点了点头，“挺好，挺开心，一个月前我有了自己喜欢的人，更有动力了。”

她急着划清了界限，我不气恼，我高兴，这让彼此放松。此时她出现在这里的目的变得简单、纯洁，那就是将我劝退，而我出现在这里除了满足少有的好奇心外，还有一顿免费的午餐。都说午餐没有免费的，现在吃到了，却不可口，只是新鲜，过分新鲜。牛血滴在了白色的餐巾上，洇开了。

“你呢？在这边多少年了？”雅发球。

“四年……”

“读什么呢？”她顽强地提起精神，问着她毫不感兴趣的问题。

“为什么做这行？”我帮大家节省时间。

她愣住了，面对唐突的提问，她沉默，为难以作答？为我的无礼？

“我能不回答吗？其实所有认识我的，知道我做这些的人都问过这个问题，我记得每次我说的都不一样。在严肃的人面前，我说，为了排解孤独；在大大咧咧的人面前，我说，为了好玩……”

“在我面前呢？”我想知道她把我分在哪一组。

“呃……为了排解，同时也很好玩……”

我很容易的被一个比我小的女孩看穿了。

“你学什么的？从前？”

“法律……国际贸易……在SOAS……”

“为什么不读了？”

“太累，太难，太无聊，最糟糕的是父母帮我选的，只因为我高中的时候英语不错……”

轮到我说话的时候，我刚刚艰难地啃掉了全部牛肉，嘴角也许还有鲜红的牛血。

“其实，我觉得，也挺好的，就是有些危险，这里人喝醉了什么都干得出……"

"所以我要谢谢 Fat Loo。"

"谁呀?"

"我们那里的一个保安,你应该见过的,有两米高的那个秃头胖子,总是穿黑色大衣的,对我很好。有哪个喝醉了要对我做什么的时候,他总能第一时间出现。"

"他一定看上你了。"

"哈哈……"

"你为什么说,你觉得其实还不错?"

"你是说我为什么用其实这个词?可能是因为现在还是有很多人没办法接受这个吧,他们会觉得这个女孩子很惨,很可怜,很应该被拯救。"

"你也在这个很多人里面吗?"

"当然不……"其实是"是的"。

她寂静片刻,此时斜阳已经完全照耀进了这间坐落在城市之巅的餐厅。

"他们不是没办法接受我,或者我干的事情,他们是没办法接受自己的龌龊、无能与失败。"

只有我知道,她的贬低对象里包括了我。

"我救了他们。"她的总结。

之后是一些无谓的闲聊,她说她也总来这里,这让我诧异,而在一个半小时的谈话里,我竟然隐隐感到,她是不缺钱花的,尽管我们没有聊到这个问题上,或者都在刻意回避这个问题,而正是回避,才会让我这样感觉。我们都是那种懂得绕路的人，例如这个可怜的女孩子，通过观察，我可能不用回避她的工作，但是会回避她的“可怜”，和她的父母，而她回避了发生在我身上的孤独、自闭，和时隐时现的龌龊。

甜品时间，画室对面的女孩儿出现在了我和雅的交谈中，雅觉得她们很像，她说理想的定义因人而异。

二十分钟后。

“我没想到你真的会请客，本打算我来结账的，不然我也不会把你叫到这里了。”

“我本来也打算来这里的，喜欢这风景。”

“你觉得只有这么高才能看到风景吗？”

“至少比风景高……”

四十分钟后，我将她送上了Bank那站的地铁。临别时，她确认着：“你不会再去了吧？”显然态度没有开始强硬。

我点点头，“如果再去，你会不会再花120英镑买通我？”

“会，到时候来买通你的人将会是Fat Loo。”

“如果你哪天愿意出来坐坐，给我打电话。”她在地铁门合拢的瞬间高声道。我不知道是客气，还是她觉得和我还算聊得来。通常情况下，我会把它理解成前者，而此刻，我欣然理解成，她需要我。

黑莲

黑莲，位于 High Holborn 的 Bung Hole Pub 背面的地下，那里确实很黑，很昏暗。更确切地说，应该叫紫莲，那是一个完全紫色的空间，紫色的射灯，投射在紫色烟雾中紫色的灰尘上。

20 英镑的入场费显得并不物有所值，几乎和所有老式英国酒馆相似的布局，多一个简易的三米见方的舞台、一根钢管，周围零星的摆放着几把木椅。

我进去的时候客人不多，一个胖胖的英国女孩子在台上扭动着，毫无生气，僵硬地表现出了可以理解的无奈。

我没有看到给我卡片的女孩，也许她只是在这里做兼职。眼前只有晃动着的肥胖腰肢和看客的无精打采。我见过太多裸露的身体，但那依旧不能成为让我面对它们放松下来的理由，眼前的裸体便是胁迫。

二十分钟后，紫色的肥胖身体闪电一样窜进了后台，从未表现过的敏捷。

两分钟后，一个身着传统英式高中校服的英国女孩出场了，她真的是个女孩，看起来年龄只在十五六上下，显然她那没有完全发育的身躯让台下几个上岁数的老工人兴奋起来，第一次听到了喝彩。酒后的他们，口齿不清地大喊着，高潮处，也许几个人还会高歌一曲自己所拥护的球队的队歌。当然自始至终我都听不明白他们说的话，唯独，如此昏暗的房间内我能清楚地看到他们黄黑色的牙齿闪闪发光。

整整半个小时，尘几乎没看那英国女孩一眼，我想看，但是尘做不到，只有余光中，一个紫色的稚嫩的身躯伴随着 Gwen Stefani 的 Rich Girl 并不合拍地扭动着，当然，这个孩子显然不是富有的女孩，所以她一定不会合拍的。而半个小时尘似乎一直在逃避那余光对他的纠缠，我不明白，为什么他对一个孩子如此恐惧，或者仅仅是当他们裸体的时候？罪恶感，萌生，却不知道由何而来。

我记得高中在陕西省米脂县城郊外一个叫刘家峁的地方采风时，曾经见到很多孩子的裸体，那让尘不安，很多同学争相勾勒他们，尘则和现在一样对他们避之不及，而更让他难以忍受的却不仅仅是这些。丑恶的工人，满是泥垢的黄色安全帽堆放身旁；醉酒者，眼圈通红；恋童癖者，伸着脖子对女孩私处窥探；球迷，蹩脚的歌声；失败者，我们都是。欢呼吧，雀跃吧。尘想救她，像当年一样，却不能像当年一样……“干嘛打我爸爸？我操你妈的……”一个声音在耳边回荡。

余光里，那个孩子在欢呼声中俯身捡拾散落在舞台上的钞票，随后一丝不挂地离开了。显然，刚才的半个小时让尘很不舒服，因为紧张，灌下的一瓶啤酒就已经让我想吐了，于是离开成了我最后的选择，尽管那个传说中的让我好奇的北京女孩子还没有出现。

“哎呀……这画的是牛还是羊啊？……”

“羊呗，你瞪着你的大眼珠子看看，人家对着羊圈画画，哪能画出只牛来呢?"

"但我看他画的那犄角像牛犄角……"

老乡围观着。

1998年，一个酷热的黄昏，刘家峁某羊圈外，我在进行油画写生，对羊写生，不消片刻，身后聚集了不少纯真的乡亲，而我，对他们的窃窃私语充耳不闻。

也许是太过炎热，也许我的画作对他们没有什么吸引力，也许他们只关心我画的是牛是羊这种后现代的问题，人群渐渐散去，零星留下几个死忠。此时，在我低头调色的时候，看见了一双脏兮兮的满是黄土的小脚。镜头上摇，一个没穿裤子的小男孩逆光站在我面前，有七岁吧?这让我有些紧张，紧张不是因为他挡住了我的视野，而是因为他没穿裤子。一时间他注视我，我注视他，僵持在那里，直到一只黝黑粗硕的手将他一把拖开，羊圈归来。

尽管之后那男孩站在了我侧面，却紧贴我，一尺多远，这让我浑身不适，于是画里的牛越来越像羊。

那黝黑粗硕的手的主人——一个丑陋的男人，一边和旁边的老乡闲聊，一边用自己的手玩弄着那孩子的生殖器，而除了我，似乎所有人，包括那孩子都表现出了难以理解或很好理解的不以为然。我忍受着，我想草草画完，早早离开，息事宁人吧，好吗?而尘显然不愿意息事宁人，或者他面对这种情形根本就没有息事宁人的本事。

黑色污垢的藏匿处，深灰色的多棱的指甲盖，粗大的手指，脆弱的手，拨弄纤细的生殖器官，尘愤怒的目光，尘——拯救者。

息事宁人吧，我祈求你……

尘咆哮着，将自己的画笔狂躁的戳穿了画布，"你他妈的能不能停手！”那是我无数次在睡梦中惊叫的话语，同时他抄起他那沉重的榆木画箱，狠狠甩起，砸向那丑陋男人的头。爆响，愣住的男人应声倒地，画箱裂开了，各色颜料在空中飞散，尘随即消失了，留下了无辜的我，不知所措地注视着同样愣在那里的乡亲们。凝固的十秒，一个刺耳的声音划破了那尴尬的凝固，“干嘛打我爸爸？我操你妈的……”那半裸的男童叫嚷着，扑向了那倒在地上的男人。

“……对不起……”

世界上没有绝对的拯救者，却永远流窜着绝对的毁灭者，尘永远不知道如何界定自己的身份，他在醒着的时候充当拯救者，在睡梦中和每一个被自己拯救的人道歉……

可能他从来就不是一个拯救者，他是个虚伪的骗子，一个冒充者，他只是在等待那个他所冒充的人出现……对不起……我不知道你是否愿意被我拯救，我对那个在黑莲跳脱衣舞的英国女孩说道。

你的单纯，你的天真，你的美艳，我的灭亡。

一个房间，

一扇大窗子，

一个男孩。

他为什么在屋子里闲转？

他今天打算如何表演？

他敲打键盘，电脑却没有开。

他翻开杂志，已经被翻烂了的几年前的老杂志。

他脱掉了衣服，

他去洗澡，

他没有穿回衣服，

他在窗前站了很久，在等。

一个房间，

一扇大窗子，

一个孤单的男孩。

他害怕外出，

他没有朋友，

他待在家里。

然而，

他深信，在窗子的那边有人在观赏他，于是他奋力地表演，让自己的生活显得丰富多彩。

他深信，有一个年逾花甲的老者，在偷偷窥视自己。

他深信，老者在投来羡慕的目光，为那青春的身体，裸露的，坚实的，瘦弱的，苍白的。

他深信，老者在痛苦着，在追忆着，在嫉妒着。

他深信，他在报复。无数年后，那老者在无限的嫉羡中了此残生。

他深信。

多少年了？他不知道，他还在表演吗？他还在翻看那本已经发黄的杂志吗？他还拥有那紧实的后背吗？

直到一个深夜。

男孩哭泣着从噩梦中惊醒，
他赤裸的站在漆黑如镜的窗前，
他发现，外面没有人，
他发现，外面从来就没有人。
那里，只有一个充满惊愕的自己。
一个丑陋的，
哭泣的，
赤裸的老者。

一个房间，
一扇大窗子，
一个男孩……

雅

“上次你去了吗？”

“哪次？”

“咸鱼包场那次。”

“没有，当然不能去，后来听 Fat Loo 说，那晚大陆朋友把那里挤爆了。”

“那你们老板呢？他意见大了吧？”

“他能有什么意见？他就指着我们几个了，就他那破地方，再招人太难了。”

“你呢？有新去处了没有？”

“去哪里？另一家脱衣舞酒吧？没有，其实那是我第一次进那里，只是听说有个北京老乡在那里跳，就是你，挺好奇的，去看看. 平时我宁愿去赌场，当然是小赌，而且基本上就是去转转，我现在在画赌场系列的东西。”

“你是画画的？我还不知道。”

“现在你知道了，其实你上次问的时候被我打断了。”

“画什么？”

其实我从来就没有弄清楚自己是画什么的，于是干脆没有回答。

“等你画完赌场，你打算画脱衣舞酒吧吗？”

“也许吧……没想好。”实际上后来我确实画了，远比赌场成功。

“会画瘾君子吗？”

“也许吧，为什么这么问？”

“黄赌毒……看来你思想不怎么健康……”

“健康应该什么样？”

“我这样！你看我只沾黄，”她不避讳，“而你沾了三项……”

“我只画，又没真的去沾！”

“但你想沾……比真的去沾吓人多了，说实话你不生气的哈？”

我微笑着摇头，佩服她看得通透。

“你很守信，确实再没去过。”

“你怎么知道的？”

“相信我，我知道的。”

“你为什么不在这里找个女友呢？你是同性恋？”

“我有喜欢的女人。”

“人呢？”

“……没了。”

“第一眼看见你，以为你是呢！觉得这男的把自己收拾得太干净了，后来想想，同性恋跑我们这里来干什么呀？看上我们家 Fat Loo 了？”

“他是同性恋？”

她神秘地点了点头。

“那么你为什么不再找呀？应该能找到，你条件还不是太差。”

我无心和她解释，至少解释不应出现在第二次见面，于是，“上课太忙了，找了毕不了业就麻烦了。”

这个回答，她不信，我更不信。

“你呢？你男朋友呢？你们最近怎么样？”

“什么男朋友？”

“你上次说过……”

“哦……最近一直没看见他……”

回答，令我费解。

“没看见他？……你平时不找他的吗？”

“亲爱的，他叫什么我都不知道……”

“你确定咱们现在讨论的是你男朋友吗?”

她笑着点头，“他是我那里的一个常客，我总能看见他，我挺喜欢他的……”

“英国人?”

她低垂着眼皮点了点头，转瞬，她可能意识到，她已经把自己描绘成了花痴，于是补充道：“他可能也喜欢我，不然他不会每次都只看我跳。”

那可能是巧合，或者他对亚洲人的身体有特殊喜好，亚洲胸，亚洲屁股，亚洲的气味，很多外国人喜欢的不见得是那个亚洲人，而是那个亚洲人所代表的。我，一个悲观主义者的解释，尽管我可能真心希望那人爱她。

“这里的咖啡真他妈难喝……”她抱怨着。

到 Crazy Bear 点咖啡？……我没说什么。

她皱着眉继续说道：“他是喜欢我的，看他的眼睛就知道，不色。”

“其实我基本上是不看台下人的，更不会看他们的眼睛，你知道，如果盯着他们的眼睛，你是跳不下去的，所以看见你和他都纯属巧合，哈，我走运……”

“是我们走运……”

她纯真地笑了，和台上迥然不同的笑，也许珍贵，那么我当真幸运。

沉寂片刻，她低着头，不停搅拌着她不再打算喝下一口的咖啡，似乎在咀嚼刚才的对话，要么就是打算离开了。毕竟，第二次见面，让彼此多少有些尴尬，再聚首，为什么？打发时间吧，反正我是。

那天，她在上班前，约我出来坐坐，喝一杯咖啡或酒。说实话，我没预料到她会在这么短的时间内再次找我，意外。

她还在沉默，在我介绍完之前的四十四个字之后，她依旧沉默，于是……“说说你男友，准男友，你为什么喜欢他?”其实我并不好奇，只是找话说。

她获救般，兴奋地答道：“帅，而且他懂得欣赏我，他明白我在做什么，尽管他还没开过口……”显然她不是想着找机会离开。我将信将疑的点着头，笑笑。

“他有多久没有出现了?”

“呃……一周? 也许是出差了……也许今天晚上他就又坐在那里了，鬼知道。”

“我不知道该不该问，还是我们还没有熟到那份上……”

“问!”

“你是在享受这种不确定性，还是你没有勇气去接近他?”

她不说话了。我觉得，我，一个和她见过三次面的人问了她二十年挚友问的问题，没有预兆的拉近距离，突然间，让彼此紧张。

“我为什么没有勇气接近他? 我不明白。”她用严肃的提问回答了我稀松的问题。

你是个舞女，他是看客。爱? 你的动机偏执明确，他的含糊不清。这种情况，勇气是桥梁，而先行者一定是你。当然，我不会说，那只是我的看法，我的出发点，我的……我从来就没有胆子以我的认识去衡量他人，那是后遗症，是无知，也是胆怯。

“你去看 Dita 跳舞了吗?”我生硬地岔开了话题。

“没……什么时候跳的?”她稍作反应后答道。

“3 月十几号……”

“你去了?”

我点头。

“你第一次看她的表演?”

我点头。

“觉得怎么样?震撼吗?”

“……没有第一次看到你跳震撼……”

她笑,那笑,是把我的话当作恭维或笑话的回应。而我是认真的。

“我觉得她很美,美若天仙。”她说。

“天仙?都像假人吗?”我指了指街对面服装店橱窗里的模特。“总觉得和它们很像,美,却没有生气。你觉得那算做性感吗?”

“算,算一种性感……”她肯定地说。

“我还是喜欢会流汗的性感……”

那天之后,很长一段时间,我们没有再联系过,应该是她没有再联系我,我不知道别人是否需要我,所以我永远不主动去联系别人。我偶尔会去猜想她在做什么,而注定得不到答案的猜测都是愚蠢的,于是我停止了,继续专注于创作,继续频繁的去输掉 10 英镑,从而换取赌场系列的创作灵感。Brad Kahlhamer 贯穿了那段时间,他画笔下印第安人的头颅和鲜血围出了他们的自留地,而在赌场,空虚围出了我的。

扶美的伤

“让我们谢谢赤野扶美，再次的。”

“谢谢扶美！”大家齐声道。

那天，扶美再次出现在了那间画室，再次站上了模特台。赤裸的，雪白的皮肤，淤青明显，变态游戏吗？对于她再正常不过了，我竟然没有好奇那伤痕的来源，只是丝丝悲悯，一个雪人，胡萝卜被折断了，不完美了？是完美了。其实想想就知道，值得被可怜的是自己，到目前为止，如果我没记错的话，她还是没有正眼看过我一次，那么的刻意，难以理解，甚至是在我掌管的表格上签字的时候，这让我愤慨。我愤慨的原因是什么？不知道，于是我试图平静下来，平静地审视她的身体，平静地勾勒她的轮廓，也许，是平静地报复，通过多看她的裸体两眼，来报复她？那天真的男孩啊。

当然，值得我报复的事情远不止她不看我这一件，另一件更让人费解：她已经和我们班半数的男孩相好过了，仅仅在一个学年里，我怎么知道的？自然是因为那个碧眼男孩。我曾经一度怀疑过，他是她的帮凶，负责给我添堵的，当然我似乎夸大了我在整件事中的分量，我是无足轻重者，永远的。碧眼男孩总会在第一时间知会我，班里的谁和她上床了，总是，直到有一天轮到了他自己，他反而为之语塞，看样子，纯粹的无耻只出现在人们的遐想世界中。

手腕，脚腕，胸前，有捆绑留下的淤痕，如果她是具尸体，那么我想上去抚摸一下那条条红丝，想必很有质感。

手上没有停，在抚摸着，不是身体，而是画纸，拇指轻柔地蹭过她的每一寸肌肤，为它带来了浅浅的阴影，无能的陶醉，而那条条血痕也出现在了我的画面上，也许比实物更加明显，那让我兴奋，和那年在Dover Market发现那本小册子相似的兴奋，一本破旧的掌中摄影集，70英镑的价格也没能抵挡购买它的冲动，被捆缚的日本少女，一些被肢解的昆虫，和被撕碎的花朵，几页或者是很多很多页。也许眼前这女孩也出现在那本摄影集里。

天越来越阴暗，又一场雨，不会小，很快的，画室近乎漆黑一团，所有人的瞳孔都在吃力地扩散着，却没人去开灯。那一定是我的工作，那一定是中国人的工作，屋里的二十五个人都这么想，包括一个日本人和一个中国人。于是我责无旁贷地拨动了所有电灯开关，包括她面前的那两盏射灯，在那一刻豁然开朗，看，我给所有人带来了光明，日本人，看见我的作用了吗？日本人依旧没有表情，或者，东条英机接受审判时的表情，还是没有表情。其实我在面对她的时候已经较先前平静许多了，至少我是这么认为。我把很多事情尽量想通，她不喜欢中国人，甚至看不起，她喜欢英国人，法国人，就这么简单；她喜欢暴露在众目睽睽之下，那只是一种发泄，和雅一样，尤其是在英国，趋向于一种生理需要。她们是相似的，我用我的见识简单地为她们归类了。公平，对于自己，不是她们。

然而平静，却带来了迟缓，那一次在三个小时内我没有画完，和从前一样，她让我成为了一个迟暮老者。

“让我们谢谢扶美，再次的。”

“谢谢扶美！”大家齐声道。

她向台下一男生使了眼色，门口见了，我的理解。随即她冲进了更衣间。

日本女孩，傲慢放荡的日本女孩，
一会儿去哪里狂欢？
去哪里放荡？
哪个男孩会是你的下一个猎物？
你在高潮时会用日文大叫吗？
我想知道，我想知道，我想知道，
我注定不会知道。

再一次落寞面对她离开的背影，我坚决地转过了身，背对背，谁坚决？谁软弱？没有人看得出，那是我要的。我依旧孤身一人，打扫空荡硕大的画室，没有奢求，没有欲望，我不该有，将地面的碎屑清扫干净就是我此刻的奢求，将画架摆放整齐就是我此刻的欲望。我开始喜欢现在的自己了，他变得有些像个男人了。

那天导师压根儿没有出现。其实稍加比较就不难看出，最兢兢业业的导师都出现在中国，无论他们是兢兢业业地耽误你，还是兢兢业业地教导你，或者两者也没有太本质的不同，教导何尝不是耽误？当然，我的这个观点可能也过于西化了，就好像我那个时期的画作一样，左右摇摆，过与不及，那是任何一个漂泊在外的艺术生都必然经历的一个过程，保有与摒弃。

我为那个赌场系列倾注了前所未有的热情，那让我第一次感到自己在工作，那让我第一次感到自己愿意投入一切去完善它。于是，我更多次地出现在图书馆和书店，我花掉了几乎全部的生活费在伟大的正经的大师画册上、大师摄影集上，也包括一些伟大的色情画册上，那是我有生以来最值得的投资，灵感的需求与需要的需求。实际上，我自小就珍爱那些厚重的画册，家贫时，动辄几百上千的价格是梦想，而在高中时，梦想已经陆续实现，到现在，我需要一辆车把它们送到住处，那是何种跨度，应该感到幸福吗？还是悲凉？实现的梦想，不是梦想。你实现的那一刻，它就消失了，破败在你的回忆中的，再难修复，再难弥补。

扶美是个梦想吧？我却没有让它破败的机会。

我自己一个人坚挺着，每日独自留守，一次次的和看门人相见，那满脸胡子的英国胖子——泰瑞，不会被我的坚毅打动，他只是一次次地抱怨，“我已经很久没有准时下班了……”而我，只是对着他傻笑。歉意？没有歉意，我对他说抱歉，还不如对自己说，对不起尘，今天只能画到这里了……那段时间，第一次，我离开时对面楼里的女孩已经不在了。为了尽快让泰瑞闭嘴，我没有时间冲洗满是颜料的双手，只是往手上倒些松节油，用纸巾粗粗地擦拭，不是一会儿要去书店，也许我连这个步骤都会省略。

下雨了，快步走在冰冷的雨中，却充满力量。

也许该找个画室，我开始盘算着。陈太太是不允许我在她死去母亲的房子里作画的。其实她并非不通情理，她曾经细细打探过我画什么，如果是水墨，她是可以接受的，当得知我的材料是油画颜料，甚至是油漆的时候，她婉转地拒绝了我。现在回想也可能是托词，我的脸就不是一张画水墨的脸，画水墨也更不会出现在这里。

Shaleeh 和我之间的陷阱

Green Park 西北角有个废弃的小奶酪厂，楼下是家阿拉伯的杂货店，楼上包括阁楼在内处于闲置状态。这些是无意中在 Google UK 的房源信息里搜索到的。位置极佳，租金却并不高昂，而原因被轻易忽略了。我迫切地联系了那里的房东，叫做 Shaleeh 的阿拉伯人。他为人还算友善，我向他表明我的用途，他也并不在意，由于一切条件都十分宽松，于是我们很快地签约了，而他稍显夸张的急不可待也没被我放在心上。就这样在签署合同后的第二天，我就完成了一次无数画框画具的大迁徙。

那里，并不雅致却实用的巨大老式落地窗让白天的采光不是问题，脱落的墙皮，行走时会发出巨大声响的木地板也都不是问题，唯一需要改变的是灯，日光灯是我需要的，以便通宵作画。

那里有老鼠，听 Shaleeh 说是有的，只是还无缘相见。那令我觉得 Shaleeh 是个老实人，他在第一时间知会了我很多就算在这里住上一万年也不见得会察觉的问题。或者，那是阿拉伯式的陷阱。他总说：哦，我的朋友……和所有阿拉伯人一样，一种彪悍的充满控制欲的热情。

当然，他一系列的热情、示好过后，我还是产生了些许好奇。为什么？也许是有陷阱的，只是还看不清，于是我预设了一个陷阱，悬在我和 Shaleeh 之间，陷阱说："谁都别轻举妄动。"那对于我无比安全。

话说回来，Shaleeh 的陷阱能有多大？不知道，不会大，所以我不怕。但很快一个大陷阱就来了，那规模和影响都是空前的，它一定来自结局。在我还没陷落之前，就早已心神不宁，在我靠近它的时候，就已经感到毛骨悚然，那是它的力量，它强大到，在我听到它远方滚滚的号角声就已经方寸大乱，随后做出错误的选择，或彻底逃避……这都是它想要的。

"我用油漆作画时可以戴上简易的防毒面具，而同学们成为了无辜的受害者，即使现在我用的油漆不再有味道，但是多少会损害他们的健康，所以……"于是，除了讲座、写生和必须出席的场合外，我都不必出现在学校，为了更专注地去完成第二学期的最后创作，而因为前面那个简单的理由，导师也答应了我的请求，当然也鉴于这一年来我认真的工作态度。

Brad Kahlhamer 和他的印第安脑袋陪伴我度过了热血沸腾的几个月，我终日躲在奶酪味尚未散尽的空间中，不眠不休地作画。现在回忆，那是一段疯狂的日子，我不回住处，我睡在睡袋里，睡在地板上，每天只是感到饥饿难耐才出门觅食，因为比较近的关系，kebab 成为了我充饥的首选，曾经让我恶心的大烂肉卷，是此刻的美食。那段时间我身上飘散着印巴人特有的味道。后来，老鼠出现了，再是邻居，楼下开杂货店的老板——Jihad 夫妇。我不常出门，所以直到我住进去很长时间才发现他们的存在。每每见到他们，他们都会热情地和我打招呼，告诉我垃圾应待的地方，老鼠应该如何消灭等等，甚至会把自己吃不了的味道糟糕的食物热情地塞给我，我想那就是老鼠出现的原因。他们偶尔会盛情邀请我出席他们的晚宴，我会去，每次都待不了多久，他们口无遮拦，从执政党，到两个月前他们的小店被一帮白人小鬼抢劫，眉飞色舞，不知疲惫，而我总以需要继续工作为由，早早离场。

我不曾想到，就这样我和Jihad夫妇做了一年邻居，虽然不常见面，但在稀少的几次见面里，我了解了他们、布莱尔，和他们“朋友”的故事。随着对他们了解的深入，我的赌场系列也告一段落了。成绩很高，那让我片刻振奋，而成绩的出现也让我倍感失落。眼前的目标结束了，下一个尚未出现，尴尬状态。

一学期的课程彻底完结那天，我沉重地回到住处，我整整两个月没有踏进的门。门被吃力地推开了，我踩过无数未被拆封的信件，瘫倒在了沙发上，耳边空明，很久，知道电话响了，谁会找我？谁有我的电话？不超过三个，也许是四个，尽管此时有些木讷，但是简单的排除法后，我在没有找到电话前就已经猜到了是谁找我。我有些睡意，有些振奋。

“还好吗？”我没问她消失的原因，因为她只是对于我而言消失了。“真巧，我刚回来没多久……”

“出来坐坐？”雅没有回答，只是个提议，听不出任何情绪。

“哪里？”

“第一次吃饭那里。”

“你定位了？”

“嗯……”

“二十分钟后……不，半个小时后见吧……我真的需要洗个澡……”

于是我洗了澡，换了衣服，准备前去赴约。女人找我？对于我永远是好事，所以好事不常出现。我再次踩过摊在门口的那一大片的信件，却没有发现几天前购买的飞往中非某国的机票已经静静地躺在那里了。

机票的信封上，收件人：尘，清晰可见；寄件人：伟大的结局，若隐若现。

雅的再见

我用了一个小时才赶到Bank。地铁大罢工，那个月里的第四次。于是频繁的倒车令我再次迷失在了伦敦的地下，我是一只视力过好的鼹鼠。

对我的姗姗来迟，她没有任何抱怨，这让我再次高看了她一眼，那是一种教养，大度，或者性感。当然，她没有抱怨，并不能省掉道歉，于是：

“对不起，来晚了。”

再次会面她心情不错，先是一大堆的提问。

“赌场画完了吗？”

“完了，我终于不用去了，也省钱了，我现在每天用那10英镑买杂志了。”

“Spy？Playboy?”

我咬着下唇没有回答。

“你呢？最近怎样？和你那个男朋友进展如何?”

“我们好了，在一个月前就好了。”

这出乎我的意料。

“怎么好的？……”

“有一晚他等我到下班，他说他喜欢我，一直喜欢我。”

“他先表态了？恭喜你。”突然我感觉自己成了一个可以同她谈吐心事的同性恋，这让我有些沮丧，或者，我是为她的恋情成功感到沮丧。又一个人走运了？混蛋！尘喃喃着。

她没有注意到我的变化，那变化就连我自己都难以察觉，于是她继续着她的故事：“他说他很早之前就给我写了纸条，那种示爱的纸条，只是我们那里，客人想给谁递条需要通过保安，保安把他递给我的纸条毁了，我后来知道是 Fat Loo 干的。”

“为什么?”

“应该是为了保护我吧，所以我也没怪他。直到那天，他亲自等我下班……”说到这里她难掩喜悦地笑着，兴奋地摇晃着脑袋。

“其实，我很想知道，为什么是我?”

“是你什么?”

“和我……分享这些……”良久，“其实，这要问你，你为什么愿意和我分享这些?”

“无聊和一点点关心，而且咱们好像都没啥朋友。”

“无聊多还是关心多?”我的提问，也是她的。

“呃……我不知道什么多，只是知道，什么都刚刚好。”她的回答，也是我的。

我们对视着，笑笑。

“朋友呢？反正我的朋友是被我做的事情吓跑了。”她说。

“只能说，你的朋友都太正经了。”

“那你的呢？”

“他们把我给吓跑了。”

这回答，只是为了对仗工整。

那天，喝了很多。自从进入最后创作阶段就不再如此放纵自己了，而现在如释重负，在一个让我可以越来越轻松面对的人面前。之后的两个小时里，我了解了她的家庭，她也了解了我的，当然只是一个侧面，只到彼此希望对方可以了解的程度。她的家庭相当的富裕，可越是富裕的大陆家庭，双亲就越是保守，不开化，或者那只能说明，好的条件让他们有资本去不开化。

“其实，我爸妈知道我在这里做什么，也知道我在一年前就不去上学了……”她声音低沉地说道，似是酝酿了很久。

这让我震惊，“怎么知道的？”

“我最好的朋友，曾经最好的朋友，她告诉他们的……我已经一年没敢回家了，我想回去看他们，我想他们，我给他们打过电话，他们拿起电话就骂我。他们为什么要骂我？为什么？我想他们，可是他们却骂我……”她哽咽了，她低下了头。

在那一刻我不知道如何安慰她，原本想要握住她的手的手，却被她紧紧握住。微笑的一行泪，为我的身体灌注了神奇的力量，我抬起另一只手，轻轻地擦拭着她脸上那两道黑色的泪痕，同时对她摇着头。

第四次，正式相见的第三次，她哭了，像个孩子。说实话，我挺羡慕她的，我挤了挤眼睛，试图配合她，却没有什么可以滴落下来。

此时我能做的，只是更加用力地握住她的手，一直握着，一分钟？五分钟？直到握出了汗水，直到她说："疼……"

我是个容易动情的聆听者，一直都是，面对我，你会决堤的。而事实也是如此，那天她一直在说，她的苦，每个人的苦，她的乐，只属于她的乐，感觉她压抑了太久，她只是撑着，撑着……直到自己的幸福降临，她放松了，也崩溃了。她没有告诉我，那幸福的名字，显然她依旧可以把生活划分个清楚。

"半年前，所有人都觉得我完了，朋友，家人……"她恢复了平静。

"可你还坐在我对面……"

她笑了，不知道为什么，她的笑总给我那般真诚的感觉，或者，我是在真诚地面对她。

在临别前，"暑假有什么打算？"她问。

"去非洲。你呢？"

"结婚，搞不好。"

第一次见到雅

在伦敦跳脱衣舞的北京女孩？称谓足够新奇，也足以让我产生巨大的好奇。从黑莲逃离后的几天里，我忐忑着，那忐忑说明我尚不知逃离是否正确，或者，这件事情从来就不是正确与否可以衡量的。

一个和我来自同一座城市的女孩。另一个教条之家，来自那里的女孩是圣洁的，是修女。然而我们恨修女，修女断绝了一切机会，一切可能，而在这个提倡凡事皆有可能的大环境里，我们排挤了我们本应该最热爱的人，或者那种特质，只因为我们的愚昧，所有人的。于是她们也恨自己，而那恨是虚假的，虚假的爱，值得唾弃，虚假的恨更是如此。而此刻，我只是好奇，好奇谁有这勇气，由一个虚假的对，回归一个真实的错。也许她是个伟人，她将会是，或者已经是了；也许她是个可怜人，一直都是。我应该见到她，绝对应该。

我魂牵梦萦，我虚度了逃离后的时日，我害怕再见裸露的幼体，我渴望那个可怜的伟人，我勾勒过上千次她可能的样貌，上千次的相同，看来我早有答案了。

而答案正式揭晓是在第一次离开黑莲后的第四天，那只是一次有意的无心经过，有意被囤积了数天，无心就已经微末了。

那天，实际上我出现得很晚。听完最后的讲座就已经入夜了，2 月底的夜晚，湿冷，灰暗的城，到处都是白烟，井盖的缝隙里，任何一个排气孔里，任何一张口中……我去吃了面——东京乌冬面，随后在经过的所有店铺打烊前进去闲逛了一圈，从而拖延了它们关门的时间，踩脏了店员已经拖干净的地板。一家，又一家，直到发现 Bung Hole Pub 已经无声无息的出现在了我的右手边，我刹那紧张起来，随后是一连串的问题：我该绕到它背后去吗？我该绕过那些让人不舒服的黑色铁栅栏吗？我该走下那十几级高高的台阶吗？我该再次钻进那渗出紫光的门缝吗？我讨厌这样，问自己的问题永远都得不到回答，我问自己的东西永远是已经决定的。于是我悄声绕到了 Pub 的后面，绕过锈迹斑斑的铁栏，踩着积雪未化的台阶，推开了沉重的墨绿色木门，于是紫光席卷着逆光中我黑色的背影，瞬间残影，瞬间吞噬，那电光火石的速度让我喜悦，那一刻我的犹疑不再是犹疑。

我和上次一样，付过 20 英镑后，挑选了无数个角落中最隐蔽、最黑暗的地方，坐下，啤酒。那个高大的胖保安盯了我很久，怎么了秃顶？我默问，同时没有回避他的注视，他的黑色大衣看上去是那么愚蠢，他的头顶是那么的光亮，他的皮肤是那样的白皙光滑……足足一分钟的对视，他移开了自己的目光，我明白那是一种威慑，那是他工作的一部分。在对视时，他可能也想笑，和我一样，可是他要一脸强横，或者那时他在回想切尔西上场比赛的表现……后来我发现他狠狠注视了进来的每一个客人，他很辛苦，仔细看他还是个娃娃脸。其实，没有人在意他的威慑，尤其是出现在这里的人，他们在意的是下一个出场的会不会是让自己兴奋的女孩。

我坐了很久，我执意等她出来，大部分时间我是低着头的，我害怕再见不该见的身体，所以只有在谁谁出场的时候才会抬头辨认。于是台上的女孩，一个又一个，台下的欢呼一浪又一浪，有人喝醉，有人离场，一个世纪过去了，或者更久。我想去问问服务生，她会在今晚出现吗？

“服务生！”我叫道。

而几乎与此同时坐在不远处的一个男人也招呼着服务生，服务生先为他驻足了。

“怎么了，还要啤酒吗?”服务生说。

那男人没有说话，只是轻轻指了指自己的手表，示意自己在等，等了很久。

“很快了，她已经来了，在后面，下下个。”服务生解释着，而那男人点点头，转过了身。那男人也许是除我之外这里最年轻的人了，看着三十出头，当然白人大多显老，干练的短发，算不上英俊，却很精神，刀削的腮，深邃的眼睛，廉价的棕红色皮外套，粗针高领毛衣，同样低着头，对台上的裸体不闻不问，骨节粗大的手握着和我一样的啤酒——虎。

“怎么了，还要啤酒吗?”服务生站在我面前问。

“你们这里是否有个北京女孩?”我问，北京两个字，让那个男人回过头，注视着我，随即注视还算礼貌地结束了。

“是的，先生，她今天来晚了，稍等一会儿她就会出场，就再等十分钟……十五分钟……”他相同的回答，让我意识到我和那男人在等同一个人。

“那我就再要一瓶啤酒吧。”

“好的，还是虎牌吗?”

“不，百威。”

那晚是漫长的，等待漫长，却早早结束，无奈的我，寒冷的夜，拉长的背影，白色的蒸汽，未化的雪水，空荡的家。

倒在床上，清瘦的我，陷进柔软的床，片刻温暖，片刻回味，尽管值得回味的部分永远是被美化的短暂。

她的样貌是那样的贴近我的猜想，不，比我的猜想更加贴切我心中的样子。我想到她是直发，却没想到这么直垂；我想到她皮肤白皙，却没想到在灯光下白如脂玉；我想到她长了张北京女孩的脸，却没有想到她的脸就是北京。那感觉迷惑了我，我在北京地铁里见过她？思乡吗？或者先入为主的幻想比较容易被印证？

她舞时的配乐是平静的，醉汉喧嚣中一首略带伤感的歌，给人以安宁，给人以无奈。我把头垫在十指交叉的手上，哼唱着她出场时的歌曲，那会让我轻松入睡吗？

所有人都走了……

只留下了眼泪在上升，上升，上升……

这没有道理，不管怎么说这都没有道理……

一个女人的歌，另一个女人在缓慢地出场。好的舞蹈会让你流泪，流泪不是因为感到了它的悲伤，而是力量，或者是超越它们的东西，例如，拯救。

台下是漆黑的，只有她和她脚下三平方米的粉红，硕大一个空间也只有那三平方米是光明。她没有像之前的英国和俄国女孩子那样，急着脱掉自己少得可怜的衣服，只是轻轻扶着台中的钢管，低垂贴满闪黑亮片的眼皮，小幅度的摇摆，点头，似乎在等待时机切入那轻柔的歌曲，足足一分钟，没有叫嚣，没有嘘声，因为黑暗中没有人在意她的举动，那些人只在乎在自己酩酊前见到她的裸体，而在这之前是喧闹的推杯换盏。黑暗中我是一个足够耐心的守望者，还有坐在我正前方的男人。

我不知道她何时找到了感觉，我也不知道她如何那般轻松的滑上了那根钢管，一条蛇，也许只是腰腹、大腿肌肉的抽动就可以令她盘旋于钢管之上。

其实，之后的五分钟我不知道，是她进入了那首歌，还是那首歌进入了她的身体，或者她们统统进入了我的身体。我只知道她的演出是梦幻的，她的旋转，带来强烈的磁力，吸引着台下每一个人，那么多男人为她放下了手中的酒杯，那么多男人为她停止了自己的叫嚣，她给世界带来了安静，从我的世界延展到所有人的。她漆黑的眼睛，没有诱惑，只是诉说。你应该出现在皇家艾伯特的现代舞舞台上，而不是这家拥有发霉地毯的黑莲，你知道这对你是多大的侮辱吗？或者你是在侮辱我，我坐在台下，可耻的阴影里。她的身体充满情感，目光没有，游刃般划过，一次次，所有男人以为得到了她的注视，她的留恋，实则不然。她能看到吗？她想看到吗？那些黑暗中阴暗的我们。也许，我太绝对了，她每次从我面前划过的目光似乎稍显迟缓，那说明什么？或者她想告诉我什么？或者，迟缓不是为我？

她，有让世界停止的本事，我应该去认识她，或者去认识她的这种天赋。服务生也为她停下了，端着我要的第四瓶啤酒，站在离我几步之遥的地方，呆呆地看。前面男人的背影结实的定格在那里，半仰望着，酒瓶紧握。我们需要她，片刻安宁如此难求，尤其是在这样一个寒夜，这样一座灰城。她，是圣洁的，从修女到女神是何等跨度？她做到了，而做到的，只是去遗忘了那圣洁，在那陶醉别人与自我陶醉中被遗忘的圣洁。

她，最终还是劈开了双腿，那让我有些失望，可能也让所有人失望，之前任何一个女孩劈开双腿后都会或多或少的博得欢呼声，而此时竟然没有人喝彩。那动作，让大家遗憾地意识到自己依旧通体肮脏，自己已不配再沾染一丝圣洁，在那一瞬间，我们都回来了，回到了阴暗潮湿发霉的空间，继续缠斗，继续嘈杂。

我，最终劈开了双腿，在那美轮美奂的完结时刻，我的完结是与众不同的，我的双手紧握钢管，让自己悬在半空，令劈开的腿和那钢管组成了“十”字，多么完美，圣洁，黑暗中的十字架。

黑暗中的十字架，

面对我忏悔吧，台下的所有人。

面对我接受惩罚吧，我们所有人。

忏悔者得以离开。

被惩罚者将永远不知自己在被惩罚。

雅的名字

她的下一次出场应该是一个小时以后，送到手里的第四瓶啤酒缓慢地消失着，我在犹豫是否等到她再次上场，之前的十五分钟证明那是值得的，但是看看时间，已将近凌晨一点，明天一早的课程至关重要，这让我矛盾。很快，有人帮我拿了主意，那个北京女孩。

一个俄罗斯女孩上场了，那样高挑，年轻，背景音乐也变得动感十足。而紧随其后的，那个北京女孩也从同一道门里衣冠楚楚地走了出来，她直直地走向我，直直地，那让我措手不及。她要干什么？她是去找我前面的男人，他们认识，一定是的。而事实证明我错了，她毫不客气地拉开了我这张桌子对面的木椅，坐了下来，瞪着我。我起初没敢和她的目光交汇，慌张地左顾右盼，醉酒的老工人，门口的黑衣胖保安，还有回头张望的穿廉价皮衣的男人……

“中国人？”她用英语问。

我点了头。

“大陆的？”她继续用英语问道，口气较刚才愤怒。

我继续不安地点着头。

“谁让你来的？”中文提问，双倍的愤怒。我一头雾水。

我尴尬地愣在那里，为一个我无需回答的问题焦虑，一时间不知如何作答。

“可以帮我个忙吗？”

我继续傻傻点头。

“别再来这里了。”她命令的口吻。而我却没有生气，过分的难以理解不会令我愤怒，在我完全了解后才有愤怒的权利。

“你是北京人吗？”我的中文问题，在她面前，我的第一个问题。

她怒气未消地注视我，在犹豫，是否回答。

“是。怎么了？”

“我也是。”

她停顿，短暂的。

“那又怎么了？”她强横依旧。

“没怎么……我以为让你知道我们来自同一个地方，你会对我态度好点，看来我错了。”

她上扬了一下眉头，那通常是松懈的信号。

“我可以不来，但是我要知道为什么，我也花了那见鬼的 20 英镑的，所以，给我个合理的解释吧。”我试图反客为主。

她叹了口气，也许是因为没有把我吓跑感到了沮丧。她以前用刚才那副表情那些言语吓走过多少大陆客呢？

突然她似乎又有了对策，提起精神道：“你信不信，我现在就叫他把你架出去！”说着她指了指门口的那个保安。

“凭什么？”

“我可以告诉他，你对我动手动脚的。”

我笑了，“他刚才可看见是你主动坐过来的，你刚才那气势，这屋子里一半的人都吓到了。”

她用了最后的办法，“那你怎么样才走？”此时我们仅仅相隔一米远，我清楚地看到了她那张北京女孩的脸，我喜欢的那种脸，精致的鼻子，细长的眼睛，和因为无奈微微撅起的唇。我可以永远不再见你，但是在这之前，我只是想和你多说几句话，我想这也许是很多色情狂的心声。

“我说了，告诉我原因。”

“改天吧。”

“什么意思？”

“改天再告诉你。”

“哄小孩呢？你又不让我来，怎么告诉我？”

“换个地方。”

“哪天？”

“明天。”

“把你电话给我。”

“还是你给我吧。”

为了一个电话，我们僵持了很久。此时场内一片沸腾，俄国女孩脱去胸衣了。

“好吧，我给你，×××××××，记住了?”她迅速地背诵着她的号码。

“没有。”我摇着头。

她不忿地向服务生讨要了纸笔，随后在纸上狠狠写上了硕大的号码，顶天立地。其实在她告诉我的时候我就已经记住了，现在只是看她写出来的是否和刚才一样，一样，证明她没糊弄我。

她把那张几乎被她划烂的纸张递给我，“这位先生，可以走了吗?”

“你的名字还没写在上面。”我在拖延，善意的，仿佛一个即将告别人世的老者，而她一定把那理解为了恶意的调戏。于是她重重地在纸张的空隙处填上了自己的名字，英文名字，Liya。

“可以了吗?”她不耐烦地问道。

“能告诉我你的中文名字吗?”我追问道。

她犹豫片刻。

“雅。”

与此同时，全场再次欢呼雀跃，为了一个俄罗斯裸体的谢幕，或者为了雅的名字。

陷落也是方向

2008年9月11日的午后，赞比亚卢萨卡市中心。这是太阳最毒的时候。刚刚挤出Luburma市场，准备返回郊外的住处避暑，在东侧小巷内，箴第一次见到尘对着一个孩子大声呵斥。

一出那杂乱无趣的市场，便有一个赤脚的黑人孩子贴了过来，边尾随，边用流利的英语为我们介绍这城市中的各处古迹，而我只是高速地摇着脑袋，嘴里说着不用了，不用了，并拽着箴加快了脚步。而那男孩似乎没有退缩之意，加快语速地介绍着，或者说是背诵着，同时紧紧追随。如此，烈阳下，躲闪与跟踪的三条清晰的黑影飞快地映过红色土墙，映过坑洼砖地，映过狭长无人的正午小巷。

"你觉得这个小孩想干什么?"箴不安地问我。

"一定是想要钱……"

"给他一点吧，打发他离开吧。"

"不行，绝对不行!"我斩钉截铁道。

果然，孩子跟随了我们五百米左右之后，开口向我们要钱了。

"谢谢，请给我5美元。"

我对他的要求充耳不闻，继续拉着箴快步前行，一辆破旧的中国产摩托急速从我们身边划过，带走一阵轰鸣。虚惊，转身问箴："没事吧?"这才发现箴已经诧异地注视我多时了，毕竟她深信我不会是在一个可怜的孩子身上吝惜5美元的人。

“谢谢，请给我5美元。”孩子在重复。我的手被我紧拉着的手狠狠攥了两下，那是箴恻隐之心的收缩与膨胀，而我依旧不予理睬。我没必要向这黑孩子解释什么，对箴也是如此。

“……去吃点东西再回去好吗，我有点饿了。”箴说。

“好，那本地图呢？注明餐厅位置的地图……”

“我找找……”箴说着卸下行囊，俯身在背包里翻找着，与此同时孩子快步迎了上来，自以为坚持不懈取得了成效。而我站在一旁，看在眼里，似曾相识，这让我紧张，非常紧张。

孩子几乎站在了箴的身旁，伸出了纤细的手，亮出雪白的手心，箴迟疑地看着我，等待我的裁定。

“滚开！听见没有，我们一分钱都不会给你！”尘突然冲那孩子大喊道，一反常态。

孩子翻着黑白分明的眼睛，傻傻地愣在那里，似乎被尘的怒吼声吓呆了，但是没等尘走出两步，那个黑孩子又再次跟了上来，贴在尘几米远的地方，默默跟随。孩子手里不知道何时多了一根焦黑的麻绳，甩来甩去。

“5美元……5美元……5美元……5美元……”他赋予了5美元欢快的旋律，同时把那根黑麻绳更大幅度地甩动着。

“5美元……5美元……5美元……5美元……”

我们寻找的餐厅就在巷口了，我拽着箴俯冲向前。突然！那个黑孩子狂奔起来，堵在了我们前面，伸出手，大声吵闹着：“你欠我5美元！你欠我的！还我！”

发生了，我意识到，还是发生了，多少噩梦中出现的一刻，此时上演了。烈日下，我浑身冷汗，我甚至不由自主地倒退了一步，何等惊恐，不知所措，而耳边“你欠我的！你还我！”还在继续。不要堵住我的路，尤其是在小径之中，尤其是在小径之中！尘抬起了手，不为惊恐，不为愤怒，只为赎罪，我不会给你钱的，一分都不会，那是我的救赎，或，一次走完漫长救赎之路的机会。

尘的手掌狠狠抽在了那孩子的脸上，一声闷响，他摔出两米，而我愣在那里，箴也是。孩子爬起来，一身的红土，捂住脸，看也没敢看我，转身跑得无影无踪。

一个小时的午餐，我和箴相顾无言，直到最后。

“我很失望……我没想到你会打他……给他点钱不就完了？”

我没有回答。

“我们刚来的那天，一个乞丐，你还记得吗？你给了他 10 美元……孩子你倒不给了？”

我没有回答。

“你还记得吗？你说过你从来不打女人，更不会打孩子，你在骗我喽？……”

我发誓这是我第一次打一个孩子，却不是伤害他，我永远不会去伤害一个孩子的，永远……而我，依旧没有回答。

2004 年暑假，秘密的由来

在西斯罗出关时，费尽周折地申报成功了两支随身携带的长效苄星青霉素，它们是我一周前注射霍乱疫苗时医生额外推荐的，说是发现自己的鼻子开始烂的时候，就在自己的手臂上掇上一支，七天后再掇一支。我不解，医生说：你去的地方最近在爆发超级性病——雅思，这个能帮你活着回来。

其实医生的话真的吓到我了，但是在我鼓足勇气身处金沙萨之后才知道，那些英国医生口中的“大爆发”、“迅速蔓延”、失控”、“大规模”等耸人听闻的辞藻是多么滑稽。我问了很多当地人，他们甚至不知道那是什么，只有一个博学者知道，说是在边境丛林的村落发现了几例。确实，我遗憾的没有用上那两支青霉素，但，我更加遗憾的见证了一个孩子的死亡，我杀的。

追随残垣断壁，追随坟墓，往往需要付出代价。它们或许美丽，它们或许能改变你，令你焕然一新，但也可以令你变成残垣断壁，让你住进坟墓。当然，我没有那么幸运，但我带给了别人幸运，一个孩子，死去的干瘪的孩子。

三次倒机，疲惫，前往目的地的那班机上，我第多少次，熟悉着报纸上、杂志上我所搜集的关于刚果金的动态局势，那些琐碎的纸条被整齐的粘贴在我随身携带的本子上：非洲是永远的牺牲品，不说被间接掠夺的资源，单是按西方意志的国国划分就已经酝酿灾祸，部族的划分似乎更符合这片土地上的人民与生俱来的生存意志，然而没人会考虑他们的什么意志，甚至包括他们自己。一国中的两个或多个对立部族，被诸神虎视眈眈的地下财富，和足够的贫穷导致的足够的愚昧，令内战如燎原烈火，席卷整个非洲大陆。

当然，我没有发疯，我也从来不打算找死，我只是一个对废墟与坟墓有着特殊癖好的学生。两年来总是出现在 BBC 新闻中的战乱之国，吸引着我，我多少次的想象这里的坟墓将是何等壮观，最终机会出现了，陷阱也出现了，两年的内战结束了，或者是告一段落，进入冗长谈判阶段的刚果金预计成为我大学最后一年创作灵感的来源。

二十几个小时的飞行，我降落在了恩多罗机场。空荡荡的机场，满地纸屑，垃圾无人清扫，酒店负责接人的员工，在我等候了半个多小时后，开着 80 年款奔驰出现在我面前。十分钟不到，我已经置身刚果河南岸，革命公园东南角的酒店。这里零星的白人出没，让我觉得安全；街道上荷枪实弹的政府军，让我觉得安全。其实在无数次的游历后，我明白那些曾让我感到安全的保障并不安全，白人往往是被袭击的主要目标，而政府军和叛军实际上也没有太本质的区别。

白天是安全的，尤其在市中心，而夜晚令我不安，零星的遥远的枪声让我难以入睡。我一再告诉自己，找到坟墓，足够的照片，溜走。

酒店对面有家小杂货店，店老板，绝对是黑人里朴实的那一派，叫巴布。其实他的法语名字很长很绕嘴，于是征求他同意后，巴布是我给他的简称。起初我只是去问路，买些日用品，那里东西很贵，但是他说没办法。后来，渐渐熟悉了，于是我会在劳累时找他聊天，但劳累大多出现在晚上。入夜后，酒店对面，杂货店门口，会徘徊着几个衣着暴露的S型少女，黝黑的皮肤，高大的身材，结实的臀部，被染成金黄色的头发，让我想到了小威廉姆斯，或者西巴王后。望而生畏的妖娆让我在夜间不敢前往。

第一次见面时，巴布指着门外空荡的街道，手悬在那里，迟迟没有放下。

"你住的酒店，先生？……"他不必叫我先生，他看起来足足大我二十岁。

"我住的酒店怎么了？"

"以前，很多人，很多游客。"

"什么时候的事情了？"

"十年前。那时候，就有这里了。"他说着，用一直悬在空中的手在自己的脚下夸张地画了一个圆。

我点头，沉默不语，其实，我对他的感慨并没有什么特殊感应，沉默出于礼貌。

后来通过和巴布的闲聊得知他仅仅大我四岁，但是他的皱纹、白色胡茬告诉我，那一定是漫长的四年。

"先生，你是从哪里来的？"

"伦敦……不，中国。"

"中国？啊……布鲁斯·李……"他说着，用竖起的拇指在自己的鼻翼旁划动了两下，表情振奋地继续说道："我记得十二岁的时候，我父亲带我看过来访的中国杂技团的表演!”

“杂技团？你觉得怎么样?”

“很好，但是记不太清了，只记得他们爬上一根十米长的细杆，比我哥哥爬树还要快!”

……

“你住在伦敦吗?”他继续问道。

“我是伦敦的留学生。”

“你喜欢我们这里吗?”

“……喜欢。”出于客气。

“为什么?”

“这里很美，有不同于其他地方的感觉，人很友善，我觉得这里的人不错。”

“你为什么觉得这里人不错呢？你来了这几天都认识谁啦?”

“只有你。”

他笑得很灿烂，更多的皱纹，并不雪白的牙齿。

我们的位置颠倒了，我本应该是个提问者。他问了我太多问题，几十个？上百个？我以为自己会感到厌烦，但是没有，他的杂货店让我感到安全，比酒店安全，除了交谈时偶尔走进来买东西的一脸匪相的当地人会让我瞬间戒备之外，大部分时间，我享受宁静的吃力的冗长的英语交谈。宁静，战乱之地都是宁静的，它们的街道那样无声，偶尔经过的老式轿车，轰鸣片刻，行人寥寥，阳光和煦。珍惜与恐惧并存于柠檬色的空气中，它们都是生存下去的理由。

我希望我只回答我能够回答的问题，而太多的问题是我回答不了的，然而他每提一个问题，都会用黑白分明的大眼睛直直注视我，满脸期待，像个求知若渴、生活在长期封闭中的孩子。那样的一张脸……于是我努力回答了他所有问题，有编造，善意的。多余吗？是善良吗？

“英国人相信英国的报纸，美国人相信美国的报纸，你们中国呢？中国人相信中国的报纸吗？”

我做了个鬼脸，没有回答……于是他继续着：“好，中国人可能也相信中国的报纸，但是唯独我们刚果金人，绝对不相信刚果金的报纸！你知道，我们这里其实还是有些闭塞的……”他在为自己超级提问者的尴尬身份开脱着，样子很好笑。

“你会看这里的报纸吗？”我问。

“当然，只是……有一个问题，在三份报纸上你会看到三种答案，你等等……”说着他俯身从柜台后取出两份报纸，整齐地罗列在柜台前，《灯塔报》、《前景报》。他指着《灯塔报》说道：“反政府的报纸，在这里政府是垃圾……关于政府的一切也都是垃圾……”，他又指着《前景报》，“政府的报纸，在这里反政府的是垃圾……关于反政府的一切都是垃圾……所以我们永远不知道该听谁说……”

其实我只是觉得巴布举止言谈十分有趣，除此之外对这个话题提不起丝毫兴趣，但是依旧问道：“没有客观、中立的报纸吗？”

“有……”说着，他戏剧性地取出了第三份报纸，看样子准备在那里多时了，像小品中第几个阶段应该出现的第几个道具。

“《草包报》……这是中立的……”

……望着报头我沉默了很久，“它不公正吗？”

“当然不，如果不依靠政府或者反政府是很难支撑一家报社的……

所以你唯一能从这种中立报纸上知道的事情是：这个月政府或反政府谁付给他们的钱比较多……”

我中立地点着头，再也不知道如何继续话题，而他似乎早有准备。

“几年前说的国际援助到了吗，还有你们中国的？”

什么援助？显然，我不知道他在说什么，但是我想当然的说：“会的，BBC 上说过的。”

他大幅度地点着头，同时笑着，但只是瞬间，他就说了泄气的话：“哎……就算援助了，政府也不会把它们用在我们身上的……就像当年卢旺达的赔款一样……”他说我们的时候，用力拍打着自己的前胸，那举动让我知道了什么是他们这里的“我们”。

之后他问了很多类似的问题，我无法回答却不得不回答的问题，“不得不回答”出自多余的善良还是绝对必要的愧疚，我也不知道，而愧疚为何而来？一周后结局来回答。

一个小时，他偶尔会笑，或大笑。他开始管我叫：兄弟。我不知道这两个字在这里是多么容易被叫出口，我只知道，很多人这样叫过我，而我从来没有这样叫过任何一个人。

“你还打算在这里住多久呢？”

“不知道，我还没有定回程的日子，还没玩够呢。”

他满意地点头，仿佛终于碰到一个会对他的家园产生眷恋的人。

“明天是独立日，我们休息，有什么需要的今天多买点。”

于是我挑选了一些看着不那么奇怪的中国产的食物和水，当然它们在这里的身价是中国的十倍左右，他认真地算着账，反复核对后说道：

“你用什么结账？刚郎？美元？当然最好是美元……”

“美元……”

“22 美元零 8 美分……”

我没有想到，在经过刚才冗长而又热烈的交谈后，在被他称作“兄弟”的情况下，他依旧会向我索要那 8 美分，看来我对于他，仅仅是一个兄弟游客，而不是一个游客兄弟。但这一切似乎可以理解，认真永远是淳朴的一部分。想着，我微笑地递给了他 30 美元，而他细致地为我找零，把 7 美元 92 美分叠得整整齐齐交到我手里。

“谢谢你，巴布……”真诚语气不知由何而来。

“不要客气，我的兄弟。”他开心地抬起手拍了拍我的肩膀，而我本能地闪开了。瞬间他意识到了距离，他以为的那种距离，我无从解释的距离。我感到很糟，我不想让眼前这个淳朴的黑人失望，却再次无能为力。我们有些尴尬地对视，于是我以一个提问打破僵局，算起来，我只问过他三个问题。

“巴布，告诉我这里有没有地方吃中餐?”

他大手一挥，“那边!”

墓在哪里?

几日来，我的足迹延展到了金沙萨东北角的大部分区域，我谨慎地寻觅残垣断壁，却一次次失望，而墓地也仅仅是一些规整的毫不寒酸的“富人公墓”。整个城市给我以空明的感觉，我找不到我要的一切，拥挤的穷人，刺鼻的汗臭味，各色花朵的廉价长裙，被烧烤着的香蕉，还有传说中路旁腐烂的尸体，你们都在哪里？你们存在过吗？空荡的街道，宽阔无车的马路两旁，满眼都是五六层的青灰色新楼，它们毫无生气，我肯定没有人住在里面，一个人都没有。我漫步整日，却只能碰见十几二十几个路人，穿皮鞋的路人，于是一个巨大的疑问，人呢？

在7月2日，独立日后的第三天，我再次找到了巴布，提出了这第二个问题。

“穷人住哪里？”

“我是你就不会问，兄弟。”

“为什么？”

“你会去吧？”

我点着头，他摇着头。

“不安全。”

“土匪很多，很乱的。”他一连列举了好几个名字恶俗的盘踞在金沙萨郊外的武装势力，或称军阀，或称土匪。说着继续着他特有的夸张的身体语言，用他的大黑手，比划着持枪的动作，持火箭炮的动作，持砍刀的动作……

我沉默着，那听着、看上去都很可怕。

“那你告诉我，这城市里的人呢？他们去哪里了？我看见很多很多的新楼，却没人住，为什么呢？”

他摇着头说道：“我不说，别人也会告诉你的，你问酒店前台也同样问得出是吧？”

“兴许是这样，但是我想听你巴布说的。”

他轻轻点了头：“西南方的滨扎河沿岸一直出了金沙萨，穷人都住在那里……还有，你说的那些新楼，其实还是有人住的，只是很少人能住进去，那些房子是联合国几年前援助重建的房子，应该是免费提供给打仗前外逃的金沙萨市民的。约瑟夫觉得无利可图，于是自己抬高了房价……”说到这里他环顾了四周，表现出可以理解的谨慎。

“所以那些重返家园的人，住不进自己的家园，只能住在门口了，是吗?”

他长长地叹了口气：“可以这么理解……”

“那你也住在那个什么河附近吗?”

“不，我的兄弟，太远了。”

“那你住在城里?”

他腼腆地笑着，“我住在你说没人住的那些房子里。”

我笑了，半开玩笑地说：“啊……有钱人，巴布。”

“哈……只是在这里还算是吧……其实我们全家以前都住在滨扎河旁边，后来我小儿子死在那里了，我努力搬到这里，只是想让大儿子安全……”他很平静，传递给我，让我连句我很抱歉都说不出，只是出自尊重的尽力收敛之前的笑意。

“现在我的邻居有一对白人夫妇，这让我们全家都感到很安全……就怕他们和我们住在一起觉得不安全……”那是他的自嘲，我很少见到黑人用种族问题自嘲，或者只能说我第一次接触非洲大陆的黑人，他们的种族意识还没有被强化而已。

之后，我坐在他的柜台内侧和他聊了很久，在我起身离开前。

“对了，你这两天是出不去的，金沙萨城被隔离了，独立日嘛，要持续一周，还有三天，如果你坚持要去，找个这里人当向导……”他语重心长地提示。

我应该去吗？

我有勇气去吗？

没有，所以我要积聚勇气。

那些美丽的墓，无数个结局埋葬的地方，多吸引人啊。

其实我应该听巴布的，我不应该去，他尝试制止一个陌生人的愚蠢行为，他额外的担忧，我没有领情，心甘情愿地快步迈向结局设置的陷阱，义无反顾。他的制止算是一个先兆吗？我若遵从了他的先兆，那么我伟大的结局将被改变，然而它不会被改变，因为它的伟大被再次印证。之后我曾一度怀疑结局就寄居在我的身体里，我轻易被它操控着，去完成，去变成，它希望看到的我，它希望看到的他。

之后的几天没有出门，只是躲在酒店上网，这里的网络并不稳定，我费力地查收了邮件，发现了两则婚讯：一是一对同性恋的婚礼，其中一个是我预科时的同学，刚认识他的时候，我以为他是个日本人，一个月后，我才知道他是个大连人，一天后，我知道他是个同性恋者。而另一则婚讯来自雅。

7 月 6 日那天，我离开了住了近两周的酒店，我离开了刚果民主主义共和国最安全、最宁静的地方，我离开了巴布，而至今也不曾再见。

在临行前，我在他的店里买了很多很多东西，并找他帮我换了很多零钱，基本上就是把几张100美元换成更多张的10美元钞票，那是向导的意见，买路钱。

我和巴布抓紧最后时间聊着，我也随口问了坟墓的事情，那是我的第三个问题，最后的问题，而他的回答让我片刻动容。离别那天他和以往都不一样，没了笑容。脸，很苦；皱纹，很深。他挥动着长长的手臂，他说他看得出，我永远不会再来这个国家、这座城市了，所以他很难过。

关卡，有两道，第一道维和部队，第二道政府军，两道关卡仅仅相隔五分钟车程，不知道哪道形同虚设。维和士兵核对我的证件，政府军清点我的钞票；维和士兵严谨冷酷，政府军顽皮嬉笑，赞美我行李箱的外观，同时枪口在我面前晃来晃去。没有讨价还价，我不敢。

向导和我住进了出城不到两百公里的偏僻旅社，紧邻通往马塔地的公路和一个贫瘠的村落，那一带风景宜人。旅社占地不到一亩，是一座二层的青灰色小楼和一个由生锈的铁丝网围成的院子组成的，整间旅社坐落在开阔地的西南角，那是一片覆盖着火红色土壤的开阔地，目测有两个足球场那么大。开阔地北侧是公路，其余三面被阴郁的植被环绕，东侧的一条林中小径直通五百米外的村落。那里，孩子非常多，可能和这里的免费生育政策有关。他们时常在日落前聚集于这片开阔地，赤脚踢球，而球不是正规皮球，将烂布包裹成球状而已。两辆废弃多年的公共汽车被堆放在开阔地的东北角，公路的南侧，它们现在仅供孩童们攀爬玩耍时用。而西北角荡着两只秋千，废弃公车的轮胎上绑着藤条编织成的绳子，挂在参天乔木的树枝上。

黑孩子的脸，也是一道道的关卡，恻隐之心的关卡。成群的他们簇拥我，向我讨要我手里的东西，无论我手里的是什么；单个的他们用眼睛乞讨，单独的他们懦弱，没有胆量，像我。这更是考验，也更容易得逞。

7月7日，我抵达贫民区的第一天，得知一伙“自由战士”在独立日前，刚刚洗劫了附近的几个村落，他们抢劫，并杀掉反抗的人。

无数双黑色的小手，拉拽着我的衣角，裤腿，相机包……我警觉地一次次走过他们，生怕失去什么，或者生怕他们从我身上得到什么。他们如同狼群，一只只惹人怜爱的黑色的幼小的狼静静跟在我身后，无声无息，只有当我险些滑倒在泥泞中时，后面才会传来他们清脆纯真的笑声，孩子的笑声都是一样的，嘎嘎的，无论哪里。向导用斯瓦希里语怒喝他们，做出让他们滚开的手势，而他们无辜的不为所动。一个小时，尾随者少了，两个小时，再少一点，几个小时，在我已经忘记他们存在的时候，余光中，一个非常瘦小的孩子，赤脚站在红色的土地上。孩子头上的天空本应蔚蓝，但是它不能蔚蓝，而飞速飘过的白云拉开了梦的序幕，秘密的序幕。

向导紧贴在我身旁，我们没什么话说，他更像我的保镖，我注意到他裸露的手臂上无数条深深的疤痕，脸上也有。唯一的对话，是由于我的提问。

“我渴了，这附近有卖水的吗?”

“我去找，先生，你在这里等。”异常简练的人。

“好，我给你钱。”

说着我吃力地放下自己巨大的行囊，翻找着一部分藏匿的零钱。良久，我翻出了几张5美元的纸钞，抽出了一张，在转身递给向导的瞬间，我看见那个尾随了我一天的孩子呆呆地瞪着我手里的钞票，下意识地往前迈了一小步，随即我们目光交汇，他胆怯了，退开了。

那天我没有找到坟墓。到处都是孩子，老人们在哪里？

回旅社的路不是来时的路，蜿蜒崎岖，很长的一段窄路上，土是黑灰色。那个孩子不离不弃地跟回了我们的住处，那时住处前已经聚集了更多等候的孩子，新一轮的哄抢，在我的高度戒备下，他们再次无功而返，唯有那个最瘦小的孩子没有参与，只是静默地站在远端，面无表情地看。他的大眼睛和瘦小的身躯不成比例，他的白色短袖衫一定是他父亲的，或者是他祖父的，曾祖父也许也穿过，上面大大的单词——白宫。

那晚，我想回去了，抵达这里数天后，第一次想回去了。我意识到有些东西在门外等候，比危险更让我害怕的东西，让我不安，让我反感，让我想重返文明。如果伦敦算是文明，如果穿着鞋的孩子算是文明，如果没有乞求算是文明。

翌日清晨，向导早早出门为我打听附近坟墓的所在，而我只是谨慎地坐在旅社的后院里静静等候。7月8日，阴天。

中非雨季的雨没有预兆，雷声不会提示，风也不会，唯一可以看出端倪的是：芭蕉叶与藤蔓在雨前变得惨绿，土壤变得殷红，孩子们变得无影无踪。我正在为今天出行不会遭到孩子们的骚扰而庆幸着，一个弱小的身影却怯生生地靠近着我，在那红土绿叶交汇的地方，黝黑纤细的身体，在渐大的雨里闪动着。昨天的那个孩子，我记得，我却不想记起。雨让红土很快变成了红泥，裹附了他又长又瘦的脚。而他只让我注意到了他的眼睛，我恨那眼睛，因为它让我无法忘记。他可怜地站在雨里，站在和我相隔不到五米的泥泞里，一道生锈的铁丝网将我们隔断。我们都站着，我的头顶上有后院里巨大的白色阳伞，而他的什么都没有。那是他唯一可以博得怜悯的方式吗？啪啪啪……雨水敲打阳伞的声音，此时唯一的声音。半晌，我向他挥着手，不是滚开，是你好，他露出了雪白的牙齿，笑着。

“你叫什么？”

他没有回答。

“为什么总跟着我？”

他没有回答。

“你快回家吧，会生病的！”

他依旧没有回答，我意识到他是听不懂英文的，于是我使劲指了指天空，意思是让他去躲雨，而他无动于衷，依旧呆呆矗立。我讨厌这种局面，我背负着一切，或者说我主动去背负了和自己毫不相干的东西，我莫名的为他感到着急。而雨已倾盆，他的衣服已经完全湿透了，湿漉漉的衣服紧紧贴敷在他凹陷的胸膛和凸出的腹部上，我看到了他的肋骨，那是一条条邪恶的水蛭，我也看到了他湿透的短裤，只是不敢多看一眼。我冲出了旅社，在瓢泼大雨中我试图抓住他，拉他进来，而他矫捷地弹开了，如同一只羚羊。我无奈地再次折返回旅社刚才可以看见他的位置，铁丝网的这边，他才再次缓缓地靠拢过来。

“你想要什么?”

他听不懂。

“吃的?”

他不回答。

我真的急了，“你在要挟我吗?”中文。

“你这小孩怎么这样呀? 你傻吧?”依旧是中文。

“我走了，你自己慢慢站着吧，再见!”我转身上楼了，他会识趣地离开，我想。之后的五分钟证明这方法并不奏效，他没走，雨也没小。

我冲下楼，没有站在阳伞下，和他一样站在雨里。

“我知道你要什么? 要钱是吧? 我给你!”我激动地随意抽出了一张 20 美元的钞票，在空中抖动着。

他，平静地面对我，只是微微点了一下头，含蓄的，并没有预计的那般兴奋激烈，随后浅浅的笑，那笑，剔除了我激动中的愤怒，只留关切。我无奈地把那张 20 美元折成了长条，塞过了铁丝网，他快步走过来接住了已经湿淋淋的钞票，小心翼翼地展开了它，重新对折，放进了短裤的口袋，转身就走。几步后，停下，转过头，没有任何表情地看着我，缓缓抬起双手，做了一个对我射击的手势，随后坏笑着跑开了，消失于来时的已被烟雨朦胧的那个点。

我无可奈何地傻笑着，同时赶紧退回了阳伞的保护范围，觉得孩子最后的那个持枪的手势似曾相识。

那天快中午了向导才回来，雨停了，只是天还没有放晴，他示意我跟他走，“找到了?”他没有说话，只是点头。

他带我走上了昨天回程的路，那让我费解，昨天寻觅得很仔细，如果在这条路的附近是不会被漏掉的。而我没有问，我不想让眼前我唯一可以信任的人感到不被信任。一个小时后，我们站在了那条灰黑色的土路上。

“到了。”向导说。

“哪里?”我奇怪地问，环顾四周，除了杂草丛生我没有看到任何坟墓。

“你脚下。”

“什么?”我惊慌地挪动我的双脚，却不知道应该把它们放在哪里。

“你脚下就是那些死者的骨灰。”

我尽力平复着慌张，问道：“怎么会这样，你们不都是土葬吗?”

“这里的人不是，他们把骨灰洒在路上，让亡灵知道自己该去的方向……”

“该去的方向？……”

“对！他们愿意回家就回家，愿意去远行也可以，最重要的是，他们就在路上，所以永远不会迷路。”

那天黄昏，旅社里出现了一对比利时夫妇，他们话很多，很兴奋，也很热情，却不失优雅。晚餐时我们共坐一桌，在我面前他们表露出深入刚果盆地的决心坚定无比。

尘，你记得住黑人的面孔吗?

那些脸有什么不同吗?

没有，

我的回答。

因此，

我通过他们的衣服辨别他们，

我通过他们肤色的深浅辨别他们，

我通过他们身体上疤痕的位置辨别他们，

还有，

谁缺了手指？

谁又缺了脚趾？

谁缺了手臂？

谁又缺了双腿？

谁缺了耳朵？

谁又缺了头颅？

看，那些都比一张张黑色的脸容易被辨认。当然，还有愤怒，每个人身上都携带着特有的愤怒。活在这里的人是易怒的，而最愤怒的人身上的伤痕最多或者最少，他们通常是强者；孩子的愤怒弱小，微不足道，容易被洗劫；而肥胖的黑妈妈，那是双份的愤怒。愤怒是这里的麦当劳，大家随时可以走进它，得到想要的，离开，无比快捷。当然有人也是无法离开的。

藏

7 月 9 日那天，愤怒里拥进了很多人。

对面是收了我20美元的小男孩，破旧的T恤上有大大的英文单词“白宫”，而尘看到的、想到的却是“白楼”，那让我感到不祥。瞬间，纠结被男孩纯真的笑声驱散，他不说话，只是笑嘻嘻的看着我，直挺挺地站在旅社门口那片被红土覆盖的开阔地里。上下打量了他，发现他有了自己的鞋子，一双崭新的白色球鞋，一定是用我给他的钱买的。你还买了什么，幸运的孩子？

他微笑着一步步走向了我，每进一步，笑便多一些。他把双手放在了背后我看不见的地方，我想那里藏着他出于感激带给我的礼物，会是什么？一个黑孩子的谢礼。

白色的球鞋踏起红色的土，一步一次红色烟花的绽放。嘎嘎的笑声渐大，最后他站在了我面前，很近很近，我俯身，准备欣然接受那份感激……

突然，他猛地伸出藏在背后的双手，刹那间我愣住了，那是一双不应是他这个年纪所拥有的手，无比粗大、苍老的手，巨大的指关节，手背上筋脉喷张，令人胆寒的丑陋，那手甚至不属于人类。我不及做出任何反应，它们已经狠狠扼住了我的脖子，那巨大的力量令我无法抗衡，半跪在地，呼吸急促，我惊恐地瞪着他，随即恐惧成了哀求。

“宽恕我……无论……我……做错了什么……”我乞求着，这是我能说出口的最后一句话。随他双手越掐越紧，我全身无力地抽搐着，口中再难蹦出半个字。

巨大的红色烟花，在我膝下绽放，我重重的，完全跪倒在地，一只待宰羔羊，一只罪有应得的狼。

孩子，持续着童真的笑脸，似乎不知道自己在做些什么，只是一味地咧着嘴傻笑，而我的意识开始缓缓离开，上身渐渐后仰……多美的天空呀！恍惚间我似乎看到了寻觅多时的坟墓和墓碑，隐约的墓志铭……还有，伫立在一旁的那座白色楼房。

在完全窒息的同时，在完全丧失了意识之后，我被唤醒了，被解救了，汗滴顺着鼻子、眼眶流过脸颊，我喘着粗气看清唤醒我的人正是我的向导，看清他略带不安的神情。

“先生！先生！醒醒！有坏人，我们要躲……”

坏人？什么坏人？那两个字让我瞬间警觉起来，但，时间紧迫，我不及多加思索，一个起身，套上了放在床头的衣服，随后准备粗略地收拾一下自己的东西，而他却制止了我，拽住我的袖口，对我摇着脑袋。

“只拿护照，剩下，什么都不要拿！”

疑问，太多疑问；怀疑，太多怀疑，但是都消失在仅仅一秒钟之内，听之任之，我得抉择。于是我手忙脚乱地翻出了护照，快步随他下楼，绕过铁丝网围成的后院，一前一后步入丛林。视野中的旅社很快被茂密的植被覆盖，而惶恐也随之渐行渐远。我只是试图去弄清楚两分钟内所发生的一切，而不停粘在我衣裤上冰冷的露水，也帮助了我尽快清醒。向导口中的坏人想必就是之前屡次出现在这里的土匪，这是我此时此刻唯一能做出的分析。提问？还不是时候，对那个为我披荆斩棘的瘦长背影，我投去的是信任的目光，我唯一可以信任的人。我半跳跃着行进，脚下是黏性很强的泥土和踩上去不知何物的东西，在艰难前行了不到二百步之后，在全身衣衫几乎湿透之后，一间由铁皮和木板搭建的破烂的小仓库出现在眼前。它被周围的植被包裹得很紧，而几块宽木条札成的门在隐蔽处不易察觉。他轻易地找到了门，轻轻推开，然后毫无表情地转头示意我进去，看样子他之前来过这里。在门前，我身子一顿，还是进去了，随后，他也跟了进来，随手带上了门。

仓库很小，很破旧，也很昏暗，唯一的光亮是从门缝和木条拼接处漏进的残光，借那残光我勉强看清了堆放在仓库正中崭新的烧烤架，几把套落着的塑料椅子，几把斜靠在一旁的白色阳伞，还有瘫坐在仓库唯一角落中的三条人影，那对比利时夫妇和房东太太。比利时夫妇紧张地相拥一团，惊恐地注视着我，似乎我带来了他们的结局，似乎他们忘记了我们昨晚还嬉笑着在一起共进晚餐，那是愚蠢的两张脸，尽管昨晚我还觉得它们美艳、智慧。我无奈地低声道了句：你们好。显然在这种情况下他们是不会还礼的。我转过头，房东太太的悠然自得让我安心些许，一个肥胖的黑女人，稳稳地靠在几个不知道装了些什么的旧纸箱上，玩弄着自己精心打理多年的指甲，扬起眉，臃肿的脸上写满自得其乐，完全没有顾及身旁的这两个怕得要死的白人房客。向导按了按我的肩膀，示意我坐下，于是我听话地盘坐在他们身旁潮湿的红土地上，我依旧沉默，依旧没有任何问题，问题是留给一个小时后问的，我深信。不知道为什么，在那一瞬间我发现自己竟然还算是个乐观主义者，我压根儿不认为会发生什么，我的恐惧在进入丛林前就已经消失得无影无踪了，也可能消失得更早，在梦中那孩子勒住我的喉咙的时候？或者更早？那就是当得知几次踩过死者骨灰的时候？我不害怕，我甚至可以笑，就在现在。当然，也有可能是那最糟糕的答案，我恐惧得完全过滤了恐惧。你不是一直都这样吗？尘说，你的一生，不都是这样吗？

“对不起先生，我认为，我有必要解释一下……”向导，缓缓凑到了我身旁，诚恳地，低声说道。

“什么?”我不想听他的解释，至少不是现在，你在破坏我的规程。

“你已经知道我们为什么到这里来对吧?”

“是的，因为坏人。”说到坏人时，我特意模仿了他的口吻。我想表现出放松，我是放松的，我是放松的。

“我只是想知道，我为什么不能拿上自己的东西，钱，相机什么的，你们拿了吗?”我转过头问一直死死盯着我和向导，表现出非常非常紧张的那对比利时夫妇，为了不会吓到他们，我把声音压得很低很低，几乎是鼻音。而他们似乎已经怕得说不出话。良久，丈夫才颤抖地从自己前胸内侧的口袋里掏出了两本比利时公民护照，僵直地举在半空。

“是我让你的向导这样做的。”终于房东太太开口了，但是没有看我，依旧低着眼皮，玩弄指甲，她表现得那般平静，甚至没有刻意压低自己的语调。“亲爱的，你一定要让那些婊子养的找到些什么，最好是他们需要的一切，钱和值钱的东西，否则他们就会到处找你。看，简单吧，所以最好给那些婊子养的造成一个逃走很匆忙的假象，什么都没来得及拿走。”她潇洒地解释着，目光始终没离开她的指甲，肥厚的嘴唇上下左右地摆动着，紫红色的唇膏，如此昏暗中也看得清楚。

“还有，我亲爱的中国人，这帮混蛋是不会来我的旅社捣乱的，把你们叫出来，只是为了保险。他们顶多在村子里耀武扬威一下，他们可不喜欢惹外国人，尤其是他们。”说着用胖脑袋向比利时夫妇的方向扭了扭，又用斯瓦希里语和我的向导说了几句话，逗得向导低声笑了很久。

“从来就没有人打劫过你的旅社吗?”我低声问。

“呃……1998 年有一次，刚打仗那会儿……太倒霉了，我和我丈夫 1998 年开的这间旅社，当时还有很多外国人，还有你们中国人呢，不，不……是日本人……”她依旧低着眼皮，嘴里却不停唠叨着。

我转头轻声问向导，“她刚才用你们的话和你说了什么？不希望我知道吗?”

“不，先生，她不希望他们知道。”说着他把目光投向了那对始终一言不发的比利时夫妇，“她说，他们白人没现金的，所以坏人也懒得来这里。1998年坏人抢他们这里，三个西班牙人，三个美国人，一共只被搜出了150美元，结果男人都被剥掉裤子打了屁股……”

他轻描淡写的解释反倒令我有些不安，胖女人持续的唠叨更让我烦躁。向导听着，一直点着头，我一直沉默忍耐，比利时女人依旧战战兢兢地依偎着丈夫，比利时男人还在举着护照。

荒诞的氛围，俄罗斯马戏团的后台，我见过的。而此时，门，再次开了，后台的气氛随即崩塌。光，照射进来，尽管只是勉强穿过雨林的光，却也让我们几个睁不开眼睛，我们如同被囚禁多年后重见天日的罪人。我本能地举手挡住光线，房东太太举起了有长长华美指甲的胖手挡住光线，而比利时男人举起的还是护照。

我能看出逆光中进来的三个人影两个是孩子，孩子们甚至还在嬉笑，这让我再次放下了悬着的那颗心，直到门被关上，直到他们走到身旁，我才看清进来的是房东和他们那个七岁的儿子——库伊，我和向导挪动着屁股为他们让出了可以坐下的空间，他们依旧嬉笑着，可胖妈妈似乎很恼火地用斯瓦希里语痛斥着自己的儿子，房东无可奈何地做出让她收声的手势，而她始终不管不顾。她的高声训斥让所有人感到了前所未有的不安，她指着另一个和她儿子年纪相若的女孩，喋喋不休着，看样子，那是她儿子的朋友，可她却很反对儿子把朋友也带进这安全屋。

儿子撇着嘴，大眼睛不耐烦地瞟向别处，而这时胖女人的嘴脸可恨，可笑。

“碰！”的一声枪响，让她闭了嘴。

我的心脏猛烈地撞击了一下前胸，所有人的身体也都剧烈地抽动了一下。

死寂。

又是几声枪响，满溢恐惧的目光在黑暗的空间中疯狂鼠窜。

肃杀。

枪声并不近，但已经足够摄人心魄。我的脑袋里、耳边都空荡荡的，在那一瞬间，有种腾云驾雾的感觉。我坐在这昏暗的仓库里吗？我不是坐在哈罗德商场顶层喝着午茶吗？我在金沙萨郊外的某个荒芜村落吗？我不是在伦敦的市中心吗？我在中非吗？我不是在英国吗？问题越来越多，出现的频率也在加快，我开始混乱，开始摇动着脑袋，和每次焦躁不安时一样，左右，前后，左右前后……意识清晰吗？清晰吗？我在哪里？我究竟在哪里？

“在白楼里……”一个声音，浑厚又刺耳，声源却模糊不清。它从何而来？烧烤架里？破纸箱里？还是身边人的口中？我僵直着头颈，用尽力气才得以缓慢地四下环视，所有人的脸都是死后的脸，没有半分生气，此时没有人有能耐吐出半个字眼。那么是谁在说话？是谁？……是你！

小仓库如同停尸间，八个人如同尸体一般，死灰，僵硬，这凝固长达多久？也许距离最后一次枪声已经有几个小时了，光照也强烈了，中午了？从墙壁和门的缝隙钻进来的光线编织了光网，无形的，更让人不敢动弹，一条光柱射在我的腿上，我吃力地挪动几近僵硬的腿，避开那光斑的骚扰，越雷池者死。讽刺，我想到了曾经小径中的那些光点，我曾经那样谨慎地去踩中它们，如今我惶恐地避开它们，曾经的天兆，现在的天兆，不曾改变，永远不会改变。

又坐了不知多久，坐到我的下半身好像已经回英国了，鸟鸣、猿啼不绝于耳时，冲突便彻底结束了。房东夫妇互使了眼色，房东起身，扶着纸箱，站了很久，想必他的脚也麻了，随后，他一瘸一拐地走出了仓库。而仓库内依旧无声，直到大约十五分钟后，房东推开了门，告诉我们他们已经走掉多时了。大家相互搀扶着站起身，所有人都站了很久，面面相觑，向导最先出了门，随后是两个孩子，我，房东太太，而比利时夫妇却瘫坐原地，迟迟不愿离开，众人无奈，房东说半小时后再回来接他们。

丛林里的露水早已蒸发殆尽，光斑随炙热的风在树丛间抖动回旋，此时我完全没有了思考，或者眼前见到的便是思考。向导依旧走在最前面为我们拨开藤蔓，房东夫妇沉默地紧随其后，胖女人没了原来的聒噪，嘟着肥厚的脸安静地追随着丈夫。

两个孩子走在我前面，他们大幅甩动着拉在一起的双手，两个弱小的背影在光斑的映照下，在稀烂的红泥上，起伏。紧扣的双手划过一株株柔韧的叫不出名字的植物，那情景，带给我几小时来的第一次联想。我想到了一个女人，法国女人？巴黎女人？不，她是北京人，我们认识，怎么认识的？她叫什么来着？瑞贝卡？苏菲？不……她好像叫……戮。

戮出现得很快，消失得更快，她出现在脑海中，比枪声出现在耳畔更让我感到惶恐不安。于是总会有东西于第一时间在思想中取代她，这次什么呢？一次幸运的洗劫？

铁丝网的院门被砸得完全扭曲了，出现了可以过人的巨大缝隙，房东太太瞪圆了眼睛，半张嘴巴，摊开双臂，表现出难以置信的神态，向前俯冲着，同时用斯瓦希里语大声咆哮着，似诅咒，似谩骂。看到扭曲的门时，我就已经知道，我的东西保不住了，但尚抱有一丝幻想，幻想他们给我留下了些东西，例如单放在书包口袋里的几张已满的照片存储卡，随便几件尚可替换的衣裤，或者压根儿他们就没有闯进我的房间。然而一如既往，我的幻想永远是最彻底的不可实现。推开门，如同退房后被星级酒店的客服人员收拾过一样的干净，旅行箱？照相机？……我沮丧地坐在床上，半晌，一片空白，只有楼下房东夫妇的争吵声不绝于耳。我尝试给自己一个笑脸，对着镜子，而许久，镜子里的人没有半点表情。十分钟后，我开始思考，尽管迟钝异常。二十分钟后，我开始产生怀疑，六年才会发生一次的概率会幸运地降临在我的头上？房东似乎只锁了院门，而旅社的房门他们没有锁。为什么呢？事出仓促还是有意为之？

敲门声。

向导推开了虚掩的门，没进来，只是在门缝里冷冷地看着我。

“没什么留下？”

“……没什么留下。”

良久，一片沉默。

“先生，你全部的钱都放在一起了吗？我是说，全被拿走了？”

显然，他的提问让我不悦。

我伸手进裤兜掏出几张100美元的钞票，举在半空，同时直直地盯着他的双眼，“放心，我还有钱付给你。”我话音刚落他就用力摇着头：“不，先生，你误会了，我不是这个意思。”

“那你是什么意思？”

他羞涩地站在那里，似进退维谷。很快我意识到，我在愚蠢地转嫁愤怒，转嫁到一个可怜人身上。我低下了头，不再对他怒目而视，长长地叹了口气。

“谢谢你，至少我还留下了护照，我的机票也是电子机票，钱……”我粗略地数了数手里的钱，“钱……还剩560美元，给你150美元，余下的够我回家的。对了，你觉得房东能赔偿一些我的损失吗？”

他想了想，严肃地摇着脑袋。我微笑地点了点头。

“对不起，心情不太好，我不想对你发火的。”

他对我笑了笑，推开门，走了进来，斜靠在墙上。

“只是这次没办法走得更远了，我想找的坟墓，深入刚果盆地，都不行了……有些遗憾……”

他只是紧紧地咬着下唇，点着头，似乎不知道如何安慰。而我，没有等待任何安慰，只是把目光缓缓移向窗外。黄昏将至，有彩云，有飞鸟，无美景。心生凄凉，也许我早就应该离开了。

“先生，打算离开了吗？”向导洞察。

“嗯？……”

“如果你打算离开，我就去安排明早回金沙萨的车。”

整整一分钟的静默，我点了头。他也点了头，随后，他向门外走去，在门口，稍稍停顿。

“先生，发生这样的事情，我是不会再向你要钱的，你不用付给我一美分。”

一个小时后晚餐时间到了，房东太太，沉重的脚步，压得地板咯吱作响，她推开门。

“吃晚饭吗？”

“是……”

“我这就来……”

“请稍等。”她的措辞较先前任何一次都要郑重。说着她走近我，把肥胖的屁股塞进了我对面的藤椅里。

“先生，我想问问你……”她开口了，记得她一直都管我叫“亲爱的”或者“中国人”。“你的向导，他……”

“什么？”

“我是说，你的向导，他最近有什么可疑吗？”

我耸耸肩。

“六年了，我们旅社从来没发生过这种事情，我感到很奇怪。”

我其实也很奇怪你们为什么不将旅社大门锁上，你却先奇怪了？我想着，也沉默着。

“你少了很多钱吗？你向导说的。”

“嗯……”

她忽略了我的戒意，继续问道："你的向导是正规的吗？"

"我不知道，但是是酒店指派的。"

她点着头。

"为什么这么问？"

"没什么，前几天看到他和那边村子里的人交谈，说什么不知道，感觉很密切，他不是本地人是吧？而且，他每天清晨都很早就出门了，不知道他去干嘛。"说完，她似乎别有用心地凝视着我。

片刻，"我想他是在帮我打听坟墓的事情……"

"什么坟墓……"

"……现在已经不重要了。"

"你明天要退房吗？"

"嗯……"

"你不用付房钱了……"

我吃力地说出了："谢谢。"

我清楚她此次谈话的目的，推卸责任，转移怀疑对象。或者我的思路是中国式的，她没有目的，只有本能，她根本就不在乎我的怀疑，在一个没有执法者的蛮荒之地，谁会在乎一个中国人的怀疑？她是在大发慈悲，也许这对于她已经算是对我的安慰了。但是，不管她目的为何，或者有没有目的，她的一连串问题，已经让我开始回忆向导这几日来的行为了。他确实总离开旅社，有时确实离开得很早，他确实很熟悉附近的路，从第一天，他带我走了回程的小路开始……还有是谁提议住进这家旅社的？是我吗？还是他？他说这是进入刚果盆地前的最后一个旅社，他说很多游客都住在这里，是他说的……那么，真的是他吗？他有这个胆量吗？他是这样的人吗？

尘，你能分辨黑色的面孔吗？
就算你能分辨，
你能读懂他们的眼睛吗？
你能读懂他们的忠实吗？
他们在笑的时候，你确定他们是喜悦的吗？
他们在哭的时候，你确定他们是哀愁的吗？
黑色的面孔隐匿了一切细小的表情，
你，能察觉吗？似乎你也没有这个本事吧？
你，在英国都没有本事照顾好自己，
你，失败者，你丢掉了煎熬几周后仅存的成果，
你，根本就没有做好准备出现在这里，
你，根本就没有准备好活着。
我在自责吗？没有，我在指责别人。

晚餐时我没有再见到那对比利时夫妇，听说他们在一个小时前就被接走了，和向导无言地对坐着。尴尬。

对立者一言不发，似乎察觉到了什么，面无表情地放下了手中的餐勺，半仰起头，冰冷的目光，和我对视。他在试图愤怒，和这里所有人一样，他用愤怒解释，用愤怒保护，用愤怒逃生，凝重的一分钟，愤怒被无声所激化，他的鼻翼膨胀着，摩擦着绛紫色的双唇。

“什么?”他忍无可忍。

不得不说他的愤怒是奏效的，在焦灼了仅仅几分钟后我就被击退

了，同时反倒不安起来，眼神避开了。“没什么……”我同样冷冷地答道，不经意间发现原本坐在远端用餐的房东太太已经不知所踪了。

当晚。

争吵声，在哪里？楼下，不去管他，我翻过身继续睡觉。

不知道过了多久，更大的争吵声再次惊醒了我。坐起身，我才勉强辨清谁在争吵，房东太太的声音那样容易辨别，还有……是向导。我隐约感到导致他们争执的原因是因为我，于是我竖起耳朵，在黑暗中细细聆听，然而他们的对话，兴许是林加拉语，那是我一句也听不懂的。突然，争吵声结束了，急促的脚步声重重地踏上楼来，随后是用力的敲门声。

“先生！醒醒！”是向导。

“进。”

推门声，他开了灯，光，突如其来，让我猝不及防。他几步走到我的跟前，坐在了我的床上。

“什么事？”他的举动让我紧张。

“是那个婊子，我就知道一定是那个婊子……”

“什么？”

“我很抱歉，先生，把你带到这家旅社，但是附近真的没有其他旅社，而且我之前往这里带了七次人都没有发生过今天早晨的那种事情。”

“到底怎么了，能说明白点吗？”

“是房东和房东太太，他们是坏人！”

“你怎么知道？”

“他们就是，真的，你一定要相信我，好吗？”他从来没有像现在这样激动，表情身体语言从未这样夸张。“信我，他们是坏人！”

“好，我相信你。那咱们要怎么办？”

“明天早晨咱们就离开这里！”

“嗯……”我环顾四周，“正好我也没有什么可收拾的。就九点吧，你来叫我。”

他离开之后，我没有再睡着，只是和衣躺在床上，望繁星密布的窗外，几个小时，直到天色微亮，直到天空变成了金黄色，直到窗外传来了孩子清脆的笑声和远处村落里的鸡鸣声，我才站起身，来到窗前。

终于，有人在荡那秋千了，房东的儿子库伊和那出现在安全屋中的少女。

金黄色的天空下，少女无声地被荡起，唯那通体散发的欢乐，如一层强烈光晕灼人双目，她的欢乐荡在可见与不可见之间，让窗前人为之动容。不可见的欢乐……我能看到吗？我多想看到呀！窗前人想。

宁静的开阔地此时还是暗红色的，上面空无一人，唯微风中库伊和那少女。

少女被荡得很高，无声的笑是沉重的，不慎听闻者能承受背后蕴含的东西吗？答案，窗前人可以回答。

少女，你背后的人是爱你的吧？他用尽全力，送你到那顶峰，送你他自己都得不到的片刻自由。

少女被荡得更高了，窗前人开始为她感到担忧。他担心，树枝是否顽强，少女是否顽强。其实他总是过度忧虑，谁都要比窗前人顽强，他不能再见到任何一个孩子受伤了，不是为孩子，是为他自己。

库伊笑着，尽管他只是追随少女的背影，尽管他的双手每次碰到的都仅仅是一个肮脏的轮胎，但是他依旧开怀。

库伊用力地推，然后跟随轮胎跑上两步，停下，在轮胎回摆时侧身闪躲，然后重复先前的动作，用力地推……

库伊，你爱她是吗？窗前人问道，自说自话道。

库伊，看，你的爱人多么动人，看她的笑，看她的裙摆，看，她已在云端。

引路人之死

九点三十五分，酒店的车到了，那时候，我已经在那片开阔地的中央站了整整五十分钟。十分钟前，东面村落开始喧嚣，嘈杂。

“是土匪吗？”

“不是。没有枪声，绝对不是！当然，先生，你要是不放心，我可以过去看看。”

“不，不用了，谢谢。”

不多久，车来了，一辆破旧的本田，我空着手，上了车，已经没有了任何行李。而老板，老板娘也都没有和我们道别。只是那秋千，它再次空荡了。库伊，少女，去了哪里？他们是否存在过？

我回头张望，可车轮卷起红土，瞬间扰乱了我的视线。几下颠簸，车上了公路，向东边，金沙萨方向驶去。

Haini！Haini！当汽车经过东边村落时，我听见，有几个妇女在高叫着，随后更多村民附和着，叫嚣声越来越大，咆哮声，呐喊声，咒骂声，掺合一起，震耳欲聋。暴民，无数的暴民，让我惶恐的暴民，上百人之多围着什么拳打脚踢，疯狂宣泄，而司机可能是为了看热闹，放慢了车速。“请快点开过这里好吗?”我的命令，或是乞求。在司机刚要踩下油门的瞬间，坐在副驾驶座位上的向导制止了他，“让我去看看!”说着车没停稳，他就跳下了车，向人群快步走去。我张望着，不详。向导和骚乱外围的村民交谈着，良久，他面露喜色地折返回车中。

“先生，去看看吗?”

“不了。”拒绝，直截了当的。

“那个给土匪引路的人，被村民逮到了。不去看看吗?”

“不了。”我坚持。

“好吧，随你了。”

“开车。”

车外，烟尘弥漫，暴民继续着残暴行径，无力制止，无从停下。一个残暴的漩涡，在右侧，在后方，在远去。司机似乎是向导的老熟人，他们热烈地调侃，用我听不懂的语言，我永远也不想懂的语言。

我默默坐在后排，一段颠簸的土路后，向导转过头：“先生，这位司机叫 Kwa Heri（再见）。”后视镜里，司机注视着我，露出片刻笑意，“明天也是他送你去机场。”

“你也来送我吗?”

“当然。”

我默默地点点头，继续把视线移向窗外，我们已经在柏油公路上飞驰了。

良久。

“什么土匪的引路人?”我突然开口问道。

“所谓引路人，在这里是绝对该死的小角色。听说，隔一段时间就出现一个。他们是土匪的人，是眼线，不是本地村民，只是没事就在村子里闲转，就是负责观察村子里哪家最近有钱了，买了什么，藏了什么好东西了，然后给土匪报信。”

“你觉得咱们旅社被抢和这些引路人有关系吗?”

“不，先生，不是有没有关系，而是只和他们有关系，当然还有土匪。”向导斩钉截铁道。

“那么房东呢?”

“……谁知道……我看，这些引路的都是找死，村子里总共就一百多个村民，一个外人没多久就会被发现的。刚才那个就是被发现了……他们根本就是土匪养的狗，死了就换一只。”

“被打的那个?”

“是的，先生。”

“男的女的?”

“是个男孩……”

孩子？孩子……思绪瞬间凝固住了，我突然意识到，我尚未跌落到那陷阱的最底部。孩子？又是孩子……我能承受吗？该死的孩子，我开始后悔一系列的提问。孩子……我不应该知道。

“……那孩子怎么样了？我是说，被打的……”

“所以嘛，先生，我叫你去看，很精彩的，他的头都被砸掉了……”他的声音小了，我只看到，他的手在半空中挥动，脸上是几日来从未出现过的狰狞，被蛊惑的狰狞却又满是祥和。

你能读懂黑色的面孔吗，尘？

当他们狞笑，你确定他们不是怕得要死吗？

当他们呻吟，你确定他们不是在为你挖掘陷阱吗？

在这里制裁者是谁？

人人都是，每一张黑色的脸。

被制裁者是谁？

人人都是，每一张出现在这片土地上的脸。

而谁能做出判断？至少永远不是你，尘，不单单是在这里……

那会是谁？

我吗？

我感到冷，我感到无力，我靠在车窗上，犹豫。为是否追问而犹豫，求得印证，是否令我得以平静？我现在就知道答案，不能。

“那男孩是不是穿着一件印着单词‘白宫’的T恤？”终于。

“呃……没太看清楚……好像不是……”

……

面对这样的答案，我应该感到欣慰吗？不该，但我却欣喜若狂。

“对了……”向导再次转过头，想起了什么。

“有村民告诉我，他们还在那男孩身上翻出了20美元，弄不好是土匪给他开的工资，呵呵……”

……

7 月 6 日离开金沙萨前往村落前的一小时

巴布的杂货店里。

奇怪的矿泉水

奇怪的薯片

奇怪的饼干

奇怪的肥皂

奇怪的肉肠

不奇怪的可口可乐……

“多少钱，一共?”

“41.3 美元……”

“今天……算你便宜点……”

“多少?”

“给我 41 美元就可以了……”

奇怪的巴布。

“你第一次给我打折呀，巴布，我来了多少次了？十次?”

“是呀，也是最后一次了……我有些难过……能看得出，你不会再来这个国家了，还有这个城市，我的店……”

“我会的……”

他微笑着摇头。

而我，无言以对，默默地开始把奇怪的一切装进了行囊，只留下不奇怪的可乐，持在手中。

“巴布，最后一个问题，你知道城外的坟墓在哪里吗？”

“什么坟墓？Kasa Vubu 的坟？还是 Kimbangu 的坟？”

“不，都不是，更美丽的，更多人的坟墓。”

“那么你何必跑那么远呢？”

说着，他用手缓缓地在自己的头顶画了个大大的圆圈……

“走了……巴布……”

我把行囊交给了向导，巴布也跟出了店门。看得出他有些失落，他没什么朋友，至少在他富有之后，至少在他搬入城市之后。他挥着他的大手，道别，而眼中的光彩也渐渐消失了。

Jihad

Jihad 重重地敲着我的房门。

“我知道你在里面，你没事吧？想吃点什么吗？”

我没有回答，只是静静地靠在墙角，坐在地板上。我不知道为什么从西斯罗回到了画室，而不是家中。也许一个空荡的房间有助于我尽快地抑制颤抖，也许此时我想离认识我的人近一点，例如邻居。蜷缩……如同土匪扫荡村落那天藏匿在仓库中的蜷缩。突然，我怎么回来的？那应该是整整二十个小时的旅程，而我在毫无察觉之时已经身在伦敦了吗？我艰难地站起身，拖着发麻的腿，站在窗口张望。拥有惨白皮肤的路人，阴沉苍穹，黑暗的出租车，和穿着荧光黄色制服的巡警。我回来了，但是更加可以肯定的是，我的生命中再次消失了二十个小时。

整整两天了，在这两天里我吃过东西吗？没有。水？我只在厕所里喝。我把门反锁，没再出去。

当我想闻到曾经的奶酪味时，发现它早没了，五十年都还在，为何在三个月内就消失殆尽了？也许是我的油漆味谋杀了它，也许是我谋杀了它。是吧，尘？谋杀，对于你并不陌生吧？

两天中，每隔几小时，甚至几分钟，敲门声就会响起，是 Jihad，门外沙哑的那句：你还好吗？重复了不知道多少遍。你在担心我吗？或者是在担心自己？我不是恐怖分子，你会担心我在制造炸弹吗？还是你已经制造了？你会找来警察吗？你不会，你的房间里应该已经藏了不少自制炸弹了，浴缸里？书架后？床底下？……

不多久，敲门人换成了 Jihad 的夫人，那是轻柔的带浓重阿拉伯口音的问候。我几乎不忍让那声音反复出现。

第三天清晨，我出门了，Jihad 夫妇还没有起床。潮湿的地面，下过雨？我完全不知道，我漫无目的地直走，趁路人还少。一个散步的英国老人与我擦身而过，一个围着公园晨跑的青年男子与我擦身而过，一个黑人母亲和她的几个孩子……记得那天我在公园的长椅上坐了很久，直到人满为患，我才回到了自己的画室。在这之前，我饱餐了一顿麦当劳，那一餐神奇地让我振作了许多。经过 Jihad 小店的时候，他看到并叫住了我，问我怎么了？我勉强地绽放笑颜，嘴里说着没事，他多事地要求我和他们共进晚餐，我拒绝，于是他动用了他妻子的规劝，我同意了。

那晚，那张熟悉的餐桌上，我吃力地讲述了在刚果金发生的事情。吃力？不足以形容那艰难的千分之一，在记忆中那也是我最后一次将这件事情讲出口，而我也仅仅想知道从旁观者的角度来看，我是否对一个孩子的死责无旁贷。Jihad 听得懂，可他的妻子听着很吃力，于是我讲上几句就要停下，给 Jihad 留点儿时间把我的话翻译成阿拉伯语给他妻子听。

那是个冗长的英语故事，我不知道自己是否把这错综复杂的故事讲得足够清晰，只是陈述时，他们不时地点头，很专注的表情，给我动力去将它讲完。

“……现在你们知道了，事情就是这样的，我……感到有些……内疚……”我注视着他们凝重的脸，等待一个裁决，阿拉伯人的裁决，新月弯刀的裁决。严酷吧？请严酷吧！让我一辈子都记得。

渴求，眼中都是，他们理解吗？忽略了，他们沉默地对视了一下，女人开口了。又是女人，我爱女人。

她用英语说道：“我们曾经有个朋友，你想知道他的故事吗？”

她的话音刚落，Jihad 似乎猛地意识到了什么，对她使了使眼色，摇了摇头，而她，没有服从，令人震惊的违逆，为我。她为我讲述了一个尚算凄婉的故事，一个他们的“朋友”和他们“朋友儿子”的故事。恍惚间，故事就已经完结，她用另一个故事裁决了我的故事，我不知道这是否是我想得到的。而 Jihad 也不情愿地为他妻子讲述的故事充当了翻译，而讲述中，Jihad 之妻好似一直在为自己鼓气。

Jihad“朋友”的自豪

Jihad 的妻子说：“我们的这个朋友，他曾经希望自己的儿子是个伟大的战士，他曾经为他儿子的伟大感到自豪，曾经。”

他们的朋友在 20 世纪 70 年代只身从塔伊夫来到了英国的伯明翰。他在伯明翰的第一个朋友就是眼前的 Jihad，听 Jihad 的妻子说他这个朋友在沙特的时候便是个宗教极端分子，而为什么来到英国？他从来不愿提起。他在英国娶妻生子，安定了下来，Jihad 的妻子说他们的这位朋友的儿子 Eric 是个好孩子，礼貌、单纯、善良，并且完美地融入了白人世界。他和他父亲不同，他父亲的朋友都是阿拉伯人，而他儿子的朋友尽是英国人，白人，从小就是。Jihad 的妻子说这让他们的这个朋友一直都很不满意，但他却一直隐忍着，只是偶尔会和 Jihad 夫妇吐露一下。直到 Eric 成人那年，他们的这个朋友突然开始疯狂地给儿子灌输极端宗教主义思想，并强硬地命令 Eric 和他所有的白人朋友断绝一切往来，不单如此，在之后的几年间，他还带 Eric 数次返回沙特，每次都只有一种说辞——我要让他记得自己是什么人，为什么而生。可回到沙特后究竟发生了什么，没有人知道，但他父亲的种种灌输确实收到了成效，Eric 变了很多，变得像他父亲年轻时那般激进。就这样，没过多久 Eric 入狱了，在二十三岁那年，因为宗教主义导致的某种极端行为让他需要在监狱里度过五年。然而他们的朋友从来没有说过愧疚、后悔，他起初甚至在朋友面前责怪儿子无能，后来说儿子是做出了伟大的牺牲，那反倒成为了他的自豪。然而，他却逃走了，从伯明翰逃到了伦敦。逃？所有人都知道，他无颜面对出狱后的儿子，他不敢再和他相见了。

“我觉得他才应该感到愧疚。”Jihad 夫人说。

我记得，那晚我们没有再继续这个话题，而我也吃了很多，从前觉得难以下咽的，他们的食物。

诗歌，书店老板

我在心底咒骂着，只是瞬间我意识到：难不成我第三次遇到种族歧视者了？在来到英国后的第四年？

之前有过两次，但是不知道算不算数。一次在那见鬼的洗手间，另一次在刚刚踩在英国土地上的第三天，寄宿家庭的附近，一个不到十岁的孩子管我要烟抽，我没有，他跑到远处回身骂了一句：操你，中国人！我，记得清楚，若当时口袋里有烟，我会给你的，孩子。

其实在赴英前听说过很多留英学生经历过种族歧视问题，我曾经为此做过准备，在心底，能忍就忍是唯一对自己的告诫，然而，武装到牙齿的时候往往得不到结局的考验，松懈了，遗忘了，考验随之而来。我曾深信考验我的人会是个酩酊大醉的黄牙球迷，或者是路边扛着钻头的魁梧建筑工，也是黄牙的。他们应该对我竖起中指，口齿不清地咆哮：

操你，中国人！然后，我试图忍耐，咬紧牙关，在他们再次谩骂时，猛然冲将上去，扭打一团……然而，不是这样。

被我在心底咒骂着的是位老者，老头，看！又是个老头。他的轻蔑冲破他灰色的瞳孔狠狠向我压来，而我不及躲闪。

杰夫在第三年为我们制定了更加繁复的课程、这让全体学生感到困惑。对于艺术类学生，第三年，是毕业创作的一年，课程、科目随之减少，难度降低。然而，我们被安排的课程却恰恰相反，而新增添的一篇八千字关于诗歌与现代艺术联系的论文成为摆在我眼前的最大的障碍。诗歌？唐诗？可能不被允许出现在英国现代艺术的论文里，而关于西方的文学家，更具体到诗歌、诗人，我确实知之甚少。于是，我无奈地主动约见了杰夫，印象中那是我为数甚少的一次主动约见。而他，似乎有所准备的为我罗列了几位诗人，他说是看到我的作品后能想到的几位诗人，他还说这是当老师的弊端，他现在看到一个人的作品后，能想到的只是名字，风格类似的画家一列，文学家一列，导演一列……这是悲哀，他说的。我问，那么你希望看到些什么呢？以前我希望看到琼，现在我希望看到自己，你呢？他反问。我什么都看不到，我说。他使劲点头，而我，真的什么都看不到。

第二天我便拿着他为我罗列的名单前往了校图书馆，而显然，关于主动和杰夫会面的决心下得有点久，书单上的书被同学借得所剩无几。于是我开始跑书店，而英国的书店里确实已经很难见到系统的可以被借鉴到论文中的关于诗歌的书籍。市中心大部分书店基本被杂志占据，八卦杂志、时尚杂志、宠物杂志、旅游杂志。除杂志外，还充斥着大量的流行文学作品，关于谋杀的、性爱的、魔幻的、烹饪的……我喃喃地默念书单上的名字，伸长脖子，寻觅，在伦敦各大书店中，我只看到了被码放了整个货架的《哈利·波特》。我掏出书单，递给金发碧眼的女售货员，她天真地眨着眼睛摇着头，“对不起，我不知道这些人……这个Samuel Johnson，你确定没有拼错？不是Samuel Jackson？”

“不……我确实之前也不知道这个人，但是他应该是个作家……”

“你一定搞错了，他是演员，不是作家。嗯……你等等，我去给你问问，他也许写过书……”

“……不用了，谢谢你……”

她是个可爱的英国女孩，记得面孔很精致，我开心地注视了她很久，下流地忽略了她的白痴。如此两天下来，一无所获，不得不再次求助老杰夫。然而出乎我的意料，我的问题几乎没有出口，他就已经把答案抛给了我，看得出，他在刻意为我缩短我们见面的时间，而原因我深深明白。

“如果你想写出一篇深入一点的论文，参考书就不应该是大路货，Holland Park北面有个不错的老书店，没有名字，但是很容易找到，你去那里看看，有很多书全伦敦只有那里能找到了……”他说着，不知从哪里掏出了一个铅笔头，在一张废报纸的一角为我画着那家书店的地图。地图画得那么的小，那么的小……我早就明白了，但只是站在那里看他，看他认真地画、缓慢地画那么小的地图，嘴里重复着，怕我忘记，怕我不解。也许两年前我糟糕的英语给了他太深的刺激，到现在他依旧担心我听不明白。最终，他随手把笔头一扔，潇洒地把画着地图的报纸一角撕给了我，同时，停止了唠叨，抬手示意我赶快去。我不知道是否要说谢谢，于是我没说，悄声退出杰夫办公室的时候，瞟见他书柜上不知道何时多了一个骷髅头骨，头骨上戴着一顶金黄色的假发。我应该感到奇怪吗？或者感到毛骨悚然？结果是，都没有。没有，不知是因为看到它的人是我，还是它出现在杰夫的办公室里。

于是我有了两张救命的废纸，一张写在手纸上的作家名录，另一张画在破报纸上的旧书店地图。我没有耽搁，当天我就找到了那里，确实，书店非常好找，只是因为它的两侧放眼望去上百米没有一家其他店铺。它，陈旧的、掉漆的木质门脸，叫不出名字的绿色，或者放在五十年前我可以说那是墨绿色。门，推开，一阵铃声，清脆的，和这里给我的一切感觉相反，迈进那门时唯一的感觉——不知这书店里是否还有人活着。高高的书架，其上排列着密密麻麻的硬皮老书，还有刺鼻的发霉的味道，是皮子。很快我就搜索到了发霉的源头，那些百岁老书的羊皮质封面，也许发霉的还有脚下深褐色的被磨得发亮的地毯，和上万本书籍、古籍中亡者的灵魂。这里很昏暗，没有灯光，高处的小窗，射进微弱的光。发霉的味道、昏暗的光线和很多很多莫名的压迫掺合着，如旋风般在我头顶高高的天花板上盘旋，俯冲，让我昏眩……这里给人的感觉太糟了，会有人来吗？也许上一个光顾这里的客人是莎士比亚，也许这里的老板在上个世纪就死在柜台后面了……

书籍干净，没有一点尘土，作者的名字按照字母顺序排列整齐，便于查找。John Milton 是我搜寻的重点，片刻找到了，整整一排，二十几本之多，单单是《对失乐园的解析》就有五六个版本，从羊皮面的老爷书到 1998 年印刷的都有。旁边就是他的诗集，那是我最需要的《John Milton 诗歌总集》，只有厚实的新版和古董版两本。当我抽出那老版本的诗集时，余光中一双冰冷的眼睛，凝固了我，书，只被抽出一半。我转过头，一个打着领结、衣着古板的老头死死地盯着我，“放回去!”他凄厉道。我呆住了，可以说被吓到了，抽书的手悬在那里，迟迟未动。

为什么？我不解，规矩？一定是，需要膜拜那本书吗？我应该脱鞋进来吗？我不应该进来吗？他怒气冲冲地走到了我身旁，看得出，他腿脚并不太听使唤，他把苍老的手按在了我抽书的手上，一用力，书被按回原位，而他按了我的手，这一举动让尘浑身不自在，我下意识地用更快的速度将手缩了回来，戒备地望着他——也许是书店主人的人。他蔑视地上下打量了我，一句话概括了我和我的衣着，这让我感到惊讶，一个看着至少一百岁的人居然能洞察这些？难以想象。确实那段时间我过分注重自己的外表，考究的必须是当季的名牌着装，一丝不苟的发型、容貌，而他当时的品评我却不以为然地归结到了某种歧视问题上，完全忽略了近两年来自己早已做作不堪的外貌。

他摇着头，双手插在至少穿了二十年的米黄色灯芯绒裤子的裤兜里，“John Milton？呵呵，你读不了的……”这句话令我愤慨，却摸不着头脑。

“门口有适合你的……”顺着他毫无生气的目光，我转过头，这才发现进门处的左手边一个孤立出来的书架上凌乱地摆放着几本当月的《POP》、《GQ》、《An Other Man》等一些时尚类杂志。它们和这里的一切格格不入，确实，不得不承认它们更像应该属于我的东西。我扬了扬眉头，不知如何措辞。手，下意识地揉蹭着下颚，都是汗，我紧张吗？不，更值得紧张的事情我都没有紧张，在非洲，在巴黎，在北京，在白楼……此时，是尴尬，对！是尴尬。

“中国人?”他问。

他的问题让我更加难堪，我意识到，我可能给中国人丢脸了，更可怕的是，我可能给中国人丢了很长时间的脸却不自知。但是迅速地，我再次调转了矛头，把问题简单地归结在了一个原因上——“种族歧视”，这等境况在不深究的情况下被理解为歧视是再恰当不过的，借口。

“你什么意思?”几秒钟被扔进了尴尬中，冒出诡异的气泡，让瓮中的一切变成了愤怒。我脖子上的容器燃烧着，但是忍住了，或是退缩了，和从前一样，我选择转身离开。看，并不太糟，尘，这次你还可以选择，多大的仁慈呀，你应在今夜子时为结局再次地歌功颂德一番，在梦中吧，你把一切承诺都留在了梦中，多甜蜜。

“嘿，Dior Boy!”在我逃出书店之时，他再次用他赐予我的新头衔叫住了我，笑着一瘸一拐地移到了摆放杂志的书架旁，用满是金色手毛的食指敲打着一本杂志的封面，国王的呼喝，“FHM，新来的，要一本吗?”不屑的语气，一个将死者的挑衅。而我，骑虎难下，溜走，没有复仇，要以最迅捷的速度，于是，我，鬼使神差地回去买下了那本杂志，封面是一个有着巨大胸部的金发女郎。

“3英镑90便士。”他笑着说，书店里的寄生虫都能看得出，那是嘲笑。

而我，只是慌张地拍打着裤兜，翻出4英镑，递到他手里，手，回缩得很快。他接过钱，从木质柜台的抽屉中取出了找零——10便士，缓缓地递给我，在我做出双手合十，如同等待被施舍的姿态后，他将那10便士轻轻投进了柜台上一个小塑料盒子中。

“谢谢你，为非洲、南美洲、亚洲不发达地区的孩子捐助了10便士。”

我注视他再无攻击性的灰茫茫的双眼，只是瞬间，再久一秒的勇气也没有。你能察觉我示威过了吗？老头，我恨老头，再次印证了我之前的十几年都不是偏激的，你们都是龌龊不堪的杂种！在思想的最深处我小心地咒骂着，同时不发一语地走出了店门。清脆的又一声。

我走了很久，自怜自哀，遭遇种族歧视是应该自怜自哀一下的，直到意识到手上还拿着那本 FHM——那张耻辱的发票时，无名怒火燃起，大胸女人遭受蹂躏，她被用力摔在沾满口香糖的地面上，一路，被用力摔在满是青痰的树坑中，一路，直到被远远地扔进公园中的荷塘里，直到险些砸中女王的天鹅，怨念才稍稍退却。

那晚，我蜷缩在陈夫人母亲的房子的沙发上，回想。

回想的是一年半以前戮曾提到过她刚到巴黎时，在地铁里遭人调戏，她表现得愤慨，却在浅浅得意。回想两年前的新闻里，几个英国少年抢劫了一个中国人开的杂货店，中国人被活活打死，他妻子也被打成重伤，法庭上法官怒斥那几个犯案的少年何等丧心病狂的同时，却对其中的主犯处以监禁两年的判决。

在某一刻，我希望被歧视的是中国人，而不是“我”。

难堪与愤怒过后，只留下一个巨大的问号晦暗不明地挂在夜空中。老头先生？我好奇你蔑视我的动机。你痛恨年轻人？这是我最希望得到的答案，可以完美地抹杀之前的种种好奇；你痛恨中国人或者中国？也许只因为你上周末在中餐馆吃饭没能等到位子？但是我明明看到英文版的《孙子兵法》摆放在书架显眼的位置上，为什么呢？当然，中国人在西方人眼中，某个人的“强”被他个人垄断，而“差”被所有人分担。

我，只是个陌生的、无辜的分担者，眼前，这样的分担者是需要低下头的，尔后在漫长的寂静中强大起来，如果是这样，我会叩谢歧视带来的挑战，并期待即将出现的伟大；那么只剩下我最担心的，最无法面对的原因——尘犯下的又一个错误。我不自觉的瞪着今天所穿着的衣服，它们软塌塌地盘踞在沙发靠背上，那瘦小的黑色西装外套，瘦长的黑色裤子，堆放在角落中的黑色尖头漆皮鞋，我不由自主地摇了摇头，面颊发热，也许老头是对的，也许。

第二天，学校重新分配毕业创作的空间，对所有的学生而言分配空间是件大事，所有人都会如跑马圈地一样争夺对自己最有利的地盘，大小、采光、私密性都是需要被考虑的因素，于是，三年中同学间稀少的争执时刻出现在那一天。往日同学间很少争执，因为大家处于平行艺术创作状态，毫无交点，所以一切都看似完全公平，而在这之外呢？稀少的几次考验便导致了伟大艺术家们的混战。

那天我去的很晚，没有争夺，不因高风亮节，只因为我已经拥有了Green Park 的奶酪空间，我很高兴我不用和他们挤在一起走过三年大学生活的最后时刻。当我到时，混战基本结束，只剩零星交火，平时要好的朋友撕破了脸，只为争夺一个靠窗的离过道较远的空间。她们互相攻击着，甚至把话题扯到了：我知道昨天晚上你被谁睡了！婊子！

我记得，你们曾经要好的手牵手，甚至穿相同的裙子和丝袜，而现在，你们会感到难过吗？我欢喜着，只为看到了真挚，那让我心神愉悦。从前，同学间的英国式礼节压抑了我太久太久，我不止一次的怀疑他们是否真的存活着，他们总是那样的甜美礼貌，而我看到的却始终是一张张鬼面。曾经的一切是虚伪吗？难道虚伪不单单只属于中国人吗？

原来中国人和英国人是如此惊人的相似，可能唯一的区别就是：英国人的虚伪隐藏于思想中，隐藏于切实可行中，隐藏于某种爆发力中；而我，中国人，虚伪粘在脸上，唇上，和别人的思想中。

半小时后，风平浪静，大家开始收拾属于自己的新地盘，有人愤怒，有人窃喜，有人无奈，有人沮丧，有人平静，而仅仅半小时后，所有人都是平静的，甚至包括先前吵得不可开交的她们，“有胶带吗?”被骂婊子的女生问骂她婊子的女生。“有，……”虚伪再次隐藏于平静，或者，平静隐藏于虚伪，不管怎样那些都是伟大的。

更加伟大的是对面楼的厨师女孩，你也是最后一年吗?你们专业也同样是三年吗?你的辛勤耕耘即将收获什么?一个美味的草莓蛋糕吗?

“你，窗口的那个人!”

杰夫的声音，我慌忙地转过头。

“你找到自己的空间了吗?”

“……呃……没有……我来晚了……”

“天呀，你不打算毕业了?”

“你忘记了，我租到自己的画室了，和你说过的。”

“那不管用了，毕业创作你最好留在学校完成，我们需要随时见到你的作品，懂吗?……跟我来……”

他摇着头，走在我的前面，我小心翼翼跟随着他，刻意地在两人间保持了一定的距离。我们穿过了几间画室，几个隔断，七拐八拐走进了一个宽敞明亮的独立空间。

“这是去年一个研究生的工作室，一直空着，现在你用。”

“我用?”

“还有!”他指着堆放在工作室墙角的一堆绷好的大画框，“给我把那堆见鬼的东西处理掉！那是之前的那人没搬走的。”言外之意是我可以使用它们。

“好的。”

他点了头，准备离开。

“John Milton……找到了?”他突然发问。

“……找到了……”不知为何，我撒了谎。

“在我说的那家书店?”

“……是的……”

“是吗？……”他扬了眉头，撇着嘴角，将信将疑地离开了。

而我，不知所措地站在原地，计划着自己是否真的应该去把这个微不足道的谎圆了，其实就算没有这个小小的谎言我也应该回去，为一个更加微不足道的真相。于是放学后，回到住处，我特意打扮了一下，在镜子前我让自己看上去像一个学生，而不是摇滚明星。

我本不是迎合者，处处都不是，怎么瞬间就是了？而这个瞬间的跨度有多长？从坐上地铁到与他面面相觑的跨度？还是我幼时见到结局到死前变成结局的跨度？迎合者坐在开往 Holland Park 站的地铁上，忽明忽暗的车厢上下颠簸，压死多少老迈的走避不及的老鼠？不知道，但是可以肯定，因为好奇、贪食，被铁轨电死的年轻老鼠会更多。

一路我都在为自己鼓气，直到再次站在那一列书前，它们是否是伦敦的唯一已经不再重要了，此时，我只想知道当我搬下那本书后会发生的故事。今天那老头没有及时出现，至少他没有像昨天那样笔直地站在柜台后面，那同样令我感到迷惑，他的年纪、腿脚，整个书店中没有一把椅子……

书，已经在手里了；我，在等你。

书，拿在手中的分量恰到好处，封面皮质柔软；纸，手感极佳，虽发黄，却厚实、凝重；字，清晰，排列工整，大小适中；诗句，豪迈、力量、神圣。

书，第一页已被我看完；你，为什么还不出现？

“放它回去！”近乎被熟悉的声音。

我没有照做，书被紧紧持在手中，对视，希望借此找回点颜面。而他的神情较昨天萎靡了，眼中的盛气凌人呢？

“我就知道是你……”虚弱的声音……“我正要打烊，请快些离开吧……”他语速慢了，停下了，只是重新上下打量了我，迟缓的，之后是更加迟缓的步伐，一步步地靠近。看得出他的吃力，也同样看得出他在硬撑，挺直的脊梁和颤抖的右腿，无比的戏剧性，他是不是犯病了？我想。我以为我会为此开心，但我却在担心。足足一分钟他站在了靠窗那侧的书架前，似乎在寻找着什么。

“放回去吧……这里有一本你要的……”有气无力的话语。

我迟疑了一下，再次顺从地将那本古董书放回原位。

“给，你拿着。”那书对于他太重了，他勉强将书抬起，握书的手仅仅和身体成五十度角。我快步上前，接住了它，一本综合了很多现代诗人的合集，新书。我低头翻看着目录，有三个人出现在杰夫所列出的名单中，但是翻找到那页才知道，每人只有一两首诗，这和能够系统、深入研究的要求相距甚远，然而我并没有将这本合集中的弊端告知这位老头，尽管他依旧在低估我。

这次，我花掉了16英镑，买下了那本几乎对我没有帮助的书，或者帮助是有的，我在帮助我们，或者是我今天的衣着帮助了我，一点点的进展……而他始终无力地低垂着眼皮，很少注视我，不时地半弯下腰用手在右腿膝关节上揉搓。也许他只是身体不适，找个方式打发我离开而已。我该离开吗？还是就在今天彻底地搞明白，那样就算没有搞到那本可有可无的伦敦唯一，我也可以不必再出现在这里了。

“你走吧……”一句催促，一句命令，我再次听话的离场了，打消了之前继续发问的念头。

我不理解的人太多了，包括这个英国老头，一个系着暗红色绸缎领结的老头，他的脸上有个未知的X，那让我走出店门十米后回首都看得清楚。他从不和光顾自己书店的顾客道别吗？还是道别只在我身上被省略？我把书小心地放进了双肩背书包，那让我看起来更像一个学生，而这可能仅仅是为了迎合，我只是想让这个也许是伦敦最古板的老头看得起自己，不管他是否值得。

那天我是走回家的，顺路绕进了Selfridges，去见了英裔黑人——克莱克奇。他，圣马丁服装设计系二年级的学生，在这家伦敦最大的百货公司上班只是兼职，现在的工作是为Vivienne Westwood站柜台，而一年前他曾是Dior的销售，我们也是在那段时间相识的。他身上吸引我的有两点：圣马丁和乐观。印象中他总是咧着嘴笑，笑对他在那里结识的所有人：像耶稣基督的大胡子嬉皮，性别难辨的异装癖者，和我……他穿自己设计的破衣烂衫，但自我感觉出奇良好，他会在自己的西裤腰线处裁出一条大口，露出卡通内裤，他还故意将那口子裂开，让我看他那天所穿内裤的图案。尽管这一举动多少让我感到不适，但是他的辛普森先生和儿子给我留下了深刻的印象，而辛普森……也让我想起了南希。

我不喜欢 Vivienne，但是我更不喜欢每次和他开怀交谈后，他微笑目送我离开的时候我手中没有提着 Vivienne，于是我总会买些小东西，我不知道那对于我们来说有没有必要，因为无论我买与不买他看上去总是开心的。而那天见到他，他却少了平日里的笑容，一脸沮丧，僵直地戳在几个塑料模特之间，若有所思，见到我，他勉强地笑。原来他休学了，他告诉我是因为没钱付第三年的学费了，我想可能也有其他原因，例如一边打工一边完成第三年的学业是很困难的，更何况还是在圣马丁。

他苦笑着对我说："现在好了，我转成全职了，薪水高了很多，就连分红、提成都比从前高，我想很快就会凑齐学费的。"

"你们一年的学费到底多少？"我问。

"其实不多，两千多一学年……"

"……也好，以后每次来我都可以见到你了，我没事就来找你聊天吧！"

"是啊……"他苦笑道。

"放松点！反正你们这里总是很悠闲的，站站转转，和你的朋友们聊聊，一天就过去了，钱也赚到了……"我不知道这算不算是对他的开导。

而他笑着摇着头，嘴里嘟囔着："我可不能这样……"

寒暄，在寻找话题上我比平时主动得多，我在试图让我们两个都开心起来。十五分钟后，我离开了。

走出不到十步。

“对了，我记得你之前说你要去刚果金，去了吗？还说要给我看照片的。”他突然叫住我。

我定在那里，背对他足足五秒钟，随后转过头，告诉他我没去。

记得那天从他手里买了双袜子，红绿花的袜子。于是在回家前自己的背囊里多了本一辈子不会看的诗集和双一辈子不会穿的袜子。很多以为一生不会改变的东西，不知不觉间被改变得彻底。小时候我曾以为一辈子都再难过上天天都喝得上可口可乐的日子，然而现在呢？我只喝茶；四年前我以为一辈子不会穿的袜子，在这个冬天跳了出来陪我过冬。所以并不是什么都有可能发生，而是什么都发生过，它们只是在等。

第二天，那家书店打烊。第三天也是。那天人体课上，模特又是扶美。

阴雨周末，我再次出现在陈旧不堪的书店门口，精心设计后的随意着装，再次化身为了献媚者。老头店开了，他再次精神抖擞地站在了那里，看到我后，再次皱了眉，他依旧没有让我碰他的那本《John Milton诗歌总集》，只是冷冰冰地介绍其他的书让我挑选，我跟在他身后，他走在前面，指着这本，指着那本，那些是我可以买的，至少是他给我的选择。就这样，他所指的书，统统被我收入囊中，其中包括一本《狗岛》，当《狗岛》出现后，我意识到John Milton近了。《狗岛》，我是知道的，对小说的大致内容也有所了解，但是显然我没有能力完成对其英文版本的阅读，我只是把它搁在手边，不去翻阅，却已经开始构思自己第一单元论文的架构了。那几天我开始问自己一个问题：John Milton对你有什么特殊意义吗？老先生，从前John Milton对于我只是个影子般的人物，我不知道他写过什么，做过什么，就好像莎士比亚，伟大却仅仅伟大。于是我开始搜寻关于John Milton的一切，通过互联网和一般书籍中对诗人们浮皮潦草的简介，支离破碎的John Milton渐渐汇聚成型，而雏形中那若隐若现的自由意识、抗争性、从神性衍生出的破神性等等令我开始明白John Milton也许是值得被老先生如此维护的，而对单一一人一物的维护似乎很广泛的出现在身边中老年英国人当中，例如杰夫的梦露，例如某个老蓝领所拥护的球队，例如南希的辛普森……

"为什么总来？"他问，同时为我用钴蓝色草纸包裹着我购买的几本书，那是第一次。

"我导师让我来这里买书的，他给我开了一个名单，告诉我这些书会对我下一篇论文有帮助。"

"名单上有这几天你买走的书吗？"

"……还没有……"

"给我看看你的书单……"命令式地口吻。我恭敬的快速翻找出来，递给他。他看了看，不以为然地递还给我，继续问。

"你导师是谁？琳达？艾利克斯？杰夫？还是……"

我来不及吃惊，"杰夫……"应和着。

"什么内容？"他问，此时书已经被按照最古老的手法包裹完毕，端正的放在柜台一角。

“什么?”

“你论文的内容!”他注视我，毫无表情酷似审讯。但是我已经意识到了他兴许是打算帮助我，这让我喜出望外，而我更需要以同样冷酷的方式给予回答，这是我在这里学到的唯一的与老年人相处的伎俩。

“诗歌与艺术之间的关系，现代诗歌与现代艺术之间吧，我是这么理解的。”

“John Milton 算是现代诗人吗?”

我摇头，不是或者不知道，那是两个意思，中国式的狡诈。

“你不知道!”他拆穿，最直接的。

我有些尴尬。

“嗯，今天你买的书至少有两本是用不上了，还给我吧!”说着，他小心翼翼地拆开了之前精心捆缚的包裹，取出了两本书，规整地放在了柜台的另一角，没有更换新的包裹纸，只是用同一张纸同一根绳将包裹复原。

“我可以问个问题吗，先生?”我问道。

“请讲。”

“之前您给我推荐的那些书……”

“怎么?”

“您怎么知道是我需要的呀?”

“那么你需要他们吗?”

“……呃，还可以吧……”

他严肃地摇着头，“你一本都用不上的。”

我微笑着。

“那些书，是我不需要的，卖不掉的，对我没有意义的书。”他说。

我依旧在笑，我不明白本应该是他感到尴尬的事情为何令我坐立不安，以致难为情地笑着。我笑了很久，直到我意识到再笑下去才是更大的笑话时，我决定以另一个问题化解。

“先生，可以再问一个问题吗？”显然眼前是个发问的好时机，不知是我创造了这个满足我好奇心的机会，还是杰夫创造的。

他的表情说：当然。

“为什么不让我动那些书，John Milton 的书，尤其是他的那本诗歌总集……”

他没说话。

“是因为……John Milton 趋于一个民族英雄吗？……或者他作品的某种神圣气质？”

很明显，对如何作答，他还是考虑了片刻的，“你能看出那是本老书吧？确切地说它在伦敦大火前就已经在那里了，我们店里有十八本书是不卖的，只偶尔会外借一下，借给熟悉的出版商或者熟悉的古书爱好者，那本《John Milton 诗歌总集》就是其中之一。所以不是你，而是所有陌生人，都是如此。”

我恍然大悟，看来我没有那么特别，这让我兴奋不已。

“我还以为……是因为中国……”

“不是……我问你，为什么那么想要那本《John Milton 诗歌总集》？”

因为我得不到，那是实话。“因为杰夫，我告诉他我已经从你这里买到了……”

“你这么告诉他的？”

“嗯……”

“他相信吗？”

“可能不……”

“是一定不。”

“他知道你最多是借到，而不是买到。”

这样的答案让我瞬间懊恼不已，而他洋洋自得地继续介绍着那本书的来历。

“那本书，可以说伦敦仅此一本……”

“为什么？”

“要感谢伦敦大火和这间书店。当时这一带有很多书店，都被烧没了，就这家完好无损，知道为什么吗？”

我摇着脑袋，而他一反常态的积极了起来，“跟我来……”尽管还是命令式的口吻。我们一同步出门口，站在便道的最外侧，端详整个书店，良久，“看，它离旁边最近的一栋房子都相隔十五米以上，这就是为什么只有我们家的书店完好地保存到现在。”

“你们家？从17世纪？”

“嗯……”一声低沉的回应后，他似乎陷入了短暂的沉思，随后莫名其妙地撇下了站在门口继续仰望的我，兀自走回店里。我一个人干巴巴地戳在街道上，没有紧跟他的脚步，在外面耽搁了一会儿才再次轻轻推开店门。只见他身体僵硬地扶着柜台，目光呆滞地注视着前方。

“先生……您没事吧？”

“我很好！”

“为什么不坐下歇息？”

他为此沉默了好久，之后他抬起手，指了指掩藏在层层书架中的一道绛紫色木门，“我要休息会去那里，外面？不可以的……”

其实这不算一个回答，或者他在回答我另一件比为什么没有椅子更重要的问题——传统。如果真的是这样的话，那么他当真太过刻板且值得尊重了。

他依旧用双手勉强支撑着身体，靠在柜台上，他把重心慢慢地移向左手，腾出右手，挥了一挥，“你可以走了！拿上你的书！我……真的要进去坐一会儿了……”我点着头，到柜台，结账，取书，装包，转身，一言不发，我不知道是否该道出：保重！他需要吗？我需要吗？不……没有人需要，尤其是这么一个站不住都不愿意坐下的英国老头。想着我低声道了一句再见，随后向门口走去。“你的名字是什么，中国人？”

一个巨大的问题！让我飘飘然地回过头，注视他，却不知道如何回答。

你的暗红色格子很好看，
你的领结很好看，
你的书店很旧，也很好看，
你的书店周围在燃烧，
但这里却冰冷，散发了四百年的寒气。
我该回答的是什么？
对了，我的名字，
很好回答，
很好回答，
问题是：我的哪个名字？

哪个名字?

我的哪个名字？我怎么会忘记我现在用的名字，这不可能，这没道理。我的恐惧呢？当务之急，我要先找到恐惧，让它来寻得我现在用的名字。

名字？我总在害怕，那害怕却从没有指向。我曾被名字欺骗，随后我再用更多的名字去欺骗别人。尽管大多数时候，一个陌生人名字的真假对于旁人无足轻重。

十几年来我用过太多的假名字，太多的假身份证，那让我感到空前的安全，我从来不出错，从来不。我谨慎地整理那些不属于我，或者永远不适用于我的名字，让它们出现在应该出现的地方，在不同的人面前，在不同的无足轻重的表格上，从不矛盾。

然而在2008年7月的一天，我第二次犯错，我意识到了某种良性的懈怠在萌芽。在一次信用卡结账后的签字中，我不慎签上了一年前用的名字，于是在几个服务生的注视下，我堂而皇之的把那个本应该被遗弃的名字涂成了黑球，在旁边，签上了现在所用的名字——弛。

弛，就读研究生时所用的名字，起初只是为几个身边的台湾人准备的，其中一个三十有余的台湾人和我走得很近，我们一同去听讲座，探讨他的艺术，我的艺术……而每次他呼唤我的名字——弛，都会让我片刻的羞愧难当。终于，在最后的研究生毕业展中，作品下方的标签上不得不出现的真名让他明白了一切，他沉默了片刻，没说什么，在毕业展后永远的消失了。

斌，预科时的名字，我爱这个名字，因为它本来的主人。

超，是我刚到英国时用的名字，为那些在语言学校一直叫我大哥的蠢孩子所准备，对于他们这个名字或许是多余的，而就算他们这样称呼我，我也不会感到丝毫愧疚。

还有太多太多，不单是在英国，在中国，它们被我更广泛地使用着。我不犯错，我不犯错，我时时刻刻地警醒自己，在深夜我倒在床上，把我在不同人面前的不同身份区分、归类，在学校旁的步行街上，当有人在人流中大声呼喊我某个令人作呕的名字时，我会毫不迟疑地转过头，自然地走向他，没有破绽。

但是我从来就不知道我为什么要这样，甚至那伟大的结局，它也从未明确地知会过我。

于是，

我不犯错，

我不犯错，

我不犯错，

随时随地，

随时随地。

“你的名字是什么？中国人，我还不知道。”

莫名的力量来自这个摇摇欲坠的老头。老头，老头，永远让人无法拂逆的老头，尘乱了，我现在叫什么来着？随便说一个？不，他认识杰夫的，两个老头的威慑令尘更加胆怯，我叫什么？

迟疑中，真实呼之欲出。

我在拖延，他吃力地站在那里等一个也许微不足道的答案，我再拖他一拖他可能就不打算听了，再拖拖，他可能就摔倒了，晕厥了，也许就此死去了，如此，我就不必回答，我还可以把那本书拿走……可他还在坚持，那坚持让我不忍，终于，不忍大声回答："尘"。

"尘……"他重复了我的名字……摇着脑袋，嘀咕着：要想这么久吗？转身向幽暗的书丛后走去。

消失的 Jihad

论文在继续，但进度缓慢，通过每一次分组研讨，我都会知道自己是最慢的。同学们所研究的课题大多新奇、深入，他们所研究的诗人闻所未闻，那让我感到压力，一个又一个让我紧张，我在担忧自己的深入程度，我在担心自己的论点是否新颖，甚至我在怀疑自己的研究对象。我是不是不应该把注意力放在二百年前的诗人身上？活着的诗人似乎更贴切于现代艺术。于是乎太多的不确定衍生了不自信，在小组间朗读自己的初稿时的全体宁静让我感到挫败，我在诵读经文吗？窒息的神圣。

焦急中毕业创作开始了。初稿阶段，搜集资料，照片，草图，文字说明中更多的理论支点，每个理论支点再有更多支点，直到，支点丛生犹如刚果雨林。如此，白天，我在自己的空间中书写，在校图书馆坚持搜集工作，夜间回到奶酪房勾画草图。如果回去的较早，Jihad 夫妇依旧会热情地邀请我共进晚餐。

那段时间是劳顿的，和所有进入大学最后一年的留学生一样，睡眠短暂而又艰难，似乎倒在床上准备入睡时才是一天中最清醒的时刻，睡前的点子最多，于是永远没有睡前，一次次的起身去实现它们，验证它们的可行性，或者仅仅是单纯地记录。我爱睡前，几分钟，几秒钟，总是带给我惊喜，带给我第二天的方向。

凌晨三点半，我再次睡在了自己的画室里，雨很大，声很大，思维敏捷如窗外漆黑夜空中时而劈落的闪电，需要出现在画布上的内容和需要出现在论文中的话语纠缠在一起同时出现在脑子里，还有更多繁复的可以被称之为垃圾的影像畅游在它们的缝隙中，有身着“白楼”字样T恤的刚果金男孩，他出现的速度比那闪电更快；还有卖书的老者，朦胧，缓慢，柔光效果；古巴女孩和雅缠绕在一起的裸露的身体，还有更多，更多……我坐起身，走进卫生间，用带有浓浓锈气的自来水使劲搓洗着自己的脸，抬头，镜中人的眼圈漆黑。

突然，隔壁传来了争吵声，女人凄厉的尖叫，指责，阿拉伯语，是Jihad的妻子。那让我感到奇怪，她从来都是个顺从的女人，她是少数几个在伦敦出门还会遮面的沙特人，我知道那是为Jihad。而现在她的大声抗争和种种失常的表现是为了什么？难猜。听得出Jihad只是低声地反驳着，声音很低，低到险些淹没于窗外的雨声，否则我一定会以为Jihad的妻子在对着电话咆哮。大概二十分钟，声音低了，听不到Jihad的声音了，再十分钟，争吵声被更加嘈杂的窗外音覆盖。难道他们的店又被抢劫了？听说最近杂货店屡屡被些伦敦街头少年洗劫，Jihad的时运会如此不济？

平静的第二天，我回奶酪房很早，为了明天下午的汇看，整理已经被整理多遍的材料。晚饭时间到了，没人来敲我的门。

汇看，就是指在创作开始后，每隔一周或者几日就要在全体同学与诸位导师面前毫无保留地展示自己的进度、创作内容的完善与深入，但是大多数人还是有所保留的，伺机一鸣惊人者太多了，然而分寸很难拿捏。如果过程中表现得过于轻率敷衍，就算半年后的成果何等惊天动地也是枉然，艺术创作的过程在这里被无限苛求；而在每一次汇报中大谈理想主义，大谈概念，把搜集的资料堆满整个讲台的人，如若创作成果差强人意，让导师的期望落空，那么分数也是极低的。所以大家都十分谨慎。

法国来的艾拉，在研讨中，你在什么地方是个理想主义者，什么地方又开始强调严谨的理论架构，什么地方夸夸其谈、漫无边际，什么地方小心谨慎、决不许诺？……我细心地观察、记录，不敢有任何差池，找到每个极力让自己与众不同的人们中的共性，演讲技巧的共性，创作内容的共性，礼节的共性等等，面对最终的一次创作课题，几十人中唯一一个黄色的小人儿淹没其中，苦苦摸索着看似高深却近乎白种人本能的沟通方式，苦苦寻找看似无影无踪的共性。几个小时，台下，身旁，有人玩弄手机，有人窃窃私语，有人干脆离场，共性何在？连众人的表现都是如此……而我只是始终没有转移对台上演讲者的注意，不敢转移。我紧张，害怕，这情绪的力量想必可以盖过整个阶梯教室中同学们不安的总和。

终于在不懈努力下一条乱窜的主线放慢了移动速度，直到停下让我看清，那是唯一被我理解的共性——顺利地毕业。

我爱这唯一的共性，当我被同学们缤纷四射的个性和创意扰乱视听从而迷失之后，我有如神助般回到了思想与动机的原点，那是何等幸运！

其实，大多数人为了安全，都在说废话，什么都说，只要和结果没什么关系，为的是迷乱导师，让导师对最终的创作成果无法设想，没有任何预期。导师最后的打分其实更多的时候，不是打给作品本身，而是自己的预期，他们大多在最初阶段就能够给每个人打分，耗到最后，只是为印证自己犀利的眼光与无聊的判断力。那么最终的成绩属于谁？我还是他们？显然，这不是我应该思考的问题，我只是像台记录机器，因为迷茫于是不敢遗漏，保持高度紧张地等到了当天汇看的最后，而由于同学们太多的废话，时间被无限延伸，当天我没有机会上台陈述，只得保持那高度戒备的神经至第二周的加时部分。我捧着没有用上的厚厚资料返回了 Green Park，无意中发现楼下 Jihad 的杂货店挂出了停业的告示，只是停业并没有注明何时重新开张，这让我感到疑惑，这不像他们，绝对不像。沉思的脚步迈上了二楼，发现他们的门上贴着一张小小的纸条，写着：

我们要很久才回来，不要等！

Jihad

他们走了……

他们走了，不知道什么时候回来，他告诉我不要等他们，那么那会是多久？我怅然若失地站在他们的门和我的门之间……该死！我从沉思与惆怅中骤然醒觉，我有不少东西都放在他们那里了！

当晚我给房东 Shaleeh 去了电话，电话响了很久，才被接听。

“Shaleeh，是我，我想问问你明天会过来吗？Jihad 外出了，我想会走很久，可是我有些东西放在他们那里了，他们可能走得很着急，没有还我，你那里有他们的钥匙，对吧？”

“什么东西？”

“几本从学校图书馆里借的画册，Jihad 太太说喜欢，我就借给她看了……”

电话那端沉默了片刻，思量。

“我可能过不去……至少这两天过不去……我这边……有事情……”他变得吞吞吐吐。

“……迟几天如何？”

“好吧！”

又是几秒钟的缄默。

“我可以问问，Jihad 夫妇去哪里了？他们没事吧？我想如果有人知道，那么就只会是你。”

他生硬地笑，某事被隐瞒了，“说是回老家一段时间，其他的我也不太清楚。”

“……哦……”诧异，难解，我甚至有种感觉，房东是不是把他们杀了？

在要挂断电话的刹那，Shaleeh 突然嘱咐道：“这两天如果有人来找 Jihad 他们，就告诉他我告诉你的，让他不要等在那里，如果有什么特殊情况，麻烦你及时给我电话。”

挂断电话后，一定是房东 Shaleeh 把他们杀了，我想。

于是我战战兢兢地回到了 Jihad 的房门前，借助走道里的褐色光线，细细查看是否有血水从门缝中渗出。我心神不宁，游魂般的思绪不受控制地停在 Jihad 的家门前，那晚我什么事情都没有做。

第二周，我的研讨部分在波澜不惊中度过，没有过多的喝彩，只有完结时杰夫一人鼓励性的掌声，尴尬地回荡于耳。

结束后，杰夫不动声色地示意我留下，我兀自坐在阶梯教室的一角，等待他打发其他提问的同学离开。待同学散尽，他招呼我跟他去办公室，依旧一前一后，依旧五米以上的距离，依旧沉默不语。

在杰夫的办公室门口，他示意我停下，“你不用进来。”说着关上了门，没过多时门开了，他递给了我一个牛皮纸袋。

“阿瑟让我交给你的！”

“……阿瑟是谁？”我随手接过纸袋，却不解地问道。

“天，你不知道他的名字么？”

“谁？”

“你在他那里买的书，他没有告诉你他的名字？”

“……好像从来没聊起……”

他诧异的神情转瞬即逝。

“他说你可能用得着。”

“什么？书？哪本？”

“你说你已经买到的那本。”他笑着说，笑也转瞬即逝。

我尴尬地笑。“送给我了？那本《John Milton 诗歌总集》？古董书？宝贝呀！”

“我怎么会知道？”

“你见到他了，阿瑟？”

“嗯……你觉得他怎么样？”杰夫反问道。

“……顽固，”那是我想到的唯一的溢美之词。“……对于我，任何一种顽固，我都尊重！”

“他这两天怎么样？”我问道。

“他住院了……”

“为什么？”

“糖尿病，挺严重，恐怕一条腿保不住了……”他冷冷的，而我好事地在他眼中寻找什么，却没找到什么。

我轻咬下唇，点着头，用冰冷回应了他。我的冰冷是真诚的，而他的绝对是伪装的。

“原来是这样，难怪他舍得把他这么宝贝的东西送给我，帮我谢谢他，如果这两天你再去看他。”

“……以后，还是……你自己向他道谢吧……”

这句，他的回答，不连贯，倒是最坚定的。

眼睛里，捉迷藏的游戏延续与结束。

“今天没有时间了，我要开会，过几天我要找你谈话。”

我紧张地问：“关于什么？”

“刚才听了你的报告，问题很大！你先别动了，去写论文吧！创作过几天咱们谈完再继续！”

破损的牛皮纸袋上，完美、规整的花体英文，给：尘。我思量着，那是我拥有的第一本古董书，将它兴奋地紧握，直到自己的工作室。在将那牛皮纸袋拆开前，我甚至去洗了手，用剪刀缓慢地沿纸袋最边缘剪开，尔后我的手，如深入女人体内的妇科医生的手，任性的、严谨的，之后，新的生命。当我手捧那本《John Milton 诗歌总集》时，我感慨道，阿瑟是吗？你是个好人，一个完整的、单一的人，显然你压根儿不认为自己会死在手术后的病榻上，于是你将你的近乎病态的顽固贯穿始终，但正如我说的，无论哪种顽固，我都尊重。

感慨着，楼下的门铃响了，一定又是他，于是我轻声放下了手中的书，那本再版的，崭新的，属于 John Milton 与阿瑟的书。

躲儿子的人的儿子

那段时间，由于课业忙碌，我一直住在 Green Park 的画室中，周末也不例外。而几日来画室附近出现了一个身着破旧军装夹克的徘徊者，魁梧、满脸胡须的阿拉伯人，神情迷离呆滞。出门时，他斜靠着路灯啃肉卷，注视我；进门时，他瘫坐在街对面的长椅上，注视我；站在楼上向外张望时，他站起身在方圆十几米的范围内闲逛，舒筋活络的同时注视着我们的房子。他的注视是不易察觉的，那更加让人担忧。他会小心翼翼地穿过马路，站在画室楼下的大门前，站上不到半分钟，再退回马路对面，他的一系列举动让我不安。恐怖分子？来找房东 Shaleeh 报仇的？

周日，我慵懒地躺在十一点钟的床上，没有睡意，却不想起床。门铃响了，我照旧没有理睬，没有人会来找我的，而且平时去应门的都是Jihad夫妇其中的一人……一分钟也许更久，铃声再次响起，只是短促的、试探性的，依旧被忽视。直到它在数分钟后第三次响起，我才懒散地趿着鞋，穿着巨大的浴袍，踱到楼下，将门轻轻敞开一条不到十公分的缝隙，向外张望。来人很高大，满脸胡须，是那个阿拉伯人，我戒备起来，“找谁?”

“请问……Jihad住在这里吗？还是我找错了?”他生涩地说道。

我迟疑了片刻，没有因为紧张而撒谎。

他沉沉地点着头，沉默了好一会儿，“他们现在在吗?”他的语气婉转客气。

我摇着头，“他们不在……”

“……哦。打搅了。”

“嗯……”在不失礼的前提下，我快速合上了门，考虑着这算不算之前Shaleeh提到过的特殊状况。

站在窗口，他不在了，我安心了。灰蒙蒙的天，小雨是他消失的原因吗？希望不是。

第二天傍晚，他再次按下了门铃，我不想回应，于是再次上演：犹豫的一次，迷茫的两次，无奈的三次，他按铃，我开门。

“你好!”他主动打了招呼，我突然意识到，在阿拉伯人当中他的英语相当纯正，于是乎戒备的程度降低了。

“……Jihad回来了吗?”

“……没有。”

“那么他妻子呢？她在吗？”

“不……不在……”

他皱了皱眉头，继续问道：“Shaleeh 呢？他住在这里吗？”

“Shaleeh 住在别处……”

他无奈地点着头。

“哦！对了，Jihad 是我父亲……”

这倒让我颇为惊讶。

“可以让我进去吗？”

“……可以，但是他们的门是锁着的，你有钥匙吗？”

“没有……让我去看看……”

我同意了，Jihad 的儿子，去看看又何妨？他真的是 Jihad 的儿子？我小心地敞开了门，让他进来，狭长的楼梯口处，我刻意地一个闪身，示意上楼的时候他走在前面，随后跟着他上了楼。

“哪间？”他站在两道门之间问。

我冲 Jihad 的房门扬了扬下巴，目光却没从他的脸上移开，而自始至终都和他保持着一定的距离，尽管空间狭窄。

他盯着门，良久，伸出手，轻推……再用力，旋转门把手……几个反复，他失望地罢手了，“你是他们的邻居吧？”

“是……”

“你知道他们什么时候回来吗？”

“说是要很久才会回来，回老家了……不太清楚……”

他开始显得有些急躁，皱着眉问：“他们有没有留下什么口信？他们应该知道我会来的。”

此时我才意识到，Jihad 贴在门上的纸条不是留给我的，而那纸条却早已被我揭掉了，我该怎么告诉眼前应该被确定是 Jihad 儿子的人那纸条上的内容呢？于是我婉转了纸条上的内容："是的，他们给你留过话的，说，让你先回去，他们要外出很久，说是有急事，回来会联系你的。"

他听完，只是看着我，脸上织绘着复杂的情绪，周身散发着莫名的气息，让我浑身不适。他叹气，很长的气。

"他们，什么时候走的？"这句很硬，像迎面砸来的冰块。而我不知道如何回答，就是几天前？那是实话，对他也许是穿过胸膛的利刃。好几周前？那是假话，如此，他不会认为自己的父亲因为不想见到他而出走，这样，没有利刃，没有伤害。

"走了有一个月了……"于是。

"真的？"他的目光中闪烁着喜悦。难以置信吗？

"……真的。"是假的。

于是他收敛起先前表现出的不悦，平静地准备离开。

"对了，你有我父亲的手机号码吗？"

"呃……没有。"我撒谎了。

"那你总该有 Shaleeh 的电话吧？"

"没有……"我又撒谎了。

"他是你房东，你为什么没有他的电话？"他凝重地问道。

"……Shaleeh 呀？有的。你认识他？"

"从小我就认识他！"

"好吧，你稍等……"我说着退回房中，取出手机，回到走廊，按照手机中储存的 Shaleeh 的号码，慢慢地念给他听，00447721……他用手机记录着，粗糙的手，很老款的诺基亚。

“谢谢……”他说着，下楼了。我送他到门口，将门合拢的瞬间，他向我再次确认了他父母离开的时间。

“是的，确实是一个月前……”谎言在继续，永远都不知道是否有必要存在的谎言。

记得那天他离开时已经入夜了，雷阵雨的天气，大雨中他把军装夹克蒙住头向 Green Park 地铁站的方向奔去。我关紧了窗，同时也关紧了很多东西，之后，下意识的开始寻找不知被信手放在何处的 Jihad 留给他儿子的纸条。终于，在肮脏的湿滑的洗手间地板上，湿透的纸条，湿透的：我们要很久才回来，不要等！

之后，平静地度过了浸泡在阴雨中的周二与周三，弥漫的潮气成为了忘却的催化剂，仅仅两天时间我几乎忘记了先前 Jihad 儿子的出现。直到周四，他狂躁地、重量级地提醒了我他的存在。

沉重的敲门声，伴随连绵不绝的门铃声，一反常态的急躁。是他！他刮了胡子，棱角更加硬朗、冷酷。他瞪着我，亢奋道：“他们是什么时候走的?”

他也许知道了，怎么知道的？我不知道，但，我知道，其父母离开的时间对他的特殊意义。但是当真如此重要吗？重要到愤怒地质问一个无辜的骗子？

我没有回答，雕像一样站在门口。面对来自沙特的震怒，我不置可否。

他抑制住自己的情绪，压低声音，“他们离开的时间，对我很重要，那代表他们的态度……我想你明白，所以……才会骗我。Shaleeh 在躲我，是不是他们也在躲?”

阿拉伯人的眼睛总是忧伤的，此时注视我的却无法形容，那是一种莫名的力量，令人无法隐瞒的力量，真主的力量?

“你出现的前几天……他们走的。”

瞬间，游荡于他脸上的期待、彷徨、真诚、愤慨……被清除了，只留冰冷刺骨，看着胆寒。同时他点着头，安静了。慑人的安静，我终于听到了路人的脚步声，车的声音，甚至有海鸥的声音。

我不知道再如何继续我们的谈话，如果这能被算作一次谈话，说什么?说再见吧，然后关上门，永不开启，至少不再为他开启。

“好了，其他的我也不知道了，就这样吧……再见。”我低语着，同时关上了门，而他只是保持冷酷的表情，直挺挺地站在门前动也不动。而巨大、放肆的黑门被我迫不及待地关闭了。

进不去的家门

一个半月之前。

也许是第十次，或者第十一次到 Jihad 的家里做客，所谓做客，就是三人围绕方桌共进晚餐，沙特式的晚餐，肉和肉酱等等占据大半个餐桌，那是他们夫妇的热情。他们喜欢在几乎只能容纳一张餐桌的厨房用餐，他们不爱点灯，所以不大的空间总是昏黄的，在我感觉那是温暖的却又带有几分落寞。我爱 Jihad 夫人调制的一种肉酱，酸、辣、咸、甜，各味都有，味道却不奇怪，不相互冲突。怎么做的？我问过，她只是神秘地看着自己的丈夫，由他来回答我的问题。她一贯如此，算是习惯，或者是所有阿拉伯女人的习惯。

“我儿子最爱吃这种鬼东西……”

儿子……这个词第一次出自Jihad的口中，我一直以为这一对年近五十的沙特夫妇膝下无子。

“我不知道你还有个儿子……是一个吗?”

“是的……他在利兹上大学，7月份暑假回来了一次，没几天就走了，那时候，你在南非……”突然他似乎意识到有些东西在我面前不便再被提起，于是住嘴了。

“……刚果金。”那是他妻子小心地纠正。

之后的二十分钟，和我交谈的是Jihad，他的妻子一言不发地轻声咀嚼着一小口土豆，她盘子里的食物很少，却被整齐地摆放着，一贯如此。

“你的儿子，他是学什么专业的?”我又挑起了那个现在看来不应再被展开的话题。

“……他会是一个医生。”

“很好的专业!”

“……是呀。”Jihad的情绪发生了微弱的波动，我却没能察觉。在三人沉默的一分钟里，Jihad夫妇焦急地等待着话题被更换，而我却在愚蠢地思考如何延续有关他们儿子的话题。Jihad用力切开盘中牛肉，吱吱……那是刀叉和盘子相互撕咬的声音。

“他在英国出生的?”

“嗯……”

“那他会有个阿拉伯的名字吗?”

“不，他只有一个名字!”

“我可以知道吗?”

“呃……当然……”他说着当然，却没有立刻回答，只是犹疑地把头转向了自己的夫人，两人面面相觑。这个举动令我感到好奇，或是说难以理解，不由得，多种猜测萌生。

“他叫乔治……”

需要想这么久吗?我想，却突然意识到这一幕似曾相识。在那昏暗的古董书店，阿瑟的提问，我的回答，事情都围绕着“名字”，令不同的人恐惧的不同的名字。当然，结果证明那时的我和此时的Jihad所迟疑的是同一件事情——是否创造一个新的人物。面对阿瑟时的我没有，不敢；此刻，面对我的Jihad却创造了，有什么比不敢更让人畏惧吗?Jihad，看来我们有相同的问题，我们都需要很多的名字，来遮掩曾经的种种难以言明的不堪，只是我把那千千万万个名字给了自己，而你却把它们给了旁人——你的儿子。你在回忆吗?回忆自己是否在我面前提到过他，你儿子原本的名字?没有，需要我告诉你吗?突然，我不再留意Jihad拙劣的编排，而是思考为何这一环节自己看得如此明白。Jihad，也许你的编排并不拙劣，只是观众更加拙劣而已。

乔治?哈哈，我想笑，却不是笑Jihad。

一个名字，一个人的被创造只需要几秒钟，随后他幽灵般飘荡于我们周围，他随时试图证明自己的存在，证明的欲望高涨，会让你感到他与你如影随形，然而你们却因各种巧合永远不得相见。

乔治这个人或者这个名字出现了，同时 Jihad 的结局也第一次出现在我面前，它凑过来同我轻声耳语，字字句句揭穿着 Jihad 的谎言，而我只是微笑地点头，向乔治行礼，向自己行礼。

咚咚咚！敲门声，更加巨大的敲门声，让我从刚才的回忆中猛地跳了回来。撞击声令我坐立不安，让我不知道如何面对，我在煎熬，求求你，离开吧！愤怒总会过去，在它过去之前，不要试图去毁灭更多。于事无补，于事无补。巨大的撞门声令一股寒气走遍我全身，外面的已是恶狼，我是第一只小猪，第二只小猪，还是第三只？第二只最伟大，第三只最狡诈……“开门！”咆哮着。我坐在过道楼梯的台阶上，用头狠狠地抵着墙，依旧默不作声。我想到了刚果金，何时更糟？在旅社仓库中避难时，还是现在？这一切是怎么了？我在做什么？我该做什么？报警！我应该报警吗？后果？什么样的后果？不，他是 Jihad 的儿子，我不应该这么做！于是我猛地站起身，向自己的房间奔去，翻出手机，拨打着房东 Shaleeh 的号码，心想这才是特殊情况。我等待接听，很久，没有应答，再打还是如此，如此连拨数次，都没有回音，直到，最后一次，对方直接挂断了电话，直到对方关闭了手机，我才彻底看清 Shaleeh 的那个阿拉伯式陷阱。我愤怒地将手机扔在地上，转身冲下楼去，门外的战鼓声是我脚下的节奏，我拉开了门，大声道：“你还想做什么？”那是第四只小猪，忍无可忍到可以吃掉恶狼的小猪，而他反而一愣。

“我……我要上去！我要进他们的屋子，我要进去看看，这不关你的事情！”

“你拿到钥匙了?”

“没有!”话音未落，他几个箭步就绕过我窜到了二楼 Jihad 的门前，紧接着，他猛地抬起脚，踹向房门，一脚，两脚，三脚……我没有拦阻，我没有那个本事让他停止，我也不想，只是他过激的举动让我非常不解，不解让我不会采取行动，我只是快步跟上来，站在他身后，安全地看，无奈地看。而他疯狂地嘶叫着。

多少脚?数数门上的泥脚印就知道，我想我会在 Jihad 夫妇回来之前，主动把它们擦干净的。那沉重厚实的木门，似乎没有太大损伤。渐渐，他累了，抬脚慢了，声音小了，喘声大了，他停了，转过身，面对我靠在墙上，我这才注意到他已经哭了。他还是个孩子。

“累了?”

他瞪了我一眼，没有回答。

“老房子的外门都是很结实的。”

他依旧没有回应。于是我背靠走廊坐在了地上，看着他。寂静的五分钟后，他蹒跚地向楼下大门走去。

“还不知道你叫什么?”我无力地问。他没有回头，没有回答。

“你叫 Eric 对吗?”我低声地问。

他高大的背影只是一顿，那是不易察觉的一顿。

Jihad 的自豪

也许是第十次，或者第十一次到 Jihad 的家里做客。三人坐在狭小昏黄的厨房共进沙特式的晚餐，我说我爱上了 Jihad 夫人调制的某种酱料。

“我儿子最爱吃这种鬼东西……”Jihad 这样告诉我。

儿子……这个词第一次出自 Jihad 的口中，我一直以为这一对年近五十的沙特夫妇膝下无子。

“我不知道你还有个儿子……他在上学吗?”

“是的……他在利兹上大学，7 月份暑假回来了一次，没几天就走了……”

“你的儿子，他是学什么专业的?”

“……他会是一个医生。”

“他太了不起了……”我赞许着。

而此时 Jihad 脸上流露出前所未有的自豪，在那一刻，那自豪也许是真的……

赤野扶美的最后一次出场

扶美的最后一次出场是在 2008 北京奥运开幕前的一周，北京一处餐厅。

“北京真的很热!”她说，却身着一件咖啡色斜搭肩毛衣。

“你把毛衣脱了就会好很多!”我无奈地说。

“我只穿了这件。”说着她把超长的袖子挽过了手肘，白皙的小臂多了淤痕。

“又是和谁弄得?”我注视着淤痕，略带嘲讽地问道。

“不认识……”她认真地回答。

我再次陷入面对她时才会出现的迷茫。注视她亢奋的笑脸，发现她衰老的速度如此惊人，二十五岁的她，再厚的粉底也已经遮盖不住眼角深深的纹路了。

“你知道现在来北京有多困难吗?”她神经兮兮地说道，同时翻出了一部薄薄的紫色相机，开始给我拍照。我不耐烦地用手挡住了脸，而她继续着。

之后的整整二十分钟她都在交代自己如何历经千辛万苦才在奥运前来到北京，而我几乎没有听进去，只是躲闪着她从始至终对准我的镜头。到后来，她打开了闪光灯，在昏暗的餐厅里，周围的用餐者不时因为强烈的闪耀愤怒或疑惑地转过头，而我只能对他们尴尬地笑笑，指指扶美，用中文向那些无辜的用餐者低声解释道：她是日本人。

“日本！我听懂了，日本什么……”她突然暂停了刚才的话题，问道。

“没什么……”

“日本人不能进来吗?”她兴奋地说道，眼中，神经质的光芒。

“……没有。哦……对了，你这次待在这里多久?”

“三天，后天就走。”她说着，继续闪光，我的眼前全是钻石般的白色晶体在颤动。

“你介意休息一会儿再照吗?”我忍无可忍。

“休息多久?”她郑重地问。

“……十分钟，十分钟就好！……呃，对了，别把照片放在你的 My Space 上!”我叮嘱着。

“嗯……”于是她从手腕上取下手表，放在自己的左手边，开始计时，待到十分钟一过，她的镜头又再次地瞄准了我，我只是无奈，毕竟这样的举动对于她并不是玩笑。

“你的地址是什么？还有，可以把你家里的电话号码告诉我吗？”她说着从手袋中找出一个厚厚的笔记本，退下别在上面的钢笔，将本子翻开到中间位置，双手递给我，双臂笔直。我接过本子和笔，发现我的名字，在大学时所用的英文名字已经等在那里多时了，我名字的上面、下面，全部是密密麻麻却工整的名字和这些名字的信息——地址、电话、生日等等，我把本子递还给她，“它太完美了，我怕毁了它，还是我说，你写吧……”于是她得到了一个错了一位数字的电话号码，和我从来不会去住的一处房子的地址。

她低头认真书写的瞬间是甜美的，“你想解决生理问题会去哪里？”她突然问道。

“什么？”

那晚分开后，又接二连三地收到来自扶美的短信：

我现在上了的士……扶美

我下了的士……扶美

我回到了酒店……扶美

我在想明天去哪里……扶美

我可能要先睡下了……扶美

我睡不着……扶美

我出去走走，我会小心的……扶美

我又回到酒店了……扶美

……

而我始终不予理睬。

第三天，再次收到了她的短信：我暂时不回东京了，再待几天。

她就一直这样，只是单纯地汇报着自己的行踪，不厌其烦，直到她在一周后，奥运开幕的那天离开了北京。抵达羽田机场后，我收到了她最后的一条短信：

回到东京了，一切都很好，请不要担心。

谢谢你在北京和我吃饭。

其实一直想说，真的非常想再和你做一次，哪怕就一次。

扶美和一个倒下的笑脸

她在所有发给我的短信后面都留下了自己的名字，那是她在担心我不知这短信是谁人所发，而她却记不清我们从不曾做爱，哪怕就一次。

杰夫的战争

那是什么？靠放在墙角，又大又扁的土黄色包裹，没有半点印象。我拆开了它，恍然大悟，一年前从某间画廊购买的一张梦露的黑白照片，本打算待毕业之后作为对杰夫的答谢。

看来它不能等了，你出场的时候到了，帮助我顺利地毕业，如果你有那个能力。我担心自己是否能够顺利毕业，但毕业后的何去何从，那更值得令人担心。皇家艺术学院是梦想，梦始自2002年我第一次进入它圣洁的校园；金·史密斯是梦想，梦始自2003年我收到它完美的宣传资料；中央圣马丁是梦想，梦始自戮多年前的一次炫耀，“我们学院和英国的中央圣马丁可是有文化交流的，前不久还安排了一次在网络上的学生互动，可是人家好像不太愿意理睬我们……”三个不同的梦想，始自不同时间，然而所有人都会猜到哪个会成为我最终的奋斗。

第二天，我拎着那梦露的照片敲开了杰夫办公室的大门，咚咚咚，功利色彩毁了一幅摄影，我却毫无察觉。

“天，那是什么鬼东西！”

“送给你的，礼物，你会喜欢的！”

“黑板？”

“摄影……”

“为什么送我？”

是呀，我竟然没想过这个问题，或是说，除了真实原因外我忘记了编造其他理由……于是好一阵儿沉默之后，“圣诞礼物吧？”

他伸长脖子吃力地看了看台历，那吃力也许是讥讽的一部分。“11月16日，有点儿早吧？”

我站在门口不知所措地干笑着……

“还有事情吗？没有的话，你可以走了……”他戴上花镜准备继续批改一些类似表格文件的东西。而我，站在那里，显然不甘心就此离开，找个话题，能扯到我毕业上的，或者是他并不满意的毕业创作初稿上。突然，我游移的目光定格在了书架上戴着金色假发的骷髅头上……

“杰夫……”

“怎么?”他摘下花镜，重新注视我。

“我一直想问你……你书架上的那个骷髅头是……”

“是诺玛!”他义正词严地纠正。

梦露？过渡话题变成了正式的好奇。

他解释道：“那是诺玛，就是梦露的头骨。”

“真的?”

“当然!”

我沉默了。

“你从美国买回来的?”

“假发是从她家乡买回来的。”

“那头骨呢?”

“eBay。”

我使劲地点着头，已经忘记了开始如何计划将此话题引到毕业上。他见我没再发问，就再次戴上了花镜，转头批阅，而我也在他的再次沉默中沉默，对今天的谈话彻底绝望。在转身离开之际，他低沉的声音，“明天吧！一会儿要开会，明天下午两点一刻你来这里找我。”

也许是刚刚提到了圣诞节的关系，我突然决定在下课后去买些圣诞卡片。

下午五时，Selfridges 地下一层，贺卡专柜，我挑选了数十张卡片，尽管我完全不知道会把它们送给谁，但是有一张，当我看到它，我就已经确定了它将被寄往何处。

那是一张印着黑白照片的圣诞贺卡，一个怀抱婴儿的母亲……

圣诞节的前一周，当把那张贺卡投入邮筒的瞬间，我感觉自己的行为多余得像个好人。此刻我还没有弄清楚，惦念，为了那母亲，还是孩子。而两周后，事实证明了那贺卡的多余，邮局以地址不详的理由将它退了回来，我重新审视了我填写的地址：古巴，哈瓦那，马塞奥大街408 室。似乎确实少了点什么……

杰夫的战争二

“我想知道为什么你觉得我的毕业创作初稿问题很大，杰夫?”

2004 年 11 月 17 日下午二时十五分，我准时出现在了他的办公室门口。其实我已经很久没有走进过他的办公室了，每次我只是站在门口和他交谈，有时用一只脚抵住门，从门缝里和他说话，有时干脆靠在敞开的大门上。他从来没有问过我为什么，我想他知道原因，只是不知道他知道的是一还是二。

“其实作品本身并没有太大问题……”

“那么为什么?”

“你让我们感到它有很大问题……”

“我不懂……”

“你的基本功是最好的，所以你是写生课的助教，所以你可以把你的概念用最具象的手段表现出来，所以你的空间是最大的，所以我认为你可以是最有可能给我们惊喜的学生，之一……”

“……我不太明白。你的意思是我的创作让你失望了？它不够好是吗?”我近乎反驳，在杰夫面前少有的反驳，我和世界上任何一个创作者一样，作品不容置疑，那是我们的底线和最高的奢求。

“不是……哎……你有关创作概念的介绍和你的作品有关系吗?”他的双手漫无目的地在半空中比画着，少有的加入了手势，我想他在急着将自己的意思清楚地传达给我。

“我们看到的，你的草图是一件事情，你说的、你念的是另一件事，而且我竟然没有听出半点儿它们之间的联系，天……我只能认为你的描述是彻头彻尾的回避。”

“对不起，我还是不太明白……”

“换言之，当你创作时，你只敢于把你内心的释放局限在画作中，按理是够了，但是在我这里不够，对于你来说不够……毕业创作是一个完整的过程，必须做到平衡，高的平衡，低的平衡。很多同学，对自己的要求、创作难度、挑战都并不高，但是他们能在无论是作品、概念，甚至到附属的论述都做到平衡、统一，那么他们就达到了开设毕业创作这门课程的要求，也许他们的成绩不会太高，但是一定可以通过……你明白我的意思吗?如果你想创作的东西对于你是一种挑战，而你还没有做好准备，我建议放弃挑战的念头。我知道你是这三十个人中最想顺利毕业的人，这个时候你最想要的是什么，助教先生?”

他的话让我陷入了短暂的沉思。

“杰夫……我想过了，我不打算放弃之前的内容……”

“你想了多久?半分钟……”他看了看从不带表的手腕。

“你不知道将它付诸实践对于我有多难，你很难理解……”尽管杰夫的善意溢于言表，然而我依旧是低声地狡辩。

他皱了皱眉，沉默了。

“谢谢，不管怎么样……我会认真改进它的，请放心吧！”

“Chapman……他们兄弟的铅笔淡彩作品和你的创作初稿有几分相近，气氛、意图……去找出来，用在创作概论里，就能和你的作品多少发生一点儿联系了。”

“……谢谢。”

“嗯，你走吧。对了，你确定你知道下次汇看的时间了吧？”

“是的。”我从自己的破布袋里快速翻出了课程安排，“下下周二的下午……”

“对，下下周二的下午一点半，阶梯教室。”他确认着，“画可以先放下，重点是你的创作概论。如果再和这次一样，我们就只能干预你的毕业创作主题了，那样的话，你恐怕并不乐意，但是我们也只是希望你能顺利毕业……”

我轻轻点着头，没再作声。

“安全起见，下周五下午四点，你先把你写的东西拿来给我看一看，如果哪里不行，还有一个周末可以挽救！”

“好的……”我应承着退出了他的办公室。

“哎！”

“什么？”

“我怎么觉得你初稿上那两个人其中的一个有点儿像我呢？”杰夫笑着嚷道。

“……哦……不是的……”此时我倒变得不苟言笑起来，为他安静地合上了大门，而他还在半开玩笑道：“如果真的是我，我是不会让你通过的！”

2004年11月26日下午四时

敲门后，没有动静，我甚至没有敲第二次，只是静静等待，静静费解，他会忘记吗？我应该在昨天见面的时候确认一下，于是我把耳朵贴在了杰夫办公室的木门上，听是否有鼾声，是否有在电话中交谈的声音，是否有"七年之痒"……可是一个小时过去了，什么都没有。他从不迟到，举止怪异的英国人都从不迟到。我靠着他的门坐在了阴暗过道的地板上，拿着准备好的稿件，反复低声朗读，力求在杰夫面前读得顺利，给彼此节省一点儿时间。一个小时之中，没有一个人经过眼前。

在迟到一小时二十分钟后杰夫出现了，他并不慌张，也没流露丝毫歉意。我起身让路，闪出好远，他开门，进去，我站回到门口，用肩膀卡住了懂得自动合拢的门。他一言不发地将永远随身携带的硕大行囊撂在角落，挡住了倒置的黑白梦露，安静地将写字椅转向大门的方向，脱去那件古董机车皮衣，搭在了椅背上，然后不慌不忙地坐定，直到完全放松。"念吧！"

二十分钟前，我需要用十分钟就可以将它读完，而此时我用了二十分钟。事实证明，在他面前我总是紧张的。

"……就是这样了。我只写到这里……你听得懂我所说的吗？"

他没回答，只是把目光投向了书架。他在思索，我没追问。

"你关于 Chapman 的信息是在网络上找的，那不够，那里有一本书，关于他们兄弟的，你把它拿下来!”

我走到他的书架前，探着头，在无数个名字中寻找着……

“第二排，右手第……”他在数，“第十四本。”我开始数，找到了，它被其他书狠狠地夹着，我颇为费力地将它抠了出来，持在手中，退回门口。

“你拿回去看，在这几天中要多用一点儿。”

我低着头看着书的封面，其实我深知他们的作品和我的作品所要表达的东西大相径庭，杰夫也一定知道，但是他有他的考量，而此刻我竟然无奈地认同了他的考量。我笑了笑，都说中国教育弊端明显，在这里不也是吗？过分严谨的治学态度，过分地强调步骤、推论，在创作前必须有一个或几个或真或假的灵感来源，如果没有，如果来源不牢靠，那么就将被视为垃圾。谢谢你，杰夫！我深知你在帮我，帮我看上去不像垃圾。

“一定要尽力多用……”他叮嘱着，无比郑重的。

“……你真的认为我们有共同之处吗?”终于无可抑制地发问。

“……你知道我是怎么认为的。好吧，你说说看，你的作品具体和他们的有什么不同。”

引导者的力量在聚集着，一份安详，一份暴虐，一份窥探。

“好!”好字说得解气。“其实，在你那天把他们介绍给我之前，我根本就没听说过他们。我知道这听起来很可笑，听起来让我像一个彻头彻尾的现代艺术无知者，但是对我来说，让我承认灵感来自于两个我毫无认知的人更加可笑。我宁可让别人笑话，也不打算让自己笑话。”

杰夫默然，“还有呢，内容上的?”

“当然，他们的内容是反映社会的扭曲、畸形、荒诞，而我的作品是反映我自己的，视角就完全不一样！"

"你自己的？"杰夫笑问。

我沉默了，硬生生止住了话题。

"好了，你说够了？那么，你别忘了，一定要尽力多用这本书里的内容，知道吗？"

"嗯。"

我总是急于离开的，这次也不例外，而他叫住了我，"怎么？这就准备走？说说你的论文，进展如何？阅读诗歌有什么困难吗？"

困难很大，但是我说："没有。"而且那听上去十分逼真。

"只是《John Milton 诗歌总集》对于我太久远了，我总感觉他不太适合我。我听了同学们所研究的对象，都是现代诗人，是不是那……"我将这段时间的顾虑娓娓道来，但却欲言又止，毕竟 John Milton 是他的建议。

"John Milton 的诗歌，是我上大学时论文的课题，我写过，所以我认为可以帮到你，而且……他的诗会让你脱颖而出的。"

"你上大学最后一年的研究？那是什么时候？"

"1963 年，记得那年我还参加了支持克里斯丁·基勒的示威游行，"说到这里他会心地一笑，"当然，那也是诺玛死掉的第二年……"

眼前是一个回忆的老头，我看着他，像看着一部咯咯啦啦的老式放映机，只是他放映出来的东西让我感到紧张。

"好吧，我会继续的。那么我打算再去搜集一些关于他的书籍，或者其他的同时期的诗人……对了，阿瑟最近好些了吗？他回去工作了吗？我想再去他那里看看……"

“这两天不要去，那里没人，过几天他儿子会去的。”

“阿瑟他没事吧？”

“他死了。”

“什么时候？”

“刚才。”

2004年11月29日第二次汇看

我在讲台上，展示了一切，换来台下一片寂静，我讲了自己，也讲了Chapman，台下角落里杰夫在点头。

最终，我的毕业创作概念得以保全，也许真的因为稿子里多出的关于Chapman和自己关系的文字，也许因为别的，不得而知是此时对于我最大的奖励。

在过与不过这个问题上，杰夫一再展示出的权威性令我折服，这也使得我们的关系在之后的一段时间发生了微妙的变化。我开始主动地去找他，咨询些创作或者论文中出现的问题，只要是他的意见，我多半会义无反顾地接受。

2004年12月圣诞节假期之前最后一次见面

杰夫办公室的大门合上了，不宽敞的办公室里，有了两个人，一个站着，一个坐着，他们离得很近。坐着的人低头审阅一叠文字，站着的人在一旁焦急等待评价，终于。

“不错……”

“真的?”

“应该可以过的，你不用这么紧张，它只占最终论文成绩的百分之三十。”

“我知道……但……你明白的，任何一门，过与不过，对于我都很重要!”

“当然……”

“我想问你，你上大学的时候写的真的是关于 John Milton 吗?”

“当然……”

“和你的那篇相比，你觉得我这篇怎么样?”

“能过……”他给了和之前一样的评语。说着他把我的小论文落在了厚厚一叠论文的最上面。

“好吧，说说你的圣诞节怎么过?”他慢条斯理地问道，“和朋友过？女朋友？我记得以前你提到过你的邻居人不错，和他们过吗?

我笑着说：“也许……”

在那次的临别前，我再次矜持地表现出自己的感谢，而他习惯性的不以为然后，“也谢谢你能进来。”他说。

我笑着，少有的自然的笑，在他的面前。

“如果你喜欢她的原名，诺玛……那代表你喜欢本色的她，那么为什么你会给它配上一顶金黄色的头发？……她原本的头发是褐色的。”

我望着书架上梦露的脑袋，不由地感慨着。

“金发比较好看。”

无法完成的毕业创作

圣诞节，又是圣诞节，对于只身一人那是令人迷茫的节日。为了最终的毕业创作，我终日把自己困在漆黑的画室，直勾勾地盯着墙上出现的裸体幻影，很久。我提不起笔，甚至站不起身，有人在按着我，是谁？是你吗，尘？很久，没有人回答。

如此情况持续了一周，终于我在飘雪的那天走出了房门。圣诞夜已过，人很多，雪花后面都是笑脸，市中心一带所有街道几乎统统成了步行街。我被人流夹带，冲往欢笑最多的地方——Selfridges。我本打算在公园四周散步，所以身上掏不出1便士。商场里，很多中国孩子在为一个法国牌子排起长队，很多印度孩子眉间的那颗红点比平日更加浓艳，更多英国孩子坐上了父亲的肩头，只有尘，沉默的与我同行。

有人从身后拍了我的肩膀，“圣诞快乐！”一个声音大叫着，但多大的声音也很快消失在了嘈杂的环境里。是克莱克奇，在他脸上是找不到圣诞节的，因为他永远都是高兴得不能再高兴的样子。

“来买东西？你看中什么，我帮你抢！”他说着把我拎到了角落。

“我没带钱……”我遗憾地说。

“啊……那你可能要自己去抢了……”

我笑了笑，没有答话。

“今天太疯狂了！”他兴奋道。

“有一个中国男人在Super Brand那边，经我手，把我们一直没卖出去的一件近20000英镑的皮草买走了，九折买走了，我们正打算明天把它五折处理掉的……”

我没有跟话，我想他也许忘记了我也是个中国人，我不知道是否该为此感到高兴或者愤慨，我不喜欢中国人被骗，尽管我们就该被骗……任何关于中国的动容反常地瞬间消失，尔后我只是呆呆地注视他快感无限的双眼，希望从他的双眼中找到灵感，当然，我不会如愿的。

“你现在还好吗？”我问他。

“非常好！”此时他的状态如同吸食了半吨大麻。

“我很快就要申请那里了……”

“什么？”显然我的声音在如此环境下没有塞进他的耳朵里。

于是我高了一个八度重复了一遍。

“你要申请哪里？”

“中央圣马丁呀……你的学校，你很快就会回去了吧？”

“去他妈的圣马丁！”他不假思索地回答。

他大笑，于是我大笑。

“对了！”他怪叫一声，同时在上衣口袋里翻找着什么，“你等等。”他一路小跑地冲进人群，我站在角落独自守望，足足五分钟，他回来了，高举钱包，神秘地在我面前打开了它，一张照片。

“我女朋友……”

“很美……”照片不清楚，我几乎看不清那女人的脸，但是我被照片的背景吸引了。

“谢谢!”他隆重地得意着。

“也是学生?”

“毕业了，现在给一家旅行杂志写专栏！看，这是她在耶路撒冷的照片，她带回来了很多，非常美……”

“看得出……”

相册和墓

2005年1月初。

听说，去了耶路撒冷就能忘记从前的伤痛，我去了，却什么都没忘，可能我不知道应该忘些什么，或者……我也不明白为什么会有或者。

我已经在耶路撒冷游荡数日了，一切感官上的刺激与惊喜都止于按下快门的一瞬。金顶圣殿是照片中的金顶圣殿，哭泣的墙壁是照片中的墙壁，我没有听到哭声，把脸贴在上面很久也没有听到，唯绵长、细软的经文。老人，到处都是，我感到尘依旧惧怕他们，这证明了这里对我毫无疗效，我反而松弛下来，不再顾念其他，至少对圣城不再有过多奢求。

我在这里买到了巨大的木质十字架项链，后来我把它当作贺礼送给了新婚的雅，5美元。我也发现下榻酒店的礼品部有着和我寄给古巴女人一模一样的圣诞贺卡，1美元，伦敦要1英镑。

除了买些便宜的纪念品，大部分时间我都在照相，最多的是流浪猫，黄色的黑猫，黑色的白猫，被汽车压扁的扁猫最幸运。很快相机的记忆卡满了，我需要一个读卡器，把照片传进电脑，或者再弄到另一个大容量的记忆卡。我逛遍了市里唯一的、也是最带给人希望的那条步行街，却未找到一家卖读卡器和匹配记忆卡的店铺。

于是我开始询问，我顺着每一个人指向的方向，找到下一个方向，不知道多少次，黄色的猫身上都已映出显眼的黄晕时，在远远偏离了雅法大街后，最后的一根以色列手指指向了五米外，一间小小的早已过时的照相馆。那里没有名字，只有破损的橱窗里两张泛黄而媚俗的结婚照告诉我这里和摄影多少有些关系。

这里不会有我需要的东西，和这座城市一样。我坚定地想，却依旧满怀期待地走进了它。没人，很暗，店面不大，三面是玻璃橱柜，陈设着一些照片，全家福，结婚照，证件照，胶卷，二手傻瓜相机，和更多印着拙劣图案的相册。橱柜并不太高，上面奇怪地摆放着一排小孩拳头大小的石块。

眼前的一切都在聒噪地催促我离开，转身之际，一个年轻男人从里屋出来。

“需要买些什么吗?”

“你们这里有记忆卡吗?”最后一试。

“有……”他说着在柜台里翻找。这时，又从里面缓缓走出一个老人，这让我多少感到紧张，尤其是在如此狭小的空间。看得出那老人目盲，他熟悉这房间的布局，但是依旧需要用双手略微的加以辅助才能端坐在我面前的柜台后。

又是老头！尘在提醒我。

“这个？”年轻男人找出两张记忆卡递到面前，我摇着脑袋。

“要大这个很多的，是给专业相机用的……”我多余地补充着。

“很抱歉，那么我们这里就没有了……”

正要沮丧地离开。

“你是哪里人？”苍老的声音，来自那盲老头。我不愿回答，却回答道：“中国……”

“游客吗？”

“是的……”

他点着头，没再发问。于是我再次准备离开，他却突然叫住了我，“你真的没什么需要的吗？”

“对了，有读卡器吗？”我突然反应到。

“有！”盲老头突然站了起来，右手按住桌角，转身，左手轻轻拍打身后的橱柜……他身旁的年轻人示意由自己来找，被老人强硬地拒绝了。半晌他才拍到橱柜的把手，吃力地将其拉开，双手弹奏钢琴般，摸索，我无奈地站在一旁等待，年轻人和我一样。

不知道过了多久，天色较刚才明显暗了很多，老人才端出一打的读卡器，洒在了柜台上，让我挑选，但实际上，它们都是一模一样的……我随手拿了一个，“多少钱？”

老人大声重复：“多少钱？”显然他在问那个年轻人。

“12 美元。”

我摸出 20 美元，看着并排站在我面前的二人，“给谁？”

“给我！”盲老头高声道。于是我把拿着钱的手伸向了他，他抬起右手，在空中缓缓摆动，范围越来越小，终于指尖有了接触，随后我的整只手被他粗大、漆黑的手紧紧握了一下，钱被取走。他的这一正常的盲人举动，令我发毛，我下意识地在自己的裤子上蹭了蹭被碰过的手，皱起了眉头。你他妈应该转身走掉！尘在怒吼。老人接过钱，重重地掂了掂，紧跟着递到了年轻人手里，“去找钱!”命令式的口吻。

年轻人拿着钱走进了里屋，老人再次缓缓坐下，并示意我也可以坐下。我环顾四周，并没有一把椅子。

“你从中国来?”

“嗯……”

“来旅游的，喜欢照相啊……年轻人?”

“当然……”此时，我才注意到他的脸像一个干瘪的老土豆，棕黑，杂乱花白的胡子，面包渣藏在里面，上下眼皮如同被缝合般，找不到开口。

“我是个摄影师，那些结婚照……都是我从前照的，其实现在都还很喜欢照相，别看我眼睛瞎了……”他得意地说着，“我对拍照绝对是个内行……”他的补充。

“给中国朋友倒杯茶!”他抬高嗓门，喊了一声。

“不用了，我很快就要离开，我要在天黑前再进一次老城……”软弱无力的拒绝。

“你一会儿会进老城?”

“是……”

“穿过老城，橄榄山上的那片坟墓你去过没有?”

“什么坟墓？还没有……”我瞬间来了兴致。

“那片墓地很美的，尤其是在日出与日落时分……”

“那我可要抓紧时间了……”

他微微地低下头，若有所思的一个停顿。

“不不不……你一定要先尝尝我家的薄荷茶……”

我沉默了，顺从了。紧接着盲老头颤颤巍巍地俯下身，从柜台下的抽屉里捧出一本旧旧的相册，他的手在相册四周快速地滑动着，找到棱角，轻轻地把相册放在了我面前的柜台上，转动，将它正对着我。此时年轻人出来了，左手拎着一把折叠椅，右手是一杯茶和包在茶杯上的找零。我无奈地坐下，接过茶，抿了一口，很甜，很多的蜂蜜，少许的薄荷叶。我赞赏地点着头，望了一眼年轻人，他在对我微笑……“你看看，”盲老头催促着，“你看看，这些都是我盲了以后照的……”

我将脖子伸了过去，相册的封面上一只灰色的帆船搁浅在深灰色的沙滩上，相册做工拙劣而陈旧。当我准备翻开它的时候，盲老头突然按住了相册的封面，这让我一惊，戒备地将双手缩了回去……“我先给你讲讲这个封面的故事，这是我们以色列很有名的一个民间故事，也是我最喜欢的……”说着他将粗壮的食指抵在相册封面上不停旋转，随后指着上面的暗蓝色天空说道，“一个以色列父亲抛下儿子坐着这条船去约旦做生意，但是去了一年都杳无音信，儿子为父亲感到担忧，于是出海寻找，却葬身于风暴中。第二天，父亲就带着金银珠宝平安地返回了家乡……”这只是故事的开头，而对于我故事却完结于此，只因为它的开头让我想起了一对沙特父子。

我不知道故事何时结束的，“其实我给很多来过我们店的游客都讲过这个故事，他们都很喜欢，你呢?”

我笑着点头，很久，意识到他看不见，于是铿锵道：“我很喜欢。”

他满意地点着头，脸上所有的缝隙、褶皱统统上扬。

“这里面就是我拍的照片，看过的那些游客都很喜欢，有一个法国人还说要买走其中的一张!”他骄傲地为我翻开了相册……随后，我愣住了。

“看，这个女孩……”他指着一张空白的照片说道，“这是一家子美国游客最小的小女儿……”

“看，这是我照的鸽子……”他指着一张完全漆黑的照片说道。

“看，这是两年前去海法我照的照片……”一张一片惨白的照片，只有照片底端有一条浅浅的黑线。

“看……”

“看……”

“看……”

那是一本没有任何影像的相簿，不是黑片，就是白片，而盲老头的这般举动令我费解、不知所措，于是我只是连声应和着，盘算着尽快脱身。

终于，漫长的十五分钟后，他有力地合上了相册，“你觉得怎么样，对于我这个瞎眼老头还可以吧?”显然他没有在和我开玩笑，我看着伫立一旁的年轻人，他正关切地注视着我，于是“真的很好……完全看不出……是一位盲人照的……”

“当然……”他洋洋自得地晃荡着脑袋。转眼，不知道又想起了什么，站起身，慢慢地走向里屋，嘴里喃喃着：“我的照片上过杂志的，我去给你拿……”

我尴尬地坐在越发昏暗的柜台前，不知是否应该不辞而别。站在一旁的年轻人识破了我的窘境，会心地对我笑着，凑过来，低声解释道，“对不起，他很奇怪的，但是你不用担心，他人很好……”

我依旧不安，勉强点着头。

“谢谢！……”他说。

“为什么，谢我？……”

“当然是因为那本相册了……”他话音刚落，我就已经猜到了没有影像的相册由何而来。

“为了让他高兴吗？”我笑着悄声问道。

“也不全是吧……其实……他每次和别人介绍那些照片说的也都不一样，你不用太认真……”说着，年轻人抬起食指在自己的脑袋边上绕了两圈，示意老人脑子并不清楚。

“我可以理解你为什么要这么做，但是之前有很多游客都看过相册不是吗？他们为什么没有戳穿呢？”

“你为什么没有戳穿呢？”他微笑着反问。

我没有回答，也不知道如何回答。

“他可能一会儿会请你帮他……”年轻人的话说了一半，盲老头就回来了。

“你，去再给他倒一杯茶。”

年轻人笑着走了进去，而我困惑地注视着年轻人的背影。

紧接着老人为我展示了两本杂志，他一页页地数着，翻着，随后如我所料没有看到他所说的任何东西，但这次，他那些从未存在过的照片换来了我毫无戒备的赞赏。他绘声绘色地形容，有一刻真的让我产生了联想，只是那一刻，我似乎能看见他所描述的也许还算美丽的东西，尽管我们面对的只是发黄的一页密密麻麻的希伯来文字。

二十分钟后，第三杯茶已经见底，当我第三次准备离开的时候，他再次叫住了我，此时，他的脸变得严肃，收敛了之前所有的笑容，声音也变得更加低沉，“你愿意帮我一个忙吗？”

“什么忙？”已经放松的神经再次绷紧。

“……如果……你穿过老城，到了后面的坟墓，可以为我去看看我儿子吗？”

“……嗯，他？……”

“他被葬在那里……”说着，他将双手合拢放在了耳边，做出睡觉的样子。

“那山上的墓离这里太远了，几年前在旁人的帮助下，我还能去，现在……”他失落地摇着头。

我深深地叹了口气，点着头，“……我会去的……”

于是他高声说了句什么，身旁的年轻人，踮起脚，从柜顶取下了一块石头，交给了老人。看得出老人将它握得很紧，很久，寂静的一刻，随后他把石头递给了我，那只是一块普通的石头，非常普通。

“把它放在他的墓上就可以了，他的名字叫约沙法……”

一旁的年轻人把一支钢笔塞进了老人的手里，把着他的手，对准纸张，老人颤抖地写下了J……e……h……o……s……h……a……p……h……a……t的名字，和几个号码，“这是他安葬的具体位置，C，是C区，F，是排，4……”

“你记住了？”

“嗯……”我瞥了眼站在一旁翻着白眼的年轻人，意识到这又是个相册式的小陷阱。想着，我恭敬地收好了纸条、石头，起身离开。

他终于没有再次叫住我，只是说要送我出门，我说着谢谢。他边起身边说道：“其实，每次有游客来我店里买东西，我都会向他们提出这个请求的。他们都拿走了石头，他们都答应会把它放在墓前，他们都答应过……但是，我想……”

“什么?”

“我想，应该没什么人真的会帮我，也许他们走远了就把石头扔掉了……呵呵……”

我沉默片刻，“我不会的……”

他侧过脸，笑了笑，“从前有很多游客的，这两年少了，他们不冲胶卷了。进入冬季以来你是第一位游客，说真的，好像还真的没有中国人进过我们店……有过日本人……”

我只是笑，再也没有答话。

“你不用跟出来了，贾哈德。”他高声和那个年轻人说道，我回过头，悄声和我刚刚才知道名字的年轻人挥手道别，他轻轻的还礼。

来到门口，天昏暗下来，太阳早就不见了。“天是不是黑了?”他问。

“是的……”

“那你可能没办法穿过老城了，老城东门天黑会关闭的，你可能要绕过老城才能上山……”

“……我……今天不会去了……明天吧……今天太晚了，好吗?”那是哄孩子的语气。

他沉默了好一会儿，才答应，“……好，你并不急着离开这城市对吗？”

“我还要住很多天……”

“那就好，那就好……”

“我怎么走，才能回到雅法大街上？”

“向有花店的方向一直走就是了！”老人微笑着说。

我四下张望，没有看到花店，除了落日，两旁破旧的民房，和向我蠕动着的阴影，什么都没有。于是我随意挑选了一端，径直地走，直到走到巷口，老人依旧孤独地站在原地，静静等待被阴影爬满全身。当然，在他的世界里他兴许正站在午夜游乐场的中央。走吧，尘在低语，不要再回头了。

几经辗转回到酒店，信手将石头摆在了书桌上，之后，是房东的电话。

“我现在在 Green Park，你不在，这个时间你一直都会在的呀！你回国了吗？”

“没有回国……”

“好吧，你之前说过的书，叫什么？”

“是两本画册，大方本，封面上至少有十几张学校图书馆的标签，很容易找的。”我几乎已经忘记了画册的事情，拖到现在，至少要被罚上 20 英镑。

“你这两个月一直没有回来吗？”我问。

“嗯……你知道那两本书在哪里吗?”

“应该在 Jihad 夫人的房间……你现在在他们的房间里吗?”

“是……我帮他们取点东西……”

“他们现在还在伦敦吗?”我问。

那端支吾着没有回答。直到结束通话前,“……前一段时间是不是有人来找过他们?”房东问。

“……没有。”我在习惯性地为别人掩盖着什么。

次日清晨,我赶往橄榄山墓地,希望可以捕捉到那里的日出,但竟然忘记了将那块石头随身携带。几经思量我没有折返,其实对于我墓地是首位的,而兑现承诺?那只是一个过分儿戏的承诺,对一个盲人的承诺算作承诺,对于一个脑子不清楚的盲人呢?也许我不该在这样的人面前允诺什么,我不知道。

阴森的石棺到处都是,低沉的鼻息声伴我盘山而上,直达山顶,金光同时到达。我站在可以俯视一切风景的一点,金光也同样先出现在一点,那一点是幸运的,可能只是千万石棺中的一个,它率先变成了金色,之后金晕急速扩展,只是一只苍鹰飞过头顶的瞬间,眼前已是金棺无数。而它还在蔓延,直到向我汹涌袭来,我不自觉地摊开双手,同时听到了金光划过耳边的声音,低沉圆润。在那一刻,空白的脑海中,出现了模糊的脸,在十几年前就该被遗忘的脸,他在清晰,是张老人的脸,慈祥的,在清晰。突然,尘的尖叫声,光声,尖叫声,光声,刺耳与圆润交替出现在耳边,频率越来越快,直到尖叫声占了上风,那形象再度模糊,同时幻化成很多人的面孔,有父亲,有杰夫,有阿瑟……还有，那个盲老头。当盲老头出现后，我再度有了意识，唯一的意识竟是后悔。我也许应该兑现承诺，为另一个世界的照片，为另一个世界的儿子，为另一个世界的墓碑，兑现属于另一个世界的承诺。

尘转身离开，对最完美的那个点再无丝毫眷恋，而我也转而开始寻觅那不会存在的 C 区 F 排……

这里险些毁了我，尘说。

不……这里险些救了我……我说。

C 区，还是有的，并不难找到。

F 排，却并不好找。我穿梭于密密麻麻的石棺旁，却只看到残花和零星的石块，终于在正午前，在接近山脚下的位置我找到了似乎不应该存在的 F 排。放眼望去，F 排是最长的一列，几乎环绕山脚半周。我掏出老人写的名字，同石棺上的名字一一对照，在那一刻，我几乎相信，下一个就会是他，但是 Jehoshaphat 的名字却迟迟没有出现。

终于，Jehoshaphat，是不存在的，在那一刻我竟然感到些许遗憾。一个半小时的排查里，我只看到了一个类似的名字：Jehoshua · ×××，我反复比对着，然而从生辰来看，这明显不会是我要找的那个人。在这一刻我放松了下来，我来找过了，愧疚不再，我靠在栏杆上，深深地呼吸，突然想放块石头在这个 Jehoshua 的石棺上，至少你最接近盲老头的幻想，知道这样的接近有多难吗？现在我知道了，还有曾经在老人面前允诺来此的所有游客。如果真的有人为此而来的话……不会有的……我浅浅地笑，低下头，开始寻找石块，却只看到沙和碎石……

我徜徉于这空无一人的墓园，不禁感叹它的美丽。每个人的墓志铭都被规整地镌刻，墓志铭定义了他们的一生，但，一生中最大的痛苦与最大的欢乐，哪个更适合定义一生？哪个更应该被简短规整地镌刻？

二十分钟，依旧只有碎石、沙。坚持到底，必获拯救。

天空那样蔚蓝，而这罕有的蔚蓝仅仅在这本书里出现了一次。我低头搜寻，谦恭，却满怀喜悦，我微笑着将所经过的墓志铭细细端详，“三次抛弃挚爱的戮”、“没了脑袋的刚果金男孩”、“自豪的阿拉伯父亲”、“在英国跳脱衣舞的北京女孩”、“叫赤野扶美的人体模特”、“专注于糕点事业的幽灵”、“始终站着的阿瑟”、“孤独的南希”和“永远活在九岁的尘”……所有字都被结局刻得那么用力、那么深，它们也许很难再被改变了，但我不喜欢对尘的形容，非常不喜欢……

三十分钟，竟然没有寻到一块完整的可以被称作石头的石头，我累了，厌烦了，尤其是看到了厄运再难改变的事实之后。也许尘永远都是这样了，我该接受吗？我能接受吗？

我动摇了，看来一切已成定局，于是很多东西都懒得再去寻找，尤其是那块见鬼的石头！走吧，何必执著于虚无的承诺，更何况，那并不是你要找的人，你来过了，已经足够愚蠢，不会有人来的，走吧……或者，从别人的石棺上拿一块石头给那个人放上吧！尘的唆使，我没有反对，选择了后者。

不经意地看见十米外一座很矮的石棺，上面的石头似乎最多，于是我快步走过去，准备“借”上一块，却发现已经身处橄榄山的拐角处。这里的地面轻微塌陷，令这座石棺入地很深。

“你已经有这么多石头了，多一块少一块是不会介意的……”我躬身去取那石棺上的石头，无意中看到了一个名字……持石头的手悬在空中。良久，那石头回到了它原来的地方，应该在的地方。

原来那乳白色的石棺上，早已摆满了孩子拳头大小的石头，很普通的石头。

父亲们

有的父亲编造了儿子的一切。

有的父亲编造了除儿子以外的一切。

有的父亲只是在等，等一句话，等一个不再闪躲的眼神，等一个拥抱。

急于开始的创作

我更改了回程时间，提前两天返回了伦敦。

步出机场后，发现1月的伦敦寒冷刺骨。我想做些什么，在带回的热情未被冰冻前。之前发生的让我意识到，也许改变还是有可能的。

2005年1月20日开学前三天

Green Park画室，连续多日的冬雨，潮冷。我发现自己又是整整一周没有和一个人说过一句话了。

画室很冷，在阴郁飘雨的大窗前，尘却脱去了全部的衣服。湿冷的空气令尘的皮肤剧烈收缩，肉险些被过分紧收的皮肤从嘴中挤出，一阵恶心，他光着脚，踏在冰冷的地板上。他用三脚架固定了相机，设定好自拍模式，随后背对着站在镜头前，做出和谁牵手的姿势……计时器响起，滴……滴……滴……滴……滴滴滴滴滴滴滴滴滴喀拉，他颤抖着蜷缩着走回相机前，重新设置后，回到刚才的位置，做出在另一边被牵着手的姿态……计时器再次响起，滴……滴……滴……滴……滴滴滴滴滴滴滴滴滴喀拉……他快步走到靠近暖气的角落，蹲下，许久，他回到相机旁，对刚才的两张照片一阵端详后，将记忆卡取出，连接到电脑上，再由电脑连接了幻灯机，最后由幻灯机将照片投射在了脱了皮的白色墙面上。然后，他又退回到暖气旁，蹲下，静静地看着那堵白色的墙，和墙上瘦骨嶙峋的裸体背影。锋锐的肩胛骨，干瘪的屁股，之前我会恨它们，它们看上去那样的不健康，那样的不讨人喜欢，然而此刻我爱它们，它们既可以属于男孩，也可以属于他。那就是我的毕业创作了——一个赤裸的背影牵着一个赤裸的男孩。我想画一个裸体的男孩很久了，却不敢面对他们真实的裸露，而我想画另一个人的裸体也很久了……

于是我成了他们。

那是两张画，左边是一个人的背影，右边是男孩的。

他们应该都是背影，因为我早已忘记了他们的样貌。

他们应该是手牵手的，但是我要让他们分别出现在两张画里。

他们的手没有接触，只是做出牵着对方的姿势。

他们应该赤身裸体，因为他们隐匿在黑夜肮脏的街道中。

他们应该隐匿在黑夜肮脏的街道中，因为他们一同赤身裸体。

他们应该骨瘦如柴，因为他们恶劣的生存环境榨干了他们所有的欲望。

他们应该充满欲望，因为他们一无所有，再无顾忌。

他们应该是在准备离开，但是为何那一幕是永恒的离开，而不是永远的消失？

他们还应该是怎么样的？

尘甚至没有顾得上穿回衣服，就已经紧握碳条，跪在铺开的画纸上，忘情地勾勒，不时地抬起头，望向投影的方向，随后继续。他的手上是漆黑的，很快膝盖上也是，他在重演着，而我，第一次没有制止。

两个小时后，窗外更加阴沉，雨也越下越大，而尘在一个小时前就已经冻僵了。他一直跪在黑色画作上的双膝早就不听使唤了，他看到了飘落在地板上摘抄的 Milton 的诗句：

东方，本是他们的家

现在却被闪电封锁

大门紧闭，刀剑如炬

他们流下了泪，但不久就擦干了：
两人手牵着手，漫步绕行，
孤零零的远离了伊甸园。

他缓慢地爬回了暖气旁，爬回了床垫上，此时和他身体接触的无论什么都是温暖的。他开始想戮了，随后是非常地想，他想毫无生气的旧床垫都这么温暖，那么如果能紧紧地和戮相拥在一起该有多暖呀……他想着，我哭了。

难以继续的毕业创作

圣城没有帮到我，
盲老头莫测的世界也没有，
深陷的墓没有，密布的石也没有，
靡靡之音萦绕耳畔，“时间尚早”。

“什么事情?”

杰夫在专注梳理着梦露的金色假发。

“关于我的创作……”

“……是啊，你的创作，我知道会有问题，只是没想到你会把问题带到下半学期……好吧，它们怎么了?”

良久，“我打算换一个主题……”

梳子静止了。他抬起头，我看到了他的眼睛，我看到了墙壁。

“不行!”不容置疑的口吻。“你没有时间了，没有人会蠢的在距离毕业展三个月的时候更换主题!”斩钉截铁，迂回的空间被猛烈挤压。

“……我确定我画不下去了，我尝试过很多次了……”

他重新低下了眼皮，梳子动了，“我觉得你创作的内容不错，草稿也通过了，很好，我看不出什么问题，如果有，说吧!”

显然，他知道我说不出口，特别是在他面前，还有他的梦露面前，我只是软弱地寄希望于他能够体会，永远如此。

安宁的一分钟，他开口了，“当然，我说过，草稿选题这些只是我需要关注的问题，而至于我不需要关注的，你自己的问题，自己去想办法。总之，我不同意你换主题，你别无选择!”

他的一句“别无选择”让我愤慨，令我拂袖而去，而他眼皮也没抬一抬。

“别无选择”笼罩着我的半生，我害怕任何人在我面前提到它，无论是谁，那让我惴惴不安。而我，因杰夫刹那的坚硬冰冷感到愤恨，以至于淹没了对原因的好奇。尽管如此，我依旧再次提起了画笔，我依旧在试图扭转，我依旧渴望那渴望，然而换来的只是叹息。终于我在最不恰当的时候用最愚蠢的方式与那“别无选择”进行了抗争。

我放弃了，幻灯机被关闭了，裸体的孩子消失了，画布倒扣了，似乎平静了……如此，整整两个星期我没有出现在学校，没有出现在杰夫面前，我知道，我的失败来得这样迅猛，甚至来不及为当初试探性的选择感到后悔。

我单纯地完成了论文，在结尾处再次截取了 Milton 的诗句：

站在地上，不再狂喜天国，

我可以安心歌唱，用凡人之声，

既不沙哑，也不沉默，虽然我早已落入厄运，

虽然厄运缠身，

虽然身在黑暗，

虽然危机四伏，

虽然，无边寂寞。

我可能无法毕业了，这让我彻夜难眠，这是我唯一难以安心放弃的地方。而之后是一个艰难的放弃的过程，从不安到心安，那是比几十年更加漫长的几天，像被无声地凝固了。

被安排的春节

结局安排了一次春节，它尴尬的被安插在尴尬之中。尴尬的还有窗外的中国孩子，应该出现在他们身上的兔子耳朵、红色棉袄、五彩风车出现在了英国孩子的头顶、身上、手中，他们骑在父亲的脖子上笑着，而中国孩子永远都是被牵着的。被牵着的还有我，我莫名走出了房间，我想去中国城看舞龙舞狮，却连中国城那站的地铁出口都没挤出去。我沮丧地徘徊在和中国城相距甚远的街道里呼着白气，我想找个人说句话，哪怕一句，却想不出一个合适的人。我拨了家里的电话，无人应接，没有得到预期的温度。我拨了雅的电话，那端是她留言提示的声

音。我拨了南希养老院的电话，却始终忙音。终于戮的电话被拨通了，却被我随即挂断，并用更快的速度关闭了手机。

尘耻笑我。我很生气。

春节这天，商场反而冷清，有人向我招手，只会是他。

“喝一杯？我请客！”我急于扫除荒凉心态的问候。

“等等……”克莱克奇一本正经道，“手头还有点事情……等我三十分钟，我请客。”我答应了，开始闲逛，B1 层的杂志专柜是我唯一的去处。

我一直好奇克莱克奇休学的初衷，如果说仅仅是为了挣钱交学费，完全可以像其他同事那般懈怠。他太认真了，如果整个男装部只剩一人留守，那定会是他。我了解他，他为了站班穿上了曾经被自己无数次唾弃的正装，只有我了解那对于一个圣马丁的学生来说是怎样的牺牲。

商场一楼半的咖啡厅。

“春节快乐！”他的问候。

“快乐。”

“为什么没有去中国城？”他问。

“……不感兴趣……”

“你今天没有课吗？”他问。

“……我……在毕业创作，你知道，很自由的……对了！我也去了耶路撒冷……”

“有奇遇吗？”他问。

“没有……很平淡，只是橄榄山的日出……”

“怎么?”他问。

“很美……我想你女友一定到过那里。”

“有照片吗?如果有我很想看看。”他问。

我点着头,“下次,我会带来一张光盘。”

“打折快结束了?”我问。

“是啊,要命的一个月……”

“为什么这么拼命?”

“嗯?……”

“我是说你的工作……”

“有吗?”

“呵呵,别以为我不知道你的同事们有多松垮。”

他笑着,我的话也许让他不好意思,其实这只是个纯粹的问题,而不是变相的夸奖。

“看看,我有什么变化!”他的突围。

我粗略地将他上下打量,除了一身过分恰到好处的像个职员的黑色套装,我看不出什么,于是我只是笑着摇摇脑袋。他拍了拍自己的前胸,那让我注意到他西装口袋上多了一指宽长的银色钢牌,我将头凑过去,赫然,经理。他略显得意地笑着,天真却意味深长。

“当然!是部门经理,整个二楼男装部的……”他笑着解释道。

“你真厉害。恭喜你。”由衷的。

“谢谢。”

“什么时候升职的?”

“三天前……”

“会不会和你卖出那件皮草有关?”我半开玩笑道。

他笑着，“不……可能是因为我是黑色的……呵呵……”我没有继续他的“黑色”，在种族问题上我始终谨慎，因为不懂尺度，或者那问题压根儿没有尺度，这更令人不安。

“以后有什么打算？想把这座商场变成自己的？我觉得按照你目前的进度，两年内应该可以……”我换了话题，或是延续了话题。

他笑着，却果断地回答：“不！我会回去上学。”

去他妈的圣马丁，我到现在还记得，但是显然你忘记了。于是我没提起，只是略带疑惑地看着他。

“两个月后我就会辞职的。现在一倍的薪水帮我缩短了一倍的打工时间，这样没多久我就会回去了……看，我只告诉了你……”

两个月平静地从窗外划过，没有痕迹，同时伦敦暗哑却透明的空气开始有了热度，我是完成冬眠的死熊，是时候醒了，却醒不过来。

那两个月我没有去过一次学校，我甚至鲜有出门，同从前一样，没人找我。同学？导师？不知道都去了哪里，那段时间，我总是趴在电脑前，不停地刷新自己的收件箱，期望有人叫我回去，哪怕是杰夫，哪怕是他最严厉的口吻。我点击着刷新，一遍一遍，等来的只有一次次跳跃着的数字0，那是张嘲笑的大口。

4月1日，是个伟大的日子。收件箱后的数字由0变成了1，我急切地打开了它，那是唯一的一次见到杰夫名字的出现会让我感动。

天哪！今天开学第一天，怎么没有看到你？明天不要迟到！

杰夫

我恍然醒悟，我第三次忘记了复活节的假期，而之前整整一个月的假期刚刚结束，今天则是最后小半个学期的开始。

他，总是在最恰当的时候用最智慧的手段化解一切，而这次他一个人搭筑了我们两个人的台阶。

翌日，杰夫办公室。

“分派给你的空间已经长出蘑菇了……”

不知道算不算是指责。

“你有什么打算吗？”

我摇着脑袋，无从回答。

“你应该去圣马丁的……”

这句让我不安。

“你应该可以毕业的……”

这句也是。

“但是，没有人能不完成毕业创作就会实现它们，你是清楚的，对吧？”

此时的他依旧像无边的壁垒，难以逾越，或者没有壁垒，我们就是壁垒本身。

我叹了口气，五秒钟后表现出的软弱毫无戏剧性。我只是想重申自己再也没有本领将主题继续，而现在，距离毕业展不到两个月，连更换主题的时间也不复存在了。

他简单的沉默着，花白的头发盖住了半张憔悴的脸。

“你应该画完的……应该画完的，你知道那对你意味着什么……”

他知道的，他依旧可以知道一切，这次他把水晶球藏在了哪里？但是你知道吗？正是因为那“意味”阻拦我无法继续。

“你没有时间了……你会放弃的对吧？对，你一定会……哎……”

他自言自语了很久，低沉的。而我却始终默不作声地注视着他。终于……

“你先走吧……”

之后的一周杰夫没有找过我，我尴尬地等在自己的空间，画室，家里，电脑前，不知道自己是否已经被彻底抛弃。

直到4月中旬的一天，再次收到了杰夫的邮件，内容令我震惊——一张来自中央圣马丁的有条件录取通知书。条件是：大学导师的推荐信和大学的毕业证书。瞬间我就领悟了杰夫的意图，他给了我选择，或者，他在善意地强迫我选择。

第二天，我像一只屡遭伤害却饥肠辘辘的猫，小心翼翼地靠近着看似可以下咽的食物。

我再次见到杰夫的时候，推荐信已经摆在他的办公桌上了。

“这是你的推荐信，我亲手写的。”

我木然站着，不知是否该伸手把它取了。我没有信心，没有，我拿得动它吗？我问自己。而此刻我的心思被杰夫轻易洞察，于是他换了话题。

“看……你还是有选择的……你可以选择放弃，我不知道你怎么想，那至少不是我想看到的。或者，你只需要做一件事情，完成你的毕业创作，之后得到桌子上的信，把录取通知书从有条件录取变成无条件录取。很简单……”他顿了一下，似乎有所补充：“很简单是指这两个选择很容易被看清，而不是哪个选择对于你更容易，我们两个都知道，对吧？”

我在思考，不住的思考，权衡，无用的权衡，满脑子都是粪便样的分析。他见我依旧沉默，于是抛洒出更多的诱饵：“尽管你没有时间了，你知道，那些搞装置的同学甚至现在就在布展了……可是完全不必担心，我会给你时间的，足够的时间，你的毕业创作只要在暑假结束前完成就可以了。”

“那么毕业展呢？毕业典礼呢？……”

“对，只是毕业展没有你，毕业典礼，你需要出席。你会先得到一张纸，像狗屎一样没用的纸，而真正的毕业证书，会在你完成毕业创作并通过后，补发给你……到时候你就可以用它去你想去的地方了……”“当然，”他突然强调道，“一定要延续之前的主题，不可以更换！”在这个问题上他始终莫名强硬。

我已经中断了过分繁复的思绪与权衡，只是在并不那般恰当的情况下问了一个也许早已心知肚明的问题：“帮我，却为什么一定要让我继续那个主题？”

“因为我在帮你……好了，现在告诉我你的选择……”

我低下头，取了他桌上的推荐信，低声说了句“谢谢”便离开了。

之后和商定的一样，我没有参加毕业展，尽管展厅门口的参展名录上有我的名字，我的作品也没有出现在2005年毕业学生图录中，只有二十三页一页留白。

那一个多月的时间里，我进行了更多次的尝试，但是最后只是发现扣着的画布被翻了过来，幻灯被打开，裸体的男孩站在了那里，除此以外依旧毫无头绪。

毕业典礼

毕业典礼在6月上旬举行，我尴尬地坐在热切的同学中，尽管杰夫告诉过我，除了台上那老的已经站不住的颁发证书的前校长，当天在场没有人知晓我尚未毕业。

“15英镑！”毕业礼袍租赁人员。

尴尬的15英镑，我有生以来将第一次身着学士袍却尚未毕业。我无奈地将它们穿戴整齐，混进了欢乐的人群，装作兴奋，装作如释重负，装作并不那般软弱。而换上礼袍的所有同学看上去都像一个人，一样的喜悦和自豪，其实在那之后，我才知道，班里还有五个人和我是同样的情况，只是不知道是谁。所有人都是隐藏者，隐藏于欢乐其实并没有听上去那么容易。

不经意间，我看到了那个日本女孩——赤野扶美，我永远都想看到的人，尽管只是那时的永远，我突然意识到她也毕业了。

她娇小的无法撑起最小码的学士袍，于是她双手将底部拎着，小心地飘过了我的面前，经典的冰冷。

典礼开始了，前校长和杰夫描述的一样老，或者更老些。他颤抖的双手将证书颁发给一个个上台的学生，一旁有人大声念出上台者的专业与名字，起初是工业设计系，随后是法律系……在诵读服装设计系的时候，我格外地关注，竖起耳朵，睁大眼睛，等着听到赤野的名字，看到她披着大得滑稽的学士袍从老校长手里接过证书，那一幕将结束我三年的猜测。服装设计系毕业者的名字一个个从耳边溜走，十几个日本人的名字，被我的耳朵仔细排查分辨，而之后一众出场者扫除了我所有的期待。没有她。

“下面请艺术系毕业生上台领取毕业证书……”

零星掌声，来自到场的家长，看着他们我想到了母亲，却没有勇气想到父亲。

“感觉怎么样?”在等待上台时，身后一个从来没有和我说过话的同学问我。

“……从没有这么好过……”

每一个学生，当双手触碰到老校长手中的那张纸的瞬间，都会引发一阵掌声，那声音或大或小，或长或短，那是亲人的喝彩，朋友的鼓励，爱人的爱。

十分钟后，我谨慎地从老校长手里接过了那张杰夫口中比狗屎还没用的纸，足够的谨慎让我完美地没有和他产生任何触碰，而纸张上清晰地写着：你很没用!

我没有像其他人那样，转身面对台下，在到场的亲友面前炫耀一番，只是默默离场。没有人为我鼓掌，尽管他们尚未对我冒充者的身份有所觉察……没有人为我鼓掌，我自己都没有。

走下台的时候，耳畔空明，只听到下一个出场同学的名字，阿历克斯——那个曾经在洗手间奚落我的男孩，之后，雷般掌声。

我恨这个英国式的过场，我最快速地找到了角落，那是我一向擅长的。随后，看着，看到击掌——朋友间的击掌，看到拥抱——父子间的拥抱，看到亲吻——爱人间的亲吻。我努力把自己向后挪动，直到让自己深陷角落、深陷黑暗后，流泪了。

没有人会注意到我的离场，或者是没人在意。那么何不走开，这里不属于你，尘在耳语。我知道这里不属于我，我抬头看着恢弘、圣洁的礼堂，这些地方永远不属于我……我想到今天定会感伤，却没有料到那感伤如此通透立体。

我夹着礼帽，悄声向门口走去，而身后已经开始宣读西式糕点系毕业者的名单了，当我就要走出礼堂大门时，一个无比熟悉的名字出现在耳边，在回荡。在礼堂大门口，几乎是和台上同样显眼的位置，我震惊地转过头。我看到，面向观众站在台上，手持荣誉学士学位证书的赤野扶美，她有了微笑，她在看着我，那是第一次。

换下了学士袍，还给了租赁处，并在租赁处不远的长椅上坐下，等，等一个答案。那答案曾经重要，昨天却还并不重要，而现在重要，我不希望它明天对我依旧重要。

一个小时后，空荡的校园再次沸腾，我匆匆起身，在人群中寻找她的踪迹，在无数相机镜头前躲避着，生怕出现在不该出现的团圆美满中。这时，我看到了她，在做着和我相同的动作，正待我鼓足勇气，她却主动迎了上来，站在了我面前，很近，近的让我感到难堪，我不自觉地后退了一大步。而她只是看着我笑，没有说话，那笑也许可以算做是天真的。

一分钟后，疑问被解开了。

“你的教室……是不是在我们画室对面那楼?”

“是。”

……又一个沉默。

“为什么?”

“什么为什么?”她的声音，沙哑的，和想象中完全不同，至少和在视频上她的呻吟声不同。

“……为什么……要去当我们班的人体模特？……为什么从不理睬我？……为什么……现在才过来？……”

她微微低下头，上翻着眼睛诡异地注视我，当听到了我的问题，她捂住嘴笑着，我可以看到她的牙齿并不整齐。

“很好玩，你不觉得吗?”

我摇着脑袋，坚持问着：“为什么?”

她冷笑了一下，那笑让我头皮发麻。

“我只是想让你看到我，完全的。”她再次笑了，也再次捂住了嘴，继续说道：“我知道你一直在看我，从入学后第十三天。我知道的，但是那样不是真正的看到。”

哑然。

说罢她收敛了之前的一切笑容，天真的、冷酷的与病态的，令人困惑地板起面孔，向我深深地鞠了一躬，便要离开。

“你喜欢我吗?”我无力地追问。

而这时恰巧她被身边几个合影的学生挤到了一下，没有听到。

“嗯?”

“……没什么……”

她点着头，再次凑了过来。“我们应该交换一下联系方式。”

我欣然接受了。

随后她板着脸准备再次离开，在消失于人群中前，转头说道：“我并不喜欢你。”

从那天以后，我总会收到她的短信。在短信里，她报告着她的位置，衣着，身旁的朋友，爱人……

我曾经短暂的以为，我们也许会有所发展，也许她会既戮之后成为我的女朋友，成为又一个可以和我上床的人，但是这个错误的以为出现得太短暂了。

在那之后，我更加坚信，不会再有一个女人触碰到我，我也不会再去触碰任何一个女人。然而2008年6月的某一个早晨……

昨晚失败了，我们在床上足足折腾了一个小时，却没有丝毫进展，我们沮丧地、力竭地睡去。在梦中，我懊恼地咒骂自己。

次日清晨，当我睁开双眼时发现箴已经注视我多时了。晨光投射在她脸上，她对我微笑着，笑得甜美，没有鼓励，没有责备，没有一切，于是之后在她的帮助下，我们完成了一次艰难的性爱，五年了。

完成后，我如同获救般，释放着，在她怀里嚎啕大哭，哭了很久，像个婴儿。

三十分钟，直到身下被泪水浸湿的床单令人感到不适，我们才分开了几乎粘连在一起的身体。

“我回来对了……”我斜卧在床的一角。

箴没有回应这感慨。

“还不知道你为什么不在纽约待下去了?”

十秒。

“失望了……”

“这可不像一个待了十年的人说的话……对什么失望?”

超过十秒。

“对太多东西……就连自由女神像都比想象中的小……”

“那你想象它有多大?”

“呵呵，不管它有多大，我想象的都比它大。”

箴，在纽约居住了十年，而我住了十天，在毕业典礼后的十个日子，看样子我们是有些共同记忆的。

而那次在肯尼迪机场候机时，礼品店里的十厘米高的自由女神像唤起了我关于某个人的某段回忆，我买下了一个……

2005 年 6 月的一天，毕业典礼后的两周，我再次回到了哈瓦那，其实，只是顺路。沿海漫步，再次走过了那座濒于倒塌的楼，此时才明白我没有记住楼号的原因，楼号的部分在当年就已经坍塌了。矛盾的望向那女孩儿曾经站立的位置，空荡。本把见她放在了计划之内，甚至特意将那自由女神放入了随身行囊，然而对于我，没有任何再见的理由，为一个我曾鄙视的人？为一个我只听过哭声的孩子？也许她早已搬走了，但既然来了，为什么不去看看？她也许早忘记了你是谁，她一定记得你是谁，我确信付钱后只拍照的中国人在一个古巴妓女的职业生涯中不会出现太多。犹豫不决的时候发现已经再次踩进了那条漆黑的长廊，当年从头顶跑过的孩子们也许都去上学了，难得的寂静。我停在了她的门口，408。出乎意料的一尘不染，手，顿住，思索，敲了下去，没有回响，继续，依旧。没有人？我莫名的如释重负，刚打算转身离开，里面传来一个男孩的叫声，“妈妈！”……后面的西班牙语我没有听懂。之后是她的声音，温和，拖鞋声，开门声。一个漂亮的男孩从门缝里将我上下打量，没等他发问，“我找你母亲。”我说。其实我更想说，我来找你，然而，没有出口。男孩斜了我一眼，没有说话，将门半掩，退回屋中。“谁呀？”她推开了门，是她，依旧动人，脸上少了当年的躁动，宁静的面庞。

她瞬间就认出了我，“请进……”笑逐颜开着，真假难辨的喜悦。她的孩子一动不动地站在屋子中央，戒备地注视着我，神态犹如当年他的母亲。“这是尘，这是……”她记得我的名字！这让我心情复杂。“你好！”我和那小不点儿打着招呼，而他没有反应，警觉依旧。我尴尬地望着他的母亲，她没有怪责这没礼貌的孩子，俯身，温和的言语，示意他回避，孩子不情愿地走进了里屋，“他很可爱。”我说。那母亲笑了，并连声为她儿子的失礼道歉，“怪我，太溺爱他了。”……溺爱……本以为这词永远不会用来形容他们母子的关系，转变如此……我默默无语，欣慰。和当年相同，原因种种并不重要，其中细枝末节也不是我所能凭空猜测的。想着，环顾四周，多了两把椅子，尽管依然破旧，却不再肮脏。采光充足了很多，可能是因为窗帘从黑色换成了白色。细小的改变使敏感的我意识到了什么……

一样的咖啡，甜了。可能上次她注意到了我品尝后不自觉地皱眉很久，三年了，为什么还记得？当然，也有可能是买来的速溶咖啡而已。闲聊，她说我胖了，我说她看着没有什么变化……冗长的废话，艰难的开场。

她兴奋地介绍着自己的近况。注视着她，意识到三年过去了，我竟然没有忘记她的容貌，她如当年般侃侃而谈，内容却务实了，多是身边的事情。随后她儿子的话题主导了内容，而曾经的美国、自由，都不知道去了哪里。

“对了，还没有告诉你，我已经不干了，在两年前。”她略显刻意地说道。

凝固……

“我已经知道了，感觉到了。”我说。

她微微地笑了笑，女人，心领神会，没有再问，没有再答。

安静的一分钟。

“你关心我们是吗?”她平静地问，脸上是期待。

关心？也许从未有过，我突然意识到。此时，我终于明白我牵挂的并非他们母子，而是当年一个和她如此相像的自己，不安分于自己选择的人，一个活得那般矛盾的怪物，我蔑视的不是她，而是当年的自己，我把她当作了自己。三年前，我故意把那个自己放在了很遥远的这里，只是还没有勇气，还没有做好足够的准备去抛弃它、否定它。而现在，安然面对后，才发现我的世界变了，她的也是，一切改变如此相像。

期待在延续，终于，我点了点头。也许她真的在意我的答案，也许。期待结束了，取而代之的是一抹感激，悬在眼中，察觉不易。我不喜欢拥有别人的感激，从不，那让我沉重，然而此刻拥有的，我并不反感，甚至难言的美妙。

“妈妈……”里屋的孩子大叫着，“来……”惊觉，叫声打破了寂静异常的五分钟。

“我去看看……”她说着慌张地向里屋走去。

离开吧，趁现在，尘告诉我，想着，从书包里取出那十厘米高的自由女神像，轻轻放在了桌子上，我将它左右移动，力求把它放置得完美，洁白的桌布……

转身，悄声向门口走去。这是一幅我安排了三年的场景，我感到圆满的释怀。然而当走到门口，也许只是挂钟秒针的一次移动声，让我犹疑，让我意识到了……错误！我正在犯下一个巨大的错误，我险些燃起了一些不应再被燃起的东西……于是，我快步走回桌旁，将它取走……

门，轻声被关上。

408，不再有妓女，有的，只是个母亲和一个没礼貌的漂亮男孩。

微笑……谢谢……我不用再回来了，艰难的再见。

黄昏，防浪堤边聚集了很多孩子。浪花飞上了人行道，而一个孩子迎浪飞身跃下，与此同时，我按下快门。那一刻很美，却不知道抓住了没有。

必须被继续的毕业创作

还有三个月，看似充足。

回伦敦后，发现邮箱里多了两封信，一封是戮：

还画画吗？我貌似有好多问题，因为真的是好长时间没联系了。

你大爷的，电话对我都不方便透露吗？

最近听莎说，19 号附中同学聚会来着，我特想去，但是没条件。

我啊，现在就是上学，很烦，尤其是在交流作品的时候，觉得特费劲，语言上，因为太多的专业词一直没有跟上。

今天，靠，就是今天，我刚被四个老师轮番教育完，弄得我觉得自己的状态特不好。

我有三个大环的矛盾，互相咬合着，我不知道现在我该怎么办，我该去做什么。

我最近要做个东西，被老师说了一顿！他们特担心我，说不让我做大的东西，但是那是我已经想了很久的主题。

所以，首先，我不知道是不是先要把自己掏空，然后好好学老师给我的东西，这样我觉得对不起自己。我是艺术家，为什么还要从头、从最基本的学起。

然后，如果我还是按照自己的想法做东西，有可能最后老师会不让我得文凭，这样我就要重读。而且，毕竟我过来是向他们学习来的。

总之特没有自我了。

给点意见！

戮

第二天我给她回了信。

我也听说 19 号有班级聚会了，又是在校友录上看到的，我也想去，但是，发现很难回去了，这让我很难过。我最近瘦了很多，我……很想念你……

我没有急着按下发送键，仅仅十五分钟后，本来要发出的回信变了模样：

我也听说19号有班级聚会了，又是在校友录上看到的，我也想去，但是，你知道的……

我看见你现在的状态，不由得想起了四年前的我，一个小伙子刚到国外，憋着劲闯天下，无论是艺术上还是情感上……结果发现国外国内一样很难，有很多坎儿等着你迈，迈着迈着人就倦了。

我觉得，你现在要扪心自问，问自己到底想要什么，毕业首当其冲是最重要的，我认为。其次，才是创作上的突破。其实两者真的没有你现在想的那么矛盾，你只是适应了中国式的教育，它的苛刻之处被你习惯了，忽视了，突然接受西方的，总会觉得弊端多，束手束脚。其实你要做的只是摸清导师的胃口、原则、谈吐方式，稍加迎合就可以了。没必要做什么彻底牺牲，也没什么可牺牲的，你好好想想。外国导师的脾气大，性格强，个人色彩比中国老师浓重，因此，他们显现出对你不满的同时实际上也是在肯定你，真的，记住，他们什么时候对你不理不睬，你就悬了……总体一个感觉，你只是没摸着和西方人交流的门道，相信自己的作品，交流的时候自信一点，不知道就不知道，这样他们就觉得你这个人特老实，在他们那里，老实代表聪明，那样他们会愿意帮助你的。

关于你提到的“基础”，其实对于咱们画画的，什么时候回到基础都是福气，真的，很多人想回去，却没有条件，没有能力。再说，那也许只是你们交流上的误解，或者，对于他们是了解你能力的过程，不要急于表现，让他们看到你的发展过程，进步过程，比在中国的时候重要很多。总之一点点地递进，对你，对导师来认识你，对你在那边的发展都有好处。

给戮的信件成功发送后，我点开了另一封信，来自杰夫：

你需要开始了，我又找不到你了，你死了吗？如果没有，赶快给我完成那该死的毕业创作！天呀！

杰夫

我给他回复了一个笑脸，仅此而已。

如何度过暑假对于我早就不是问题了，四年来都是如此。我给家里去了电话，和父亲交谈了三分钟，只言片语便无法继续了，大家都还想说，大家都不知道说什么，大家都难过了。除了一个电话外，我几乎在一个月中没有说什么话，只是在快餐厅说着：这个，那个；在餐馆说着：这个，那个；在商店说着：这个，那个；我的世界只剩下这个和那个。

收到杰夫邮件的第二天，我回到了自己原本的住处，陈太太的房子。大门几乎被门后堆积的信件卡死，半天没能打开。我取了几件衣裤后离开，返回了画室，准备开始继续自己的毕业创作，那两个人都想我了吧？

终将离开的窥探者

空荡的画室里传来声响，窥探者鬼祟地依在门外，倾听交谈声，内容杂碎，凌乱。关于：创作，孩子，白楼……有抽泣声，短，低沉，有笑声，爽朗，但是，更多的是歇斯底里的叫嚷，争执，直至一声闷响后一切恢复宁静。而此时，门口的窥探者也随之无影无踪，没有留下一丝痕迹，甚至不知道是否存在过。

那段时间我的额头会出现淤血，我对着镜子傻笑，眼睛通红。我似乎再次开始用头去撞些什么了，这次有可能是墙壁，历久弥新，坚不可摧，那可能会让全力撞向它的我昏厥很久。

寂静的房间，无声是重压，创作也是，为创作而回忆也是。我终日把自己关在画室，现在不会再有一个伟大的阿拉伯父亲在晚餐时间来敲我的门，那么思想中的一切得以延续，甜美、恶毒结伴前行不再被打扰，那令我轻而易举地进入更深邃的领域，我为此欣喜。而只有门外时隐时现的窥探者深深明白，我很快就会触到那条万劫不复的死巷尽头。

奶酪房里，我用很少的时间创作，很多时间呆坐在地板上自言自语，更多时间撞墙和晕倒。

一次醒来，不知是从睡梦中还是昏厥中。起身，随手打开幻灯，裸体地站在幻灯机打出的投影前，一个枯槁的身体映在一个更加枯槁的身体之上。我低下头，迷茫地审视自己胸前的肩胛骨，小腹上的臀部，左手上的右手，右手上的左手……良久，我转过身，面向足以遮盖住一面墙的画布，轻轻地握住画笔，在调色盘上信手沾了灰暗的颜料，抬起笔，停在男孩的背影前，很久，没有着落，移向另一个人的背影，依旧迟疑，刹那，我发现那个孩子不见了，另一个人却还在。我没有为此感到丝毫愉悦，反而更大的恐慌袭来，我挖掘着，挖掘着思想中曾经关于他们的一切，却空空如也……

他去了哪里？他消失了吗？永不归来吗？那曾经是我彻夜的祈祷，那曾经是我愿意付出一切去彻底抹杀和毁灭的记忆，那曾经是我的一切！我不能没有他，绝不能！

彷徨间，门外急促的脚步声和开门声，是男孩！他跑到了大街上！我不假思索地追出了房间，追到了走廊里才发现自己一丝不挂，于是我回去披上了那件大大的旧浴袍，赤脚追到了正在落雨的大街上，焦急地四下张望，男孩却没了去向。

我沮丧地回到房间，重重地倒在了床垫上，不懂那男孩为何弃我而去。

再次苏醒，天色愈加昏暗。我发现黑色的泥脚印出现在大门前，经过长廊，楼梯，房门，地板，直到自己的床垫上，本已破旧的床单上黑灰色的污垢组成诡异的图案，像一个男孩的笑脸……最后，我望着自己泥泞的双脚，欲哭，却没有一滴眼泪。很快，我被这没有泪水的哭泣激怒了，我和从前一样开始了没有指向的咒骂，在盛怒下咆哮，并再次近乎癫狂的撞向了墙壁。其实，只有在走运的情况下，撞击后的昏迷才会出现，显然此时的我并不那么走运，我双手捂住额头疼痛地翻滚、呻吟，我……操……“操”字被痛苦地拉长，再拉长。我真没想到，我在此时还对那再难实现的欲望念念不忘。操……更汹涌澎湃，我真的很少像这样把自己心底的欲念倾吐出来……我从床垫上，滚到地上，若旁观者真的存在，他定会放声嘲笑眼前这愚蠢的一幕。然而我错了，唯一在旁观的人——门外的窥探者，他没有笑，反而为痛苦的我感到紧张。窥探者迷茫、心疼、焦急地徘徊在门外，不知道是否该冲进去帮助那可怜的、愚蠢的、顽劣的、生病的人。操……门内声嘶力竭地嚎叫，令门外的窥探者再难坐视，他推开门小心地靠近着翻滚的我，如猫，一步，如猫，两步……直到俯身在地的我的视野中出现了一双瘦长的孩子的脚，而男孩的手此时轻轻地抚摸着我的额头，怜爱、惋惜，轻抚几下后，我将头徐徐抬起，男孩的手警惕地缩了回去，身体向后疾退了一步……

男孩

赤裸的男孩

颤抖的男孩

摆动着的，细细的胡萝卜在两米外戒备

幻灯还开着，一直开着，黑暗中唯一的发光体；男孩在倒退，一步步，如猫般悄声躲进了我的投影中，他的脸上，满是我的发……他的皮肤那样的薄与光滑，哪怕在黑暗中都反射水晶般的光泽，那是无鳞之鱼，是粉色水母。透过他的胸膛，透过从浅粉到血红的过渡，我几乎可以直视他收缩与膨胀都那般激烈的心脏。

你的瞳孔中闪烁着惶恐……你在害怕什么？怕我吗？

你为什么怕我？难道你尚不知你就是未曾被结局穿过的我吗？所有人都知道的，所有人。

“不要害怕，孩子……”我忘记了疼痛，半卧在地的我向他伸出手臂，轻声道。

“不要怕，孩子，我不会伤害你，绝对不会，我不会伤害任何一个孩子……只是不能失去你，你不能致我于不顾，你不能走，你要留下，要陪我！”

听了我的话，男孩退得更远了……而我站起身，步步逼近。

“你要留下来，陪我！你他妈的要听我的话，我让你出来你才能出来，否则，你只能待在这里……”说着，我亢奋地指着自己的脑袋，额头，紫色淤肿的地方。说着，我猛地扑向了他，而男孩闪身避开，夺门而出。我没有急着追赶，只是一愣，只觉得刚才的一幕似曾相识，而男孩高速踩踏楼梯的声音，令我迅速回神，转身追了出去。

站在空荡漆黑的大街上，男孩再次无影无踪，我觉得他向地铁的方向去了，于是我看见了一个向着地铁站口疾奔的赤裸背影。

“站住！”

我不顾一切地追了过去，横穿马路，第一次不再顾及闪耀的车灯与投来异样目光的路人，只是和他们擦身而过的瞬间，我听到他们低声叫我“疯子”，我却不再有丝毫顾忌。我加快脚步，接近男孩狂奔的背影，他平日里锅盖一样的头发，此时上下颤动，像扇动翅膀的黑鸟。不应被我放飞的黑鸟。

他跑下了地铁，Green Park 那站的地铁，我快步跟了下去，人流迎面拥来，我疯狂地推挤过他们，甚至和几个男人的身体产生了接触，我却没有丝毫在意，没有丝毫厌恶之感，这将我的疯狂与沮丧推至顶峰。看吧！男孩，没有你在，我便丝毫体会不到曾经的那种厌恶与恐惧，我不再安全，不再独特……

“男孩，回来吧！”

“男孩，回来吧！”

“男孩，回来吧！”

“男孩，回来吧！”

“男孩，回来吧！”

黑鸟在正前方，我见他搭上了去往东方的地铁，我便上去，我感到他下了车，于是我便看到他下了车，他向地上跑去，我向他跑去……

“回来吧，没有你我便什么都不是了……”

不知道多久，只感到身边划过的光芒开始黯淡，感到急促的喘息声没了间隔，我看到黑鸟停下了，停在了四年来我购买返乡机票的旅行社门口。他转过头，眼中噙泪，于是，我眼中噙泪。

“孩子，回来吧……”

“孩子，回来吧……”

“孩子，回来吧……”

“孩子，回来吧……”

“孩子，回来吧……”

“尘，回来吧……”

完成

那晚过后没几天，我的毕业创作便出奇顺利的完成了。我把两张画倒扣在了杰夫办公室的门口，没有等他，不会等他。几周后，我收到了一封邮件。

亲爱的尘：

如果你不打算亲自来取你的毕业证书，那么我们将把它寄往你入学注册时所填写的地址：北京市……特此确认。

国际学生办公室

拥抱

同年8月20日，我离开了伦敦返回北京，一次短暂的离别，直到即将降落前，我才意识到自从戮离开后自己已经很久没有回国了。

当机窗外橙黄色的北京开始倾斜，激动再也难以掩饰，身旁着正装的英国男人问我是否和他一样第一次来北京，而我只是望着愈加倾斜的一切连连点头。

拉杆箱的轮子压过走廊地面的声音，叫开了十米外的家门。父亲，站在门口微笑着，身后是母亲，我放慢了脚步，体会那一刻异乎寻常的宁静。我缓缓来到父亲面前，傻笑着，像一个儿子。此时，我欲张开的双臂却被伟大的结局再次按住……结局在耳边低语道："拥抱的不应该是你……"

拉杆箱的轮子压过走廊地面的声音，叫开了十米外的家门。父亲，站在门口微笑着，身后是母亲，尘加快了脚步，兴奋与期待和那天一样，九岁那年的那天，得知即将拥有属于自己的床的那天。尘如同幽灵般寂静地飘过已经消失的一切，在父亲的面前，张开了双臂……

南希的离场

2002年初春，我迷失在了一个足够冰冷与新鲜的地方。那是萎靡不振的一段日子，我更换了城市，离开了之前的语言学校，毅然开始了崭新的一切。

学校的车并没有去机场接我，我拿着寄宿家庭的地址用尚不纯熟的英语和出租汽车司机交涉了很久，之后是更加漫长的寻找，终于在一片宁静的居民区中找到了我应该去的地方。

记得那天身上只有面值50英镑的钞票，这让司机抱怨了很久。尽管如此他还是帮我把沉重的行李整齐地码放在了寄宿家庭的门口，和我道别后离开。我没有急着进去，只是拿着纸条反复念着房东的名字——南希。

在反复核对了一切之后，我怯生生地按下了门铃。

之后，门开了。松饼的味道和一个可爱的老太太一同出现在门口。在简单地确认了彼此的身份后，她微笑着招呼我进去，并坚持帮我把门外的行李搬进来，于是我们一同吃力的把所有行李移到了厨房，之后她扶着餐桌喘着粗气笑看着我。

“我喜欢你的房子！”我说。

“呵呵，谢谢。”

“我给你烤了松饼，一会儿就可以吃了……”

我感激地点头。她见我一脸疲态，于是问道：“那一定是一个漫长的旅途吧?”

“……是啊，很漫长……”

……

圣马丁的面试

2005 年 9 月 20 日，回国一个月后我重返英国。

小雨，天灰暗，我站在 109 Charing Cross 中央圣马丁的校门前，徘徊，斜眼看着各色奇装异服者出入着一扇小小的古老的黑色铁门。

穿着雪白婚纱式长裙的黑人一闪而过，像克莱克奇；皮肤惨白，黑色眼影，身形消瘦，披挂一身灰色布条的白人，目空一切地飘过马路，那人是 Gareth Pugh，他很快就会走运了……眼花缭乱的三十分钟后，我尾随着一个看似来自中国的学生走进了校门，却很快地发现那再次是一个日本人，和几年前第一次来到英国上学时的际遇如出一辙。我鼓足勇气站在了接待处前，一个有着大片刺青的大汉接待了我，我掏出本子生涩地念出了即将成为我导师的人的名字——Joanna Greenhill。

他利落地给 Joanna 的办公室通了电话，并冷漠地告诉我：“她的助手三分钟后下来接你。”

三分钟后，一个三十岁上下的女人微笑着出现在我的面前，她叫Shirley。简洁的寒暄后，她示意我尾随她，我们默默穿过悠长昏暗的走廊，经过一块狭小的半露天式雨棚，几个衣着入时的日本女孩坐在那里潇洒地吞吐着烟卷，发现她们人人都像极了扶美。我紧紧跟在Shirley身后，一步不落。之后是架设在楼外满是锈迹的黑色悬梯，湿滑，让人晕眩，当……当……当……我们的脚步声盘旋而上。终于我吃力地爬到了四层，气喘吁吁，而Shirley却依旧保持呼吸均匀，并半开玩笑道："知道为什么我要用三分钟才能出现了吧？实际上两分半是我的记录，但是今天穿了高跟鞋……"说着，她风趣地抬起脚给我看。

Shirley的垫场令我不再像开始那样紧张，显然她是个称职的助理。

面试上，我恭敬地呈上了我的作品集、毕业证书和杰夫的推荐信，而Joanna似乎只对那封推荐信有兴趣，她将信颠来倒去的看了很久。

"杰夫……这真是奇怪，没见他推荐过谁……"Joanna说。

我笑而不语。

"他曾经是我的导师，很久以前了，他是个疯老头，不是吗？"

这出乎我的意料，但没表现出来。

"梦露在的时候，他是……"

"当然，梦露……"

"不！是诺玛·琼！"我们异口同声。

之后，她快速地浏览了我的作品集，简单的提问被我以更简单的方式回答了。

半小时后，"好了，Shirley一会儿会带你去国际学生处注册，有什么问题你问她好了……"

“你的意思是……我通过了？……”

“当然，你出现在这里之前就已经通过了，其实今天还有其他的事情……”说着她对Shirley使了使眼色，Shirley起身从墙角处抽出一个硕大扁平的包裹，是画，一眼就知道。

“这是杰夫留给你的，你一定要把它带走，它已经摆在这里很多天了……”

“好的……”

“那是什么，是画吗？”Joanna问。

“也许……”

“我可以看看吗？”

“当然……”

说着，我利索地拆开了那严严实实的包裹。是画，是毕业创作其中的一张——男孩的背影。杰夫把这张还给了我，自己留下了另一张……Joanna认真地对画作审视了很久，而Shirley也悄悄地凑了过来。

“不错……”Joanna的赞许。

而Shirley问道：“这画的是谁？”

“……尘……”

Joanna低头看了看毕业证书上我的名字，继续问道：“是你喽？”

“……不……”

她没深究，继续端详那画……

良久，“……是九岁时候的我。”

五分钟后，我们三人动手把画重新封好。

“这画很好，是你的毕业创作吗？”

“是啊，但是不完整……我的毕业创作还有另一张……”

“在哪里?”

“我想是被杰夫留下了……”

“难道你画的是梦露?”Joanna 开着玩笑。

“呵呵……不是的，是一个老头……”

“老头?”

“嗯，一个老熟人。”

1990 年 6 月 30 日是结局

1990 年 6 月 30 日。

那天乞丐死了。

那天我让欺负自己的人头破血流。

那天卖羊肉串的老头倾听了我的哭诉。

那天卖羊肉串的老头带我回到他的住处——那座不见入口没有出口的白楼。

他的房间很狭小，有张行军床，床脚有个盛满生羊肉的铁盆和散落在一旁的铁钎，地板很脏。

他在我身后，轻轻地关上了门。正当我要继续之前的忏悔时，他的眼神变了，像另一个人。

他把我按倒在地。

地板油腻腻的，

很滑，

反着黑色的光，

之后，

倒影中，

尘出现了。

……

记得那天的日历上清晰地写着：

宜：远行。

图书在版编目（CIP）数据

尘／郑宸著．—北京：开明出版社，2009.6

ISBN 978-7-80205-764-7

Ⅰ．尘…　Ⅱ．郑…　Ⅲ．长篇小说—中国—当代　Ⅳ．I247.5

中国版本图书馆 CIP 数据核字（2009）第 085852 号

书名　尘

著者　郑宸

出版　开明出版社出版（北京海淀区西三环北路 19 号　邮编 100089）

经销　全国新华书店

印刷　安徽远洋印务有限公司

开本　787 × 960　1／16

印张　20.25

字数　279 千

版次　2009 年 6 月　北京第 1 版

印次　2009 年 6 月　安徽第1次印刷

定价　32.00 元

印刷、装订质量问题，出版社负责调换货　联系电话：（010）88817647